OÙ BAT LE CŒUR DU MONDE

Philippe Hayat est l'auteur de *Momo des Halles* (2014), lauréat du Festival du premier roman de Chambéry et traduit dans plusieurs pays. *Où bat le cœur du monde*, son deuxième roman, a reçu le prix Filigranes 2019 et le prix Talent Cultura 2019.

PHILIPPE HAYAT

Où bat le cœur du monde

ROMAN

CALMANN-LÉVY

ISBN : 978-2-253-10174-1 – 1re publication LGF

À mes parents
À leurs parents

PARIS

2015

Il courait dans la maison. Derrière chaque porte, il ramassait un morceau de pain. Son père le suivait : Cherche bien, Darius ! J'en ai caché partout.

Dans la cour, il fit un tas de ce qu'il avait trouvé. Sa mère alluma un feu et murmura : Ce soir est différent des autres soirs. À côté d'elle, il regardait le pain brûler. Elle ajouta : En Égypte, nos ancêtres se privaient de tout. À nous de nous en souvenir.

La table était dressée pour le repas de la Pâque. Les voisins vont arriver, va te changer, Darius.

Elle lui posa la main sur le front : Dans trente minutes...

Trente minutes, Darry.

Darry, tu m'entends ?

Il ouvrit les yeux. Ses parents avaient disparu.

Le visage de Dinah frôlait le sien :

— Darry, c'est à toi dans trente minutes.

Il était sur le divan. Dinah lui souriait.

— Redresse-toi, Darry, tiens-toi à moi, doucement, sinon les vertiges vont reprendre. Voilà... Reste assis, maintenant.

Agenouillée devant lui, elle nouait sa cravate. Puis elle sortit d'une petite boîte deux boutons de manchette qu'elle glissa à ses poignets.

Elle lui prit les mains et les garda dans les siennes.

— Elles sont froides… Remue-les. Tout à l'heure avant la répétition, tu n'as pas fait tes exercices…

L'eau de Cologne les réveilla un peu. Elle les frictionna en soupirant :

— Je sais ce que tu penses… Les docteurs ne comprennent rien aux doigts des musiciens. Dix minutes d'échauffement, juste dix minutes, tu m'avais promis…

Darry se dégagea et chercha son poisson d'argent. Il le trouva dans la poche de son veston. Avec le temps, les écailles avaient presque disparu. Il le frotta entre ses doigts. La ligne des nageoires se devinait encore.

La loge était fleurie de jasmin. Des brins noués en bouquets jonchaient la console de maquillage. Autour du miroir, des dizaines de colliers pendaient aux ampoules.

Il allongea les jambes. Son rêve s'estompait et il tentait de le retenir.

Dinah attrapa une enveloppe sur la table basse.

— Tu as reçu beaucoup de messages… J'en ouvre quelques-uns ?

Sans attendre sa réponse, elle lut le premier : « Le Président de la République vous remercie d'honorer la France de votre présence et vous souhaite un excellent concert. »

Elle ajouta :

— Son épouse sera là ce soir aux côtés de la ministre de la Culture.

Posée sur la table basse, une corbeille débordait de fleurs. Darry la désigna du menton et Dinah répondit :

— Elle vient de la Présidence. De nombreuses personnalités voudront te saluer après le concert. J'ai fait savoir que ce ne sera pas possible. La journée a été trop éprouvante.

Elle ouvrit un second mot.

— Celui-là va te faire plaisir : « Bonne chance, mon ami. Ce soir, je serai là, je suis venu pour toi. Herbie. »

Darry interrogea Dinah du regard. Elle lui tendit le carton :

— Hancock a fait un saut depuis Montreux, juste pour toi. Après l'Olympia la semaine dernière, et avant Juan-les-Pins dans dix jours… À soixante-quinze ans, il tient encore la route.

Elle lui enfila ses chaussures et les laça sans les serrer.

— C'est sûr, comparé à tes quatre-vingt-dix ans, Herbie est un jeune homme. À son âge, toi aussi, tu courais les Riviera. La Suisse, la France, l'Italie… Tu m'as fait connaître les plus beaux endroits du monde.

Il se laissa à nouveau masser les paumes et les phalanges.

— Ton pouce est toujours gonflé à l'articulation. Bouge-le pour voir ? L'index maintenant. Lève-le pendant que je le retiens. Allez, encore, plie-le. On recommence avec le majeur. J'aurais dû refuser les médias ce matin, ils t'ont épuisé.

Il porta les mains de Dinah à ses lèvres et déposa un baiser sur chaque doigt. Elle murmura :

— Si tu continues à me regarder comme ça, on va pleurer tous les deux comme des vieillards ridicules.

Elle approcha un tabouret et s'assit devant lui.

— Tu es plus blanc que ta chemise. Je vais forcer un peu sur le fond de teint. Ferme les yeux, Darry.

Elle ouvrit la trousse de maquillage. Ses gestes étaient des caresses.

— Ces cheveux, mon Dieu, je n'ai jamais su les dompter...

Elle observa son travail, ajusta une mèche, passa un doigt humide sur les sourcils et hocha la tête.

— Pour ta dernière scène, tu dois être beau comme jamais.

Le régisseur frappa à la porte.

— Lever de rideau dans vingt minutes, maître.

Par terre, les mallettes à instruments étaient ouvertes. Dinah débarrassa la petite table, la recouvrit d'une feutrine et disposa les pièces de chaque clarinette.

— Ce jeune régisseur t'admire beaucoup. Il m'a demandé comment tu allais. Je lui ai répondu qu'il n'avait qu'à t'écouter jouer.

Darry l'observait graisser les lièges avec l'index, puis assembler le corps haut avec le barillet, le corps bas et le pavillon. Elle manipulait les instruments comme s'il s'agissait de pièces de musée, toujours dans le même ordre, ceux en bois de palissandre d'abord, puis celui en métal. Elle anticipa sa question :

— J'ai préféré les démonter après la répétition et nettoyer les barillets. Avec cette chaleur, il faut les accorder sans cesse.

Darry ferma les yeux. Il devait se concentrer sur le début de chaque morceau, saisir l'instant précis où le son de sa clarinette s'élèverait parmi les cordes pour en prendre le commandement. Avant d'entrer en scène, Miles Davis lui répétait : Les premières notes, n'oublie jamais, Darry. À la façon dont tu les lances, tu sauras. Et si elles te mènent où elles veulent, où tu n'es encore jamais allé, si elles te font oublier qui tu es, si elles t'étonnent et t'émerveillent, alors tu auras fait ton boulot de musicien. Même toi, le Blanc, le muet, tu joueras comme nous autres Noirs. C'est cette sincérité que le public vient chercher, c'est pour ça qu'il paie un foutu prix.

Il fixait Dinah. En langage des signes, il lui dit :

C'est la dernière fois
Et après
Plus de public
Plus de musicien
Plus de trac
Plus rien
Seulement la nuit qui vient

Elle trouva la force de répondre :

— Le régisseur t'apportera les clarinettes sur scène. Il m'a fait bonne impression. L'ordre des morceaux figurera sur un prompteur face à toi. Maintenant, il faut qu'on relise le programme ensemble.

Il prit la feuille qu'elle lui tendait avec ses lunettes. *Rhapsody in blue.* Ses adieux débuteraient dans la flamboyance de l'été. Ils finiraient avec le *Concerto d'Aranjuez* dans des couleurs d'automne. Le chef d'orchestre avait noté des indications. Dinah pointait les instruments dressés sur la table.

— Il s'est inspiré de tes anciens enregistrements. Enjoué sur *Rhapsody in blue*, inquiet sur *Oblivion*. Pour ces deux-là, la soprano en *si* bémol. Canaille sur toutes les chansons avec la petite en *mi* bémol. Nostalgique sur *Aranjuez*, la soprano en *la*. Le régisseur m'a demandé pourquoi tu l'avais choisie plutôt qu'une basse. Le théâtre peut t'en prêter une.

Darry secoua la tête. Ses notes s'éteindraient dans le son de sa vieille soprano. Il leva les yeux vers Dinah.

Notre vie sans musique
À quoi elle ressemblera

Elle lui posa le plateau des becs sur les genoux.

— Donne-moi seulement le dixième de ce que tu as donné à ta musique et, cette vie, nous la finirons tant bien que mal.

Darry ajouta :

Le mois dernier
Ils ont enterré Ornette Coleman
À New York
Il est mort dans son appartement
Seul
Sans bruit

Ses mains tremblaient. Il sortit trois embouts en bakélite de leur étui, ouvrit le coffret d'anches, étala une dizaine de petites langues en roseau devant lui.

Ce soir
Denardo

Le fils de Coleman
Il tiendra la batterie
En mémoire de son père

Il tordit les anches une à une, les gratta avec l'ongle du pouce, les tritura encore, puis en retint trois et hocha la tête. Elles seraient parfaites pour un jeu facile, mais moins sensibles aux nuances. Herbie sera là, tout près, tant mieux. Ils rejoindraient bientôt Ornette au paradis des joyeux mélancoliques. Sans leur musique, comment le monde ferait-il pour danser ?

Il humidifia les anches entre ses lèvres, les plaqua sur la table des becs en tentant d'ajuster les extrémités. Ses doigts le trahissaient. Il serra les ligatures et fixa les sifflets, puis testa une gamme chromatique sur chacun des instruments. Dinah avait raison, la chaleur les avait faussés. Il tira sur les barillets jusqu'à trouver le son juste.

Dinah reposa les clarinettes avec précaution et voulut mettre un peu d'ordre dans la loge. Il l'arrêta.

Personne ne croyait en notre histoire
Toi la Noire
Moi le Blanc

Il chercha sa main et la serra de toutes ses forces. Il n'y avait qu'elle pour s'occuper de sa vie d'artiste, gérer ses droits d'auteur, répondre aux sollicitations. Le jour, elle traitait son courrier. La nuit, elle le veillait. Il la voulait toujours près de lui. Elle était attentive à chacun de ses pas. Il lui dit encore en quelques signes :

Pour moi
Tu as renoncé à tout

Je ne t'ai pas aimée
Comme tu le méritais

Elle posa son front contre le sien.

— Nos soirs ensemble entre les concerts, je les comptais. Notre lit, je l'ai partagé avec la musique. Nos seuls enfants, ce sont tes disques. Tu as raison, comment j'ai fait pour te supporter pendant soixante-dix ans ?

Il lui demanda le petit miroir. Dinah caressa son visage osseux, fripé comme une pomme de misère.

— De ta belle gueule des premiers disques, il te reste ce sourire de jeune homme.

Elle lui reprit le miroir.

— Tu as bien fait de refuser les photos ce matin, ils n'ont qu'à ressortir des images d'archives.

Le régisseur frappa encore et dit à travers la porte :

— En scène dans dix minutes.

Darry voulut s'extraire du divan et s'y reprit à deux fois. Appuyé sur sa canne, il tentait de se tenir droit. Dinah mit son bras sous le sien.

— On va marcher un peu. Lève les genoux. Mon Dieu, ta jambe est de plus en plus raide...

Ils firent plusieurs fois le tour de la loge. Elle maugréait :

— Cette répétition, fallait-il qu'elle dure autant ? Pourquoi es-tu resté debout si longtemps ? À cause de ces filles ?

Il se figea.

Elles sont tout mon spectacle
Grâce à elles
Mes adieux seront pleins d'avenir

Autour de lui, il avait voulu des étudiantes, sélectionnées dans les écoles de musique des banlieues pauvres. Leurs chansons fleuriraient le spectacle. Devant elles, l'orchestre se tairait. Lui seul les porterait sur le *mi* bémol de sa clarinette.

Lors des répétitions, Darry les avait interrompues sans cesse. Le ton de leur voix, le rythme, la mélodie étaient justes, mais ce n'était pas ce qu'il souhaitait. Il leur avait choisi ses standards de chez Blue Note Records, *Say it with a kiss*, *Without your love*, *Foolin' myself*... Les titres seuls racontaient toute une histoire. À chaque instant, il se levait, boitait jusqu'à elles au centre de la scène et leur montrait ce qu'il attendait. Il les caressait de son timbre, dans le style cool jazz qui avait fait sa renommée, qui semblait dire à ces jeunes filles : « Vous qui cherchez l'émotion juste, fouillez, fouillez dans votre timbre, dans vos paroles, dans vos silences. »

Il avait été si heureux du résultat que les répétitions s'étaient éternisées. Sa clarinette avait tourbillonné autour des mélodies, dérivant sur des versions manouches, et la guitare s'était rallumée, suivie du piano et de la batterie. Les filles croyaient entendre sa voix, une voix de muet qui coulait de l'instrument pour leur murmurer : « Cette émotion, cette clarté, je l'ai cherchée toute ma vie. Quand vous l'aurez trouvée, offrez-la à tous ces gens, qu'ils rentrent chez eux avec un peu de joie au cœur. »

Darry se laissa entraîner dans le couloir. Dinah l'emmena vers un escalier qu'il n'eut pas la force de monter et ils revinrent dans la loge. Elle s'agaçait comme s'il fallait travailler encore, comme si ce n'était pas le dernier concert.

— Tu aurais dû manger davantage à midi, au lieu de faire le fou sur le toit. Combien de temps tu es resté dans cette chaleur, sans chapeau, sans boire ?

Avant la répétition, il avait demandé au directeur de lui ouvrir la terrasse. Depuis le dernier étage, au bout d'un petit escalier en colimaçon, la ville tout entière s'était offerte à lui. Il avait cherché l'Arc de triomphe puis Montmartre, la dorure des Invalides et le dôme du Panthéon qui flottaient à travers un voile de brume. Suivant la Seine jusqu'à Notre-Dame, son regard se posait de clocher en clocher. De la flaque verte du bois de Boulogne à celle de Vincennes, il embrassait Paris. Ces monuments, il avait appris leur nom dans la librairie de son enfance. Ils garnissaient un présentoir de cartes postales. Après l'école, il s'installait sur le coin d'une grande table pour faire ses devoirs, pendant que son père allait et venait entre les clients, déplaçait l'échelle sur les rayons, tirait un ouvrage et en rangeait un autre. Quand il tardait à fermer boutique, Darry étalait les photos devant lui et se croyait à Paris.

La porte s'entrouvrit, le chef d'orchestre passa la tête.

— Je peux ?

Dinah l'invita à entrer.

— Eh bien, le théâtre est plein à craquer. On devrait proposer du jazz plus souvent. Le public est si calme, c'est à peine si on l'entend murmurer… Il se passe quelque chose, cher Darry. Quelle atmosphère !

Vous aviez raison. Pour l'ouverture, c'est Gershwin et rien d'autre.

Darry savourait ce moment. Le temps s'immobilisait jusqu'aux premières notes. Le concert allait débuter dans la gouaille de *Rhapsody in blue* et le ton serait donné. Il voulait une soirée enjouée, un adieu léger.

Le chef leva les yeux vers l'affiche du spectacle et lut tout haut :

— Darry Kid Zak… Il paraît que c'est Charlie Parker qui vous appelait ainsi ?

Parker l'avait annoncé de cette façon un soir qu'il lui donnait sa chance : Voici Darry Kid Zak. Il est boiteux, blanc et muet, il a tous les handicaps, mais je vous jure que vous n'oublierez pas ce gosse. Puis il s'était tourné vers lui : Dans ton cornet, j'entends des mots, petit. Ils balancent plus que chez n'importe qui. Ce soir, Darry Kid, tu gagnes.

Le directeur du théâtre apparut dans l'embrasure de la porte.

— C'est à vous.

Le régisseur emporta les instruments.

Dinah l'aida à enfiler sa veste, puis réajusta sa cravate et tira un peu les manches de sa chemise. Elle lui déposa un long baiser sur la joue et resta un moment contre lui.

— Je m'étais juré de ne pas pleurer…

Darry la serra dans ses bras. Puis il lui fit quelques signes sous les regards intrigués :

Regarde-moi Dinah
Il n'y a rien à regretter
J'ai eu beaucoup de chance

Billie Holiday
Lester Young
Charlie Parker
Combien ont fini trop tôt
Sans exprimer toute leur musique
Moi je m'en vais
Le jour que j'ai choisi

Il lui mit dans la main le poisson d'argent. Comme avant chaque représentation, elle le lui accrocha à la chemise, à hauteur du cœur.

Fais-les sortir
Attendez-moi dans le couloir
Je veux être seul

Il referma la porte et s'assit à la table de maquillage.

De la poche de sa veste, il tira une vieille photo qu'il posa devant lui. Il approcha ses lunettes comme une loupe. Sur une plage, un petit garçon en slip posait à côté d'une femme blonde. Le garçon se protégeait les yeux du soleil. La femme s'adossait à une barque renversée. Un maillot de bain échancré habillait sa fine silhouette. Du doigt, il caressa son visage.

Au verso, l'encre était presque effacée : Stella et Darius, juillet 1932.

Il remit la photo dans sa poche et sortit. Dinah ferma un bouton de la veste et inspecta sa tenue une dernière fois.

Le chef d'orchestre les précédait. Darry avançait à petits pas. Au bras de Dinah, il ne ressentait plus la fatigue.

Quelques mètres encore et déjà il quittait ce monde. Déjà lui venaient les premiers éclats des violons, les clapotis du piano, le pas lent et souple des cuivres. Il plongeait dans le printemps de sa rhapsodie et rien d'autre ne comptait.

À leur poste, les musiciens l'attendaient, rideau baissé. Ils se levèrent quand il apparut.

La douleur se réveillait, cette vieille douleur au genou qui l'empêchait de se tenir debout ou sur une chaise. Le régisseur l'aida à s'asseoir sur un coussin posé à terre, une jambe pliée, l'autre droite.

Il saisit la clarinette en *si* bémol et humecta ses lèvres. Le chef guettait son signal.

Dans la salle, on murmurait. Aussitôt la lumière éteinte, le public retint son souffle.

Penché sur son instrument, Darry attaqua son fameux glissando et le rideau s'ouvrit.

NEW YORK

1946

1

Moi, Dinah, la putain du Mademoiselle, une Noire de New York, une fille de rien, le corps et l'esprit desséchés, je l'ai aimé sur l'instant.

Pourtant, ce musicien n'avait pas de visage. Il n'était qu'une présence. Un joueur d'ambiance sur lequel nul ne s'attarde. Marguerite, la propriétaire du bordel, l'avait engagé parce qu'il décuplait l'ardeur des clients. C'était ainsi qu'elle le disait.

À pas de chat, il se déplaçait d'un étage à l'autre, il jouait du fond d'un placard, en haut d'un escalier, derrière une cloison, et le jazz inondait les chambres. On ne le voyait jamais.

Le soir, en partant, je l'entendais encore et me plaisais à l'imaginer. Il ressemblait à ses mélodies, de force et de tendresse mêlées, qui me parvenaient comme le murmure d'un ange. À l'écouter, j'oubliais le Mademoiselle et ce que j'y faisais.

Les clients, des Blancs pour la plupart, se soulageaient en me reluquant, excités par la couleur de ma peau. Comme ils n'avaient pas le droit de toucher les filles, ils se défoulaient en nous insultant. Ils juraient, pleuraient parfois et, en quelques minutes, leur cœur, leur âme et toute leur vie d'homme se réduisaient à des hoquets minables.

Souillée par leurs regards, je fermais les yeux et m'accrochais à ses accords de jazz. Ce musicien m'enveloppait de ses notes, légères comme des volutes de fumée, caresses aussitôt évanouies. Invisible, je le sentais tout proche. Il jouait et sa musique habillait les murs d'un rideau de velours.

Je compris qu'il me parlait.

Les autres filles le remarquaient à peine. C'était pour moi qu'il jouait, et une lueur apparut au fond des ténèbres, un peu plus vive, jour après jour. Je devins impatiente de le retrouver, là, entre ces murs où je m'avilissais. Quelque chose en moi s'était mis à revivre. Il me rendait grâce.

C'était un joli nom, Mademoiselle. Le bordel se trouvait dans le Bronx, sur la route de White Plains. Il occupait une vieille maison bleue aux murs délavés, sans volets, oubliée des urbanistes entre les tours d'habitation.

J'avais dix-huit ans. Comme d'autres filles de l'université de Columbia, j'y travaillais pour payer mes études, deux ou trois après-midi par semaine, livrée au désir des hommes contre un dollar cinquante de l'heure.

J'habitais une chambre dans le Lower East Side. Le trajet jusqu'au Mademoiselle, je l'avais fait dix fois avant d'oser franchir sa porte. Dix fois, j'avais rebroussé chemin. La ligne Nord m'y conduisait depuis Manhattan, puis filait ensuite vers Woodlawn Heights, Pleasantville, Sunshine Cottage et d'autres noms à faire rêver d'arbres, de fermes et de légendes anciennes. À chaque tentative, je piétinais sous l'enseigne en fer forgé que le vieux bois tenait à peine. Je fixais la sonnette en forme de cœur et, dès qu'un homme approchait, je m'enfuyais. Je regagnais la gare en courant, sous un ciel plus bas que le toit des immeubles, les pieds nus dans la neige, noire à peine tombée. De retour chez moi, j'affrontais le regard des voisins comme s'ils avaient tout deviné, priant pour que cessent mes tremblements.

Emmy m'avait parlé de cet endroit où il suffisait de s'offrir à la vue des hommes pour gagner autant qu'une ouvrière chez Ford. Selon elle, c'était sans danger, comme de poser devant un peintre.

Elle venait de Pittsburgh. Nous suivions le programme de littérature comparée à Columbia. Sur le campus, ma couleur faisait tache. Défiant la bienséance, Emmy prenait plaisir à s'afficher avec moi.

Issue d'une famille d'industriels, elle jouissait d'une fortune considérable. Les professeurs s'extasiaient devant son aisance et son érudition. Les garçons se retournaient sur sa beauté sans oser lui parler. Tout ce qui me faisait défaut lui était donné, l'assurance et l'autorité, le charme et le talent, l'argent sans labeur, le présent facile et l'avenir souriant. C'était peut-être parce qu'elle l'avait à ses pieds que le monde ne lui suffisait pas. De la douceur de l'existence, elle brûlait de connaître l'envers du décor. Ou peut-être s'adonnait-elle à la luxure par goût, simplement, maîtresse d'elle-même au point d'assumer sa débauche.

Cette princesse travaillait au Mademoiselle et réclamait sa paie avec la hargne d'une fille de peu. Elle avait initié quelques étudiantes, choisies selon les critères de

Marguerite, grandes, hanches fines et poitrine généreuse, éloignées de leur famille, fauchées, discrètes, unies dans le secret. La seule Noire, c'était moi.

Un jour, au bras d'Emmy, je gravis les trois marches de la masure. Son insalubrité donnait la mesure de ma déchéance.

— Tu entends ? lui demandai-je.

— Quoi ?

— La musique…

— Il y en a souvent chez Marguerite. Ça fait plus chic. Enfin, c'est ce qu'elle croit.

— C'est qui ?

— Un disque ?

— Non…

— Un musicien ? Oui, peut-être…

Elle me laissa sonner. Des pas firent grincer le plancher et la porte s'ouvrit.

Marguerite me dévisagea. Sur la pointe des pieds, elle colla au mien son visage bouffi et poudré, redessiné au crayon noir et au rouge à lèvres.

— Dinah ? Oublie. Ton nom, c'est le client qui le donne.

Elle renifla mon haleine puis le dessous de mes aisselles, scruta mes dents et passa les mains sur mes hanches. Je n'étais pas aussi belle que les autres. Je ne souriais pas, tétanisée par le regard des hommes qui se faufilaient derrière nous.

En femme d'affaires, Marguerite mesura le bénéfice à tirer de la maladresse de mes gestes, de l'innocence qu'elle exprimait. Elle demanda à Emmy de me conduire au sous-sol afin de m'apprêter. Emmy acquiesça et le piège se referma sur moi.

Dans un coin de la cave, agenouillée sur le sol en terre battue, Emmy rinça mon corps à l'eau tiède avec du savon à la rose. Tremblante de froid, je me recroquevillai dans le tub en zinc, entre la chaudière à pétrole et le boîtier électrique. Les mains d'Emmy couraient le long de mon dos, mon ventre, mes cuisses. L'ampoule rouge accrochée aux canalisations embrasait sa chevelure dont les boucles frôlaient mes épaules. Elle approcha son visage. Ses lèvres effleurèrent les miennes. Et, comme je ne réagissais pas, elle se contenta de caresser ma joue du bout des doigts.

— Les filles, c'est peut-être pas ton truc…

J'avais fourré mes vêtements dans un casier métallique. La clé du cadenas pendait à mon cou. Les mains sur ma poitrine, je claquais des dents sans pouvoir retenir mes larmes.

— Cette vieille sorcière, dit Emmy, elle a tué son mari à l'arsenic, c'est ce que les filles racontent. Elle a fui La Nouvelle-Orléans en s'inventant le passé d'une duchesse française. T'es pas obligée de rester. Je dirai que t'as changé d'avis…

Elle brossa mes cheveux et leur donna un peu de volume, raviva la couleur de mes lèvres.

— Je touche pas aux yeux, tu pleures trop… Alors, qu'est-ce qu'on fait ?

Il suffisait de se laisser guider, de remonter l'escalier, de suivre un couloir, de s'oublier. Emmy me tendit une serviette et une chemise de nuit.

Marguerite nous attendait en compagnie d'un homme corpulent, vêtu d'un complet gris, chapeau en feutre à la main.

— Ici, les filles sont aimables, lui dit-elle.

Elle avait prononcé « aimable » en français. Tête baissée, je saluai l'homme. Emmy et moi le conduisîmes à l'étage.

Il montait les marches en soufflant, les jambes courtes, le ventre sur les genoux. Un bois rouge sombre couvrait les murs du palier. Dans ce théâtre d'ombres, les visiteurs se croisaient sans pouvoir se reconnaître. Bougie à la main, nous les précédions dans nos tuniques de dentelle qui nous tombaient juste au-dessous des fesses.

Chaque porte affichait le nom d'une couleur en français. Nous entrâmes dans la « chambre bleue ». Elle avait la dimension d'une cellule. Une petite fenêtre aux rideaux tirés l'éclairait à peine.

Emmy alluma d'autres bougies et posa un morceau de savon sur le lavabo. Elle me fit asseoir au bord du lit, ouvrit ma chemise et libéra mes seins. La dentelle était tachée, déchirée aux manches, si fine qu'elle ne cachait rien. Emmy disparut sur la pointe des pieds.

Le client resta un moment allongé, sans rien dire, la veste jetée sur le lit, la cravate dénouée. Moi, le regard figé sur ses chaussures, j'attendais que cela se passe.

Il respirait fort et sentait la transpiration. Je devinais son crâne, sa couronne de cheveux ras, sa chemise tendue sur la panse, ses mains épaisses, immobiles sur ses cuisses. Les poings et la mâchoire serrés, j'étais prête. Je m'attendais à tout. Je savais que ces gens tombaient toute élégance et toute pudeur comme ils se défaisaient de leurs vêtements. Mais j'avais besoin d'argent. D'autres pouvaient bien venir s'allonger après lui. J'étais décidée à les affronter pour peu que mon regard reste libre et leur corps imprécis.

Il ne bougeait pas. Je refermai ma chemise et croisai les bras.

— *Open the door…*

La brute avait prononcé ces mots d'une voix fluette. Je ne comprenais pas…

— *Open the door, Richard…* Tu connais ce morceau ? Ce gars-là joue vraiment bien.

Il se leva d'un bond et m'emmena sur le palier. Le doigt en l'air, il murmura :

— Incroyable… Il a le tempo de Basie. Non… Mieux que Basie.

Il s'assit dans l'escalier, les yeux fermés, la bougie dans une main, l'autre battant le rythme. Je scrutai l'obscurité. Le musicien se tenait dans l'une des chambres, dans un placard ou dans un coin, inaudible quelques instants auparavant, si présent désormais, vivant, joyeux, envoûtant au point d'étourdir les bourreaux. Je priai pour qu'il ne s'arrête jamais.

À la fin du morceau, l'homme me fit signe de l'aider à se relever. Je ne bougeai pas. Il s'agrippa à la rampe et se redressa en jurant, puis, du menton, m'indiqua notre cellule et referma la porte derrière nous.

Je repris ma place au coin du lit. Il me fixait en s'essuyant le cou avec son mouchoir. La musique nous avait suivis. Elle naissait de la chambre voisine.

L'homme ouvrit les rideaux pour ne rien rater de mon anatomie. Il dégrafa son pantalon.

— Regarde-moi.

Sa main s'agitait derrière les pans de sa chemise.

— Regarde, je te dis.

Je levai les yeux vers les deux petits points noirs piqués sur son visage bouffi et qui se promenaient sur mon corps. Ses gestes secs secouaient l'homme des genoux jusqu'au bas des joues.

— Approche.

Une déferlante de jazz lui répondit.

— Approche, petite garce.

Il soufflait et gémissait. Deux mètres nous séparaient, infranchissables selon le règlement, mais, les yeux révulsés, l'homme semblait avoir perdu toute notion de discipline.

— Sale putain !

Chaque insulte déclenchait une avalanche de notes. Dans la pièce voisine, le musicien jouait comme s'il s'interposait. Agrippée à ses accords, je trouvai la force de rester immobile. L'homme haletait. Des convulsions secouaient son corps et la clarinette les encourageait de son tempo.

À l'instant du soulagement, comme par calcul, la musique cessa. Elle lâcha le client au moment le moins glorieux, l'extinction brutale du désir. Dans ce vide soudain résonna l'écho de son râle.

Pantalon sur les chaussures, le monstre reprenait figure humaine, le regard aussi fuyant que le mien. Dans ce silence, la cellule devint plus sinistre encore. Le musicien nous livrait au néant, pour qu'au fond de l'abîme ne subsiste rien d'autre que notre obscénité.

Je savais qu'il se tenait encore là, derrière la cloison, à nous guetter, à nous juger, et le supplice se poursuivit de longues minutes. Quand il ne jouait pas, il sculptait le silence.

Je n'arrivais pas à desserrer les poings. Face à lui-même dans le petit miroir du lavabo, le client se rinça les mains. Ne trouvant pas la serviette, il s'essuya sur sa veste.

— Le fric, c'est à toi que je le donne ?

Je secouai la tête. Marguerite tenait les comptes et nous payait en fin de journée. Il jeta un dollar sur le lit.

— Ça, c'est pour la clarinette.

Puis il sortit.

Le pied sur la descente de lit, je frottai le parquet à l'endroit où le type s'était soulagé, sans pouvoir me défaire des effluves de son corps, du son de sa voix, de ses gestes et de son regard. J'ouvris la fenêtre pour m'aveugler à la lumière du jour, brûler ma peau au froid de l'hiver.

Le soleil se cachait derrière les immeubles. En contrebas, dans un jardin d'enfants clôturé d'une palissade, un tourniquet dormait sous la neige. La rivière Bronx scintillait à deux pas. Les arbres, qui semblaient les derniers de la ville, étincelaient de givre. Transie, j'attendis que la nausée se dissipe.

Il fallait refaire le lit et retourner la couverture. Il fallait surtout descendre et accueillir un autre client. Ou bien partir et ne plus revenir. La musique avait repris sur un air tendre. Elle venait de l'étage supérieur.

L'escalier grinçait sous mes pas. La rampe de bois ciselé jurait avec le tapis criblé de trous et le papier peint à rayures. Le palier du second desservait autant de pièces qu'au premier. Le jour traversait une petite lucarne, sa lueur pâle léchait un mur de briques. Je m'arrêtai devant la chambre où le musicien me semblait se cacher, glissai le dollar sous la porte et m'enfuis avant qu'il n'ait le temps d'ouvrir.

Le lendemain, sur les marches de l'université, mes camarades me pressèrent de questions. Elles parlaient sans pudeur de leurs clients. J'étais si peu fière de moi que je n'ai rien dit. J'attendais que l'une d'elles évoque le musicien, mais aucune ne paraissait l'avoir remarqué. Au Mademoiselle, sa musique était pourtant tout ce qui restait d'humanité. Je n'avais pensé qu'à lui.

Petite fille à Harlem, j'allais chercher mon père au milieu de la nuit parce que maman n'avait plus la force de le faire. Il se soûlait dans un bar jusqu'au matin. Je le trouvais affalé sur une chaise parmi d'autres ivrognes, je m'approchais, il se détournait : Ne m'appelle pas papa, on va croire que j'ai cinquante ans... Alors je criais : Je t'appellerai comme ça jusqu'à ce que tu me donnes les cinq dollars du loyer, et il jetait l'argent sur la table. Quand il rentrait à la maison, il me faisait payer le prix de sa honte, mais nous pouvions garder l'appartement une semaine de plus. Dans ce bar, il y avait un petit orchestre de jazz. Le clarinettiste s'habillait comme un prince et m'appelait Duchesse. C'était un Noir grand et mince, aux cheveux laqués et plaqués en arrière, une fine moustache au bord de la lèvre. Son allure, son beau visage, je les avais donnés au musicien du bordel.

Lorsque la cloche sonna, les filles rejoignirent leur classe. Je restai seule encore un moment, le temps de déposer le dégoût de la veille et de retrouver le grand jour comme on revient de la mine. Je comptai les billets que Marguerite m'avait glissés dans la main en partant. La fin du mois se présentait un peu mieux. Le soleil émergeait derrière l'East River et le marbre se mit à rougir au fronton de la bibliothèque. Un vent glacial balayait le campus du Morningside. Je regardai autour de moi. J'étais étudiante à Columbia, Noire parmi les plus prometteurs des enfants blancs. Je m'asseyais dans leurs salles de classe, je parcourais leurs couloirs, je discutais avec leurs professeurs... Mes diplômes, peut-être, feraient oublier la couleur de ma peau. Me montrer nue à des étrangers, c'était le prix à payer.

La seconde cloche annonça le début des cours. Je retournai en classe en m'efforçant de penser que ceux qui scrutaient mon corps n'étaient pas tout à fait des hommes. Là-bas, plus au nord, dans ce taudis du Bronx, le musicien devait déjà jouer. Comment aurait-il pu me remarquer, moi, une putain parmi d'autres ?

Je gagnais cinq à six dollars l'après-midi. À la fin du mois, j'avais amassé une petite fortune qui dormait dans le pavillon des Lettres de Columbia. Chaque matin, la tête dans mon casier, je comptais la honteuse richesse.

Au bordel, le rituel devenait routine. Froide comme une employée des postes derrière son guichet, je recevais des représentants de commerce, des employés de mairie, de petits chefs de bureau, plutôt bien mis, un peu timides, toujours pressés.

J'entrais au Mademoiselle par la porte du sous-sol. Une petite cour anglaise, jonchée de sacs-poubelle, la rendait accessible. Les bons jours, je trouvais dans le tub l'eau encore tiède, souillée par les corps qui m'avaient précédée.

Après le bain, je rejoignais Marguerite dans le vestibule. En quelques mots, elle faisait mon article au client. Elle caressait mes seins dressés par le froid, ouvrait ma chemise pour me conformer au cahier des charges. Avec hâte, elle nous conduisait à la chambre pour préserver son rendement. Le musicien captait le moindre mouvement dans l'escalier. Sans jamais se montrer, il hantait la maison, son souffle sur notre nuque. J'étais sûre qu'il reconnaissait chacune de nous aux craquements de nos pas sur le plancher. Une fois le lit inspecté, la serviette repliée, Marguerite refermait délicatement la porte sur nous, le sourire complice, gardienne du secret des amants.

La clarinette se réveillait à cet instant.

J'imaginais sa longue silhouette penchée sur l'instrument, son costume de gala, sa fine moustache et ses cheveux laqués, ce Noir ressuscité de mes rêves d'enfant.

Quand le client partait, je restais dans la chambre pour la remettre en ordre, pour retarder le suivant ; je prenais mon temps, en musique. Le clarinettiste me tenait compagnie de l'autre côté de la cloison, enfreignant lui aussi la consigne, préférant la putain à ses visiteurs.

Il abandonnait alors les tempos rapides comme s'il cherchait à me réconforter. Je me blottissais entre ses accords de blues, doux, veloutés. Il simplifiait son jeu et gagnait en intensité. Sur mes épaules, il déposait un manteau.

Je rêvais à la fenêtre et il lançait *Autumn in New York*. Je pleurais et il envoyait *April in Paris*. Un air de rien, une poignée d'accords et les images nauséabondes du Mademoiselle se dissipaient. M'observait-il par des trous au mur ? Quand je fixais le papier peint, il me tendait un bouquet de notes. Lui, ange et fantôme, me devinait, me ravivait, pureté jaillie du mur, du ventre de cette maison.

Au client suivant, il reprenait un rythme endiablé. Fragmentée, désordonnée, joyeuse et taquine, sa musique m'électrisait. Elle donnait envie de se lever et de plonger dans les accords. Moi qui, pourtant, savais attraper une mélodie de la voix et des pieds, je ne comprenais rien à son jazz. Les notes s'envolaient, les croches débordaient des mesures. La musique enfiévrait la chambre et toute la maison. Les hommes devant moi ne semblaient rien entendre. Parfois, l'un d'eux grommelait en se rhabillant : Saleté de be-bop, musique de nègre.

Il me fallut plusieurs semaines pour oser l'approcher.

Un soir, prête à partir, je me décidai. Il jouait dans l'une des chambres au second étage. Postée derrière la porte, j'attendais une pause entre deux morceaux. De sa clarinette jaillissait un torrent de notes. Je frappai sans qu'il m'entende. Je recommençai un peu plus fort, il s'interrompit. J'attendais qu'il ouvre... Rien.

Nez contre la porte, je me présentai à voix basse. Aucune réponse. Je demandai bêtement s'il m'entendait. Je voulais, sans le déranger, le rencontrer, le remercier, mettre un visage sur... Plus un bruit.

Dans la maison régnait un silence à écouter battre les cœurs. Surpris dans sa tanière, le musicien ne bougeait plus.

J'attendis encore… Il reprit son morceau et s'échappa dans un tourbillon de musique, me clouant au palier.

Le lendemain, aucun air ne m'accueillit. Dépouillée de jazz, la chambre était lugubre.

Je l'attendis tout l'après-midi. Il s'occupait des autres filles. Pour moi, le silence.

Les hommes défilaient, des Blancs uniquement. Je dus subir sans musique leurs gémissements, leurs insultes, leurs rictus. Je me jurai de ne plus revenir. Voulait-il me punir de l'avoir approché ? Dans l'attente éperdue d'une simple note, je vécus le supplice jusqu'au dernier client.

Celui-là était un gosse de vingt ans choyé par Marguerite. Elle le laissa à ma porte en lui prodiguant des encouragements :

— Détendez-vous, mon garçon. Regardez ma jolie Noire, c'est exactement ce qu'il vous faut.

Dans son complet trois-pièces de flanelle sombre, chapeau et gants à la main, manteau tombant jusqu'aux guêtres, le garçon semblait échappé d'une vitrine de la Cinquième Avenue. Il n'osait franchir le seuil de la chambre, je ne bougeais pas non plus.

Il sortit une flasque de sa veste et but une gorgée. Puis il m'annonça qu'il jonglait avec les bilans et la haute finance et pourrait bientôt rivaliser avec son directeur de la John Pierpont Morgan. Sa fille lui était promise.

Il ajouta qu'il devait regagner sans trop attendre ses bureaux de Wall Street. Il égrena ses diplômes et reprit une gorgée. Il m'expliqua en bafouillant que, pour tenir son rang, il lui fallait maîtriser les subtilités du corps autant que celles des chiffres.

Il n'avait encore ni moustache ni barbe.

— Les femmes… ou plutôt les négresses comme vous… Ces choses-là, vous les connaissez bien, non ?

Son visage s'empourpra.

— Peut-être ferais-je mieux de repasser demain.

Il but à nouveau, puis leva les yeux vers moi, hésita et, ne sachant que faire, me tendit sa fiole.

Le musicien demeurait silencieux. Je me persuadais qu'il était là, derrière la cloison, et qu'il nous observait.

Violant le règlement, je saisis sa flasque et ma gorge s'enflamma de whisky pour la première fois.

À cet instant, la clarinette se fit entendre. Un chorus, pas plus. Le gosse sursauta.

Il fixait la cloison.

— Il y a quelqu'un derrière ?

Folle de joie, je répondis :

— Un fantôme, je crois.

— *Oh, Lady, be good…*

— Pardon ?

— *Oh, Lady, be good.* Gershwin. C'est ce qu'il vient de jouer. Ma mère écoute souvent ce disque à la maison.

Le clarinettiste était là, juste à côté, et je me sentis toute petite, non pas devant ce prince de Wall Street, mais devant lui, le salaud qui avait tu sa clarinette. Je tendis la main pour une gorgée de whisky et le chorus retentit une nouvelle fois. *Oh, Lady, be good.*

Violant un second article du règlement, je demandai au client :

— Quel est votre nom ?

— Clarence George Van Linden. Et le vôtre ?

— Dinah. Je m'appelle Dinah.

Je répétai mon prénom bien fort pour que l'autre l'entende. *Oh, Lady, be good !* Refusant d'être sage puisqu'il me le demandait, je pris les devants et dis d'une voix plus forte encore :

— Clarence… Entrez, s'il vous plaît.

Je le débarrassai de ses affaires et il s'assit sur le lit, à bonne distance, le pli du costume soigné, boutons de manchette aux poignets, prêt à s'enfuir.

— Redonnez-moi de ce whisky.

La clarinette répondit : *Oh, Lady, be good.* À chaque giclée de notes, Clarence se tournait vers la cloison.

— On nous observe ?

— Ne faites pas attention à lui. C'est pour moi que vous êtes là.

— Ma mère adore cette chanson…

— Oubliez votre mère, Clarence, et regardez-moi.

Je mis son feutre à cinquante dollars sur ma tête et me postai devant lui, la flasque à la main. La musique accéléra son tempo. Je bus encore et les murs se mirent à tourner.

Clarence me fixait, terrorisé, comme si sa mère se dressait devant lui. Sans s'en rendre compte, il murmurait les paroles du morceau : *Madame, ayez pitié, je suis seul dans cette grande ville…* Le musicien avait pris possession du banquier qui ânonnait : *Je vous dis que je suis un enfant perdu dans les bois, alors, madame, soyez gentille avec moi.*

Il me regarda enfin. Le premier corps de femme offert à ses yeux titubait sous l'effet de l'alcool. Je frappai du pied contre le mur en criant :

— *Oh, Lady, be good*, c'est ça ? Alors joue plus fort, le musicien, fais-moi danser, qu'est-ce que tu attends ?

Je posai mes pas sur ses notes. Quelques mesures suffirent à me régler sur son tempo. Je dansais, pieds nus sur le plancher, la chemise tombant des épaules. Alors la clarinette accéléra le mouvement. Elle gomma les temps faibles, allongea son phrasé, le fit bondir à contretemps. Elle déforma la mélodie jusqu'à la rendre méconnaissable. Je lâchai prise et m'effondrai sur le lit, étourdie par ces notes qui ricochaient entre les murs, dans ma tête, à l'intérieur de mon corps. Clarence était parti sans bruit, m'abandonnant chapeau et whisky.

Clarence revint le lendemain, puis presque chaque jour. Il calait ses visites sur mes heures de présence. Au bout d'une semaine, il n'avait toujours pas baissé son pantalon.

À son bureau, il annonçait qu'il préférait s'isoler avec ses dossiers, direction la bibliothèque de la 42e Rue. Il arrivait au Mademoiselle en sueur, ouvrant et fermant sa montre à gousset. Je l'entendais demander à Marguerite :

— J'ai une demi-heure. Elle est prête ?

Au garde-à-vous, le visage remaquillé, la syntaxe plus française que jamais, elle le conduisait dans la cellule où je l'attendais.

Le musicien, qui l'instant précédent m'offrait un tendre swing, s'interrompait pour accompagner d'une marche militaire l'ascension du pauvre Clarence, faisant résonner son pas coupable aux oreilles de tous.

L'enfant de Wall Street débarquait tel un évadé de prison et tirait le verrou derrière lui. Le règlement l'interdisait, mais la fortune qu'il laissait à Marguerite la rendait compréhensive. Il se libérait de sa veste et de ses chaussures et ouvrait son gilet.

D'une sacoche en cuir, il sortait des sandwichs au fromage. Entre deux gorgées de whisky, il me parlait de sa fiancée, de ses parents, de son directeur, de ses amis du club qui tous exigeaient trop de lui. À défaut du corps, il soulageait son esprit.

Quant à moi, j'élargissais ma connaissance du monde. Je découvrais qu'un élastique serré au mollet évitait les plis d'une chaussette, qu'un autre ajustait la manche à bonne longueur, et qu'un repas nécessitait pour chaque convive cinq couverts et autant de verres.

La bouche ouverte, Clarence mastiquait. Par moments, ses yeux écarquillés se risquaient sur mon anatomie. Il me décrivait son retour au bureau et les regards qui, pendant trente étages en ascenseur, feraient baisser le sien. Ses collègues devinaient tout, comme son assistante et les financiers de la salle des marchés, comme les voisins aux fenêtres des gratte-ciel qui poussaient contre sa tour, ces millions de petits carreaux qui s'allumeraient le soir pour répandre la nouvelle : le jeune Clarence, gendre promis au directeur de la John Pierpont Morgan Bank, mène une mauvaise vie.

Assise à ses côtés dans ma chemise de dentelle, je buvais autant que lui. Je lui prêtais une vague oreille, tendant l'autre au jazz.

À l'heure dite, Clarence partait. Ivre, je restais perchée sur le bec d'une clarinette, le corps frissonnant de musique, prête à m'envoler.

À travers la cloison, le musicien ne jouait que pour moi. Il m'enveloppait d'un swing langoureux.

Par moments, il testait un riff et je lui répondais en chantant ou par un pas de danse. Alors il reprenait la séquence, la fragmentait, la dépliait. Accrochée à son aile, je devenais aussi folle que sa musique, folle à sentir son souffle sur moi, à me trouver belle et à m'offrir à lui, ses notes au creux de mon plaisir.

Nous étions amants. Je partageais l'intimité d'un fantôme. Dans le métro qui me ramenait chez moi, je croyais perdre la raison. Le lendemain, aux premiers craquements du plancher, aux premières notes, il me rassurait.

Un jour, Clarence débarqua le visage radieux, c'était rare de le voir sourire. Deux petites fossettes pointaient sur ses joues imberbes.

— Je me suis fait porter malade. Tu es à moi tout l'après-midi.

Derrière la cloison, le musicien accueillit la nouvelle par une gerbe d'accords, comme pour me dire : Un après-midi ? Et nous alors ?

Clarence vida sa mallette.

— C'est du champagne français !

Il défit l'emballage d'un hot-dog et m'en tendit la moitié, puis il posa à côté de lui un cigare long comme le moment qu'il comptait me consacrer.

Il buvait au goulot entre deux bouchées. Une mèche gominée lui tombait sur le front. Ivre, il retrouvait l'assurance de sa classe sociale. Il se vautrait sur le lit, s'essuyait sur la couverture, les pieds sur mes genoux. Des riffs monotones traversaient la cloison. Aucune mélodie, des notes rares, un air anxieux. Le musicien nous plongeait dans un film noir.

La bouteille achevée, Clarence sortit sa flasque. Le whisky après le champagne le rendit euphorique. Il alluma son cigare et je me levai pour ouvrir la fenêtre. Il me fixait l'air vainqueur et devenait enfin un méchant garçon.

Des accords de jazz fusaient, mais, entre deux, le musicien retenait son souffle.

Clarence tituba jusqu'à moi et m'attira vers le lit. Il me fit asseoir contre lui et caressa mon genou comme s'il s'essuyait dessus.

— Le règlement nous impose une distance.

Une lancée chromatique reprit mon avertissement. Clarence bondit vers le mur.

— Il y a quelqu'un derrière ?

La clarinette émit un seul accord, son timbre était douloureux.

— Le musicien, tu nous regardes ?

L'instrument se tut. Clarence vint se rasseoir.

Il tira sur son cigare et toussa la fumée sur mon visage.

— Enlève tout.

Derrière la cloison, le silence.

— Enlève, je te dis.

Il déchira la dentelle et me découvrit jusqu'au nombril. Son regard s'embrasa. Il jeta son cigare et défit sa chemise, ôta son pantalon et mit la main dans son caleçon :

— Tes seins… Soulève-les doucement.

Je ne bougeai pas. L'autre ne jouait plus. Clarence me fixait.

— Prends-moi dans ta main.

Je cachai ma poitrine.

— Prends-moi.

Il me gifla.

— Alors lève-toi.

La chemise glissa à mes pieds. Il se frotta sur mon ventre. Je le repoussai. Il m'attrapa la main et je sentis son envie dressée sous mes doigts. Je me mis à crier. Il saisit mes hanches et me plaqua contre le mur. Je le frappai de toutes mes forces. Encaissant les coups sans broncher, il m'écrasait, me serrait à me briser les os et je cessai de crier.

Un choc sourd fit trembler la porte. Au second choc, elle s'ouvrit et claqua contre le mur. Une masse roula sur le plancher, se releva d'un bond, s'abattit sur Clarence et le projeta à terre.

Un clochard… Barbu, les cheveux noirs et hirsutes, en guenilles. Un Blanc.

Il semblait aussi paniqué que moi et osait à peine toucher Clarence. Il le manqua une première fois, l'attrapa par les épaules et l'envoya contre la vitre qui vola en éclats.

Je me précipitai dans l'escalier, bousculant Marguerite qui se précipitait.

Rhabillée à la hâte, je sortis par la porte de la chaufferie. Je courus dans la neige, le plus loin possible. Au pied d'une bouche d'incendie, je vomis toute ma frayeur.

Je le vis au loin. Le clochard marchait dans ma direction, aussi vite qu'il le pouvait. La jambe raide, il se déhanchait comme si son corps se disloquait. Le manteau ouvert, une clarinette à la main, il approchait.

Alors, c'était lui.

Le musicien adoré, le dandy noir des dancings, mon enchanteur… Blanc, boiteux, misérable.

Il s'arrêta à quelques mètres, et moi, sans réfléchir :

— Vous êtes si maigre…

Il ne disait rien et fuyait mon regard. Il me parut très jeune… Je fis un pas vers lui.

— Merci.

Il leva enfin les yeux. C'était sa tristesse, surtout, qui me frappait.

— Vous ne ressemblez pas à votre musique.

Il tremblait de froid. Ses chaussures de toile trempaient dans la boue. Il ferma son manteau sur un pantalon et une veste de l'armée américaine. Je m'approchai encore.

— Comment vous appelez-vous ?

Il semblait plongé dans le grand jour pour la première fois.

— Vous êtes militaire ?

Il secoua la tête.

— Eh bien, le Bronx compte deux chômeurs de plus.

Je me dirigeai vers la gare, il me suivit. Lui, hardi d'un pied, l'autre raclant la chaussée, et moi jetant des regards de biais. Pourquoi ne disait-il rien ? Le teint mat, le nez droit, les boucles noires, il avait le visage d'un berger d'Orient.

La gare ressemblait à un petit château de tôle au toit pointu, enjambant la rue à dix mètres du sol, accessible depuis le trottoir par un escalier. Les voies s'encastraient entre les immeubles. Nous avons patienté sur un banc, en plein courant d'air. Je laissai passer le premier train, attendant qu'il me parle enfin.

Pas un mot.

Il scrutait sa clarinette, elle avait souffert dans la bagarre. Il sortit de son manteau une paire de mitaines découpées dans des gants de soldat. Ses doigts s'affolèrent sur l'instrument et le son des gammes sembla le satisfaire.

À la rame suivante, je finis par lui demander sa destination. Il haussa les épaules.

— Mais où habitez-vous ?

Il indiqua la direction du Mademoiselle.

— Alors, vous n'avez plus d'endroit où dormir ?

Il eut un sourire gêné. Je lui attrapai le bras.

— Pourquoi refusez-vous de me parler ?

Il osa enfin me regarder. Il désigna sa bouche en secouant la tête. Comme je ne comprenais pas, il fit le geste de coudre ses lèvres.

Muet…

Il se remit à ses gammes.

Je n'avais pas le cœur à l'abandonner sur ce quai.

Je renonçai à rentrer. Nous avions encore l'après-midi devant nous. Il accepta de marcher avec moi.

Dos à la gare, nous remontâmes le quartier des West Farms le long de la rivière. Le froid avait vidé les chemins de promenade. Parcs fermés, rues désertes, le Bronx sommeillait avant le retour de ses travailleurs. Les nouveaux chantiers de Long Island les embauchaient à la semaine.

La bibliothèque ambulante restait le seul commerce ouvert des alentours. Aménagée dans un wagon de tram, elle proposait de vieux livres à cinq pence au profit des blessés de guerre. Le musicien s'attarda sur une édition bilingue des poèmes de Rimbaud.

— Vous comprenez le français ?

Il hocha la tête. Je lui offris le livre.

Au-dessus de nous, à intervalles réguliers, les rames du métro fracassaient le silence. Il choisit un texte et me le tendit. Tant bien que mal, je le lus en français.

Pour échapper au vent, on se réfugia dans un dédale de petites rues, où s'alignaient des maisons de pierre brune. Nous marchions le pas lent, de poème en poème. La neige étouffait ma voix et tous les échos de la ville.

La rivière Bronx nous mena devant la grille du zoo. J'achetai deux billets et, malgré l'hiver, l'Amérique prit les airs d'une plaine d'Afrique. On pouvait y circuler sans jamais retrouver la ville.

L'ours blanc avait déménagé à Central Park et les tigres restaient blottis au fond des grottes. Sous les rafales de vent, nous échouâmes dans une sorte de pavillon de campagne, face à la cage des gorilles. Au bout de l'allée, une mariée se faisait photographier entre deux paons.

Nous étions les seuls clients. L'un face à l'autre, on se fit servir un chocolat chaud. Agrippé à la tasse, le musicien tendait ses pieds trempés au brasero.

— Vous m'observiez, n'est-ce pas ? De l'autre côté du mur, vous m'observiez…

Il baissa les yeux. Ses joues étaient creusées, ses pommettes saillantes.

— Les autres filles aussi ?

C'était à lui que, depuis des jours, j'offrais mon intimité. C'était lui, ce clochard, que j'excitais à travers la cloison.

Je commandai deux beignets qu'il engloutit avec les bretzels, le beurre de cacahuète et tout ce qui, sur la table, pouvait s'avaler. Je demandai la note. Montrant sa poche, il me fit comprendre qu'il n'avait pas d'argent.

— Ne vous inquiétez pas. Je vous dois bien ça.

Et je voulais ajouter : Maintenant que je vous connais et que le ridicule me ronge, cet argent me brûle les doigts.

La jeune mariée vint se réchauffer près de nous. Dans sa robe de soie, elle pleurait de froid. Sa mère lui frictionna le dos et la couvrit d'un manteau.

Le serveur apporta l'addition et je lui empruntai son crayon. Je dis au musicien :

— Écrivez votre nom.

Il s'appliqua :

DARIUS ZAKEN

— D'où venez-vous ?

Il hésita un instant :

France

— Vous avez de la famille ?

Oui

Là-bas

Je lui montrai son treillis.

— Vous avez fait la guerre ?

Il acquiesça.

— Où ?

Europe

— Depuis quand êtes-vous revenu ?

Six mois

— Et qu'allez-vous faire à présent ?

Il pointa sa clarinette.

— Jouez-moi quelque chose. S'il vous plaît…

Il réfléchit, puis écrivit :

The man I love

Aux premières notes, je retrouvai sa voix, et ma honte, peu à peu, se dissipa.

Darius jouait. Nos voisines le fixaient. Le serveur s'approcha, le cuisinier aussi.

Son timbre nous racontait l'hiver, la neige aux fenêtres, le soleil derrière la brume. Il retenait ses notes et les relâchait avec désinvolture. Ce balancement qui m'était devenu si familier m'emportait à nouveau.

Sourcils levés, yeux rieurs, son visage se transforma. J'oubliai sa misère. Sa mélodie pouvait se tendre comme un fil d'acier, se désarticuler, ou se déchirer comme une étoffe. Il jouait des sons et des silences. D'une caresse, il m'apaisait.

Il se tut et personne ne bougea. La salle résonnait de son swing. Il avait ce don de nous plonger dans sa mélancolie et de la rendre gaie. Chaque soir pendant des semaines, quittant le Mademoiselle, ne pensant qu'à lui, cet enchantement m'avait suivie jusque chez moi.

Je savais qu'au nord, dans les plaines du Connecticut, fleurissaient des champs infinis, à deux pas d'ici. Je n'avais pas envie de rentrer. On monta dans un train pour La Nouvelle-Rochelle.

Darius prit place en face de moi. Le wagon fendit les derniers pâtés de maisons du Bronx. Le pont aérien frémissait sous nos roues. On changea de ligne, direction Port Chester.

Le nez à la fenêtre, je scrutais ces villages sinistres pour y chercher la beauté promise par leurs noms : Larchmont, Mamaroneck, Oakland Beach… Il fallait encore descendre à Harrison pour parvenir à Greenwich.

Darius se tordait les mains. Il se mit à trembler. Je me penchai vers lui, il avait froid.

De l'épopée des plaines, il ne restait que le Mohican dessiné sur une réclame de tabac au fond du wagon. Le jour faiblissait. À Scarsdale, je compris que nous n'atteindrions pas le Connecticut.

En attendant le train du retour, nous marchâmes entre les pavillons. La neige recouvrait les pelouses. La nuit tombait et des lumières filtraient à travers les rideaux. Un bus nous dépassa, les écoliers rentraient chez eux. Une mère guettait son petit devant leur maison. J'ai dit tout haut, me parlant à moi-même :

— Je rêve d'une vie comme celle-là…

Darius n'y prêta pas attention.

Il s'arrêta et s'essuya le front comme s'il était inondé de sueur.

— Je crois que vous avez attrapé quelque chose.

Il tenait à peine debout.

— Vous êtes si peu couvert et vos pieds sont trempés.

Mon bras sous le sien, je le ramenai vers la gare. À genoux au bord du quai, il rendit le peu qu'il avait mangé.

Dans le train, il se recroquevilla sur la banquette. Il ferma les yeux comme s'il voulait dormir.

— Vous n'êtes pas bien du tout…

Il grelottait et ne m'entendait plus.

Plongé dans l'obscurité, le wagon resta à quai un long moment. La respiration de Darius se faisait plus régulière. Il semblait somnoler. Sur une affiche, une femme blonde tendait à son fils une barre de chocolat Hershey. *Enjoy your day*. À côté d'elle, un révérend ouvrait les mains au ciel et appelait au don. *May God bless you.* Étais-je si malheureuse pour ne pas croire à la douceur des mots ? Ils mentaient comme le nom des bourgades que nous avions traversées. En Amérique, on faisait de jolies phrases pour maquiller la violence du quotidien. Par moments, Darius sursautait, se tournait et sombrait à nouveau. Privé de mots, lui ne mentait pas. En quelques accords, sa musique disait la joie comme le chagrin. Son langage m'était devenu familier, au point de ne plus savoir qui de nous deux l'avait inventé. Le train, enfin, se mit en marche.

Je m'assis près de lui. Son front était glacé, sa pâleur effrayante. Il agrippait sa clarinette avec le peu de forces qui lui restait. On filait vers le Bronx. Dans le soir d'hiver, dans sa nuit précoce, les hameaux projetaient leurs lumières sur son visage.

Il ouvrit les yeux, tenta de se redresser, me sourit à peine. Depuis quelques semaines, ma vie était liée à la sienne. Je le pris dans mes bras.

De temps en temps, il sursautait, frappait la banquette ou se grattait comme si quelque chose le harcelait. Je lui demandai s'il voulait dormir chez moi. Même ma voix semblait le déranger.

On approchait de Manhattan. La ville illuminée surgissait à la sortie d'un tunnel, disparaissait pour rejaillir entre deux immeubles, plus près, plus haute.

Le wagon commençait à se remplir. Du côté nord de la ligne, les Noirs osaient encore s'asseoir, rejoints par les Portoricains. Les premiers se dispersaient aux stations de Harlem, les autres dans l'Upper West Side.

La rame s'enfonça dans le ventre de Midtown. Darius lançait des regards apeurés aux gens qui montaient. La foule se pressait autour de nous. Il se serrait contre moi.

À chaque arrêt, le métro fendait les quais bondés de manteaux et de chapeaux en feutre. Les employés de bureau grimpaient coûte que coûte. Je sentais Darius de plus en plus nerveux.

Pendus aux lanières de cuir, les gens tanguaient sans rien dire, le regard fixe, le front en sueur. La violence de cette ville était partout, jusque dans leur silence. Au moindre contact, Darius répondait d'un coup de poing.

Agrippé à moi, il pouvait encore marcher. Nous sortîmes à l'angle de Hester et Orchard. Des camionnettes obstruaient la rue. C'était l'heure où les couturiers levaient la tête de leur machine. Ils quittaient leur fourmilière par centaines pour livrer des piles de vêtements.

Au pied de mon immeuble, le plus haut du bloc, les gens se retrouvaient sur le trottoir, quelques Italiens, des Juifs surtout, réfugiés d'Europe. Ils s'entassaient entre les étals des marchands pour fumer et partager les feuilles du journal, défendre leurs nouveaux héros, le boxeur Joe Louis et le président Truman.

Sous l'escalier de fonte qui zébrait la façade, une épicerie occupait le rez-de-chaussée. Darius se figea devant ses réclames en yiddish. Je me dépêchai d'acheter des harengs et de la poitrine de bœuf. Je le retrouvai chancelant, hypnotisé par ces lettres hébraïques. Nous réussîmes à franchir les huit étages jusqu'à ma chambre.

J'empruntai un matelas aux voisins. Darius ne voulut rien manger. Recroquevillé sous les couvertures, il se tenait les côtes comme s'il avait des crampes d'estomac. La douleur semblait saisir tous ses membres.

Un médecin logeait au premier, j'allai le chercher. Il inspecta ses yeux, sa bouche, son cou.

— Pupilles dilatées. Inflammation des gencives. Démangeaisons.

Il le tourna sur le côté et promena le stéthoscope sur son dos.

— Aucune gêne respiratoire.

Il lui toucha le front.

— Sueurs froides, pas de fièvre. Il a vomi ?

— Oui.

Il palpa les bras et les cuisses. Darius réagissait à ses pressions.

— Pouls élevé. Douleurs musculaires…

Il lui remonta les manches et se tourna vers moi.

— Vous voyez ces points ? Ce sont des traces de piqûres.

Il se releva.

— Héroïne. Ce jeune homme est en manque.

Que fallait-il faire ? Il répondit :

— Le boucler. Le sevrer. Vous en avez pour dix jours au moins. Attendez-vous à ce que ce soit très dur. Mais rassurez-vous, il n'en mourra sans doute pas.

2

Je tremblais. J'avais froid, toujours froid.

Dinah remettait du charbon dans le poêle. À genoux, elle remuait les cendres. Puis elle se penchait sur moi : Maintenant, il fait bon… Darius, vous m'entendez ?

Elle ne savait pas prononcer mon nom. Darry, elle a fini par dire.

Elle m'appelait, je ne répondais pas. Elle insistait. La douleur pénétrait partout, dans mes muscles, dans mes os.

La nuit, elle laissait deux bougies. L'air passait sous la porte. Devant moi, les flammes dansaient. Je les voyais même à travers mes paupières, je les enfermais dans ma tête, toute la nuit. Derrière ces deux flammes, les Tables de la Loi se dressaient. La lumière caressait le marbre. Je priais et mon père se tenait près de moi.

Mon corps ne m'obéissait plus. Les crampes le raidissaient. Il était disloqué par les spasmes. Le peu que je mangeais, je le vomissais. Pauvre Dinah. Je souillais les draps et elle nettoyait. Darry, vous allez guérir… Elle y croyait, pas moi.

Quand je voulais parler, elle tendait un cahier. J'écrivais : *HÉROÏNE.* Elle secouait la tête. *PITIÉ.* Non, toujours non, alors je la frappais. Elle s'écartait et mes poings cognaient dans le vide.

La première nuit, ils m'ont réveillé. Dinah s'est allongée près de moi : Ne vous inquiétez pas.

Mais les autres, dans les étages, ils continuaient à crier. Dinah me serrait contre elle : Ce sont des Juifs. Il y en a partout dans l'immeuble. Ils viennent d'Europe. Des rescapés. Vous savez, les camps de concentration…

Ils hurlaient comme des bêtes. Et Dinah disait simplement : Dans leurs rêves, ils retournent là-bas.

Ils pleuraient et criaient des noms. Dinah pleurait avec eux et répétait : Ce sont leurs enfants, leurs parents, leurs villages.

J'entendais les voisins se précipiter dans les chambres de ceux qui hurlaient. Ils les suppliaient de se taire, et l'immeuble entier se réveillait. Mais où retournaient-ils ? Ils oubliaient qu'ils dormaient en Amérique.

Et puis, ils se sont tus. Ils se sont souvenus de l'Amérique. Tout le monde était épuisé, et moi aussi, je me suis rendormi.

Alors j'ai vu mon père dans mon rêve. Il m'a parlé. Il brûlait sur un bûcher, le corps enveloppé dans son châle de prière. Un ange se penchait sur lui et ses ailes battaient les flammes. Il m'appelait.

Au réveil, j'ai trouvé Dinah qui m'observait : Vous aussi, vous venez de là-bas ? De ces camps ? J'ai fait non de la tête.

Elle a caressé mon front : Cette nuit, vous aussi, vous avez fait des cauchemars.

J'ai montré mon manteau, elle l'a étendu sur moi comme une couverture. Dans la poche, j'ai attrapé le poisson d'argent, je l'ai serré dans mon poing, j'ai tourné le dos à Dinah, pour ne plus qu'elle me parle.

La douleur me transperçait les reins. La nuit, mon regard flottait. Quand je fixais les bougies, elles se mettaient à flotter aussi. Je grattais mes plaies jusqu'au sang. Pour m'en empêcher, Dinah gardait mes mains dans les siennes. J'avais chaud et l'instant d'après j'avais froid. Mon corps se tordait, comme si un démon le possédait. Dinah murmurait : Dans quelques jours, vous irez mieux. Je m'arrachais de ses mains et je m'acharnais sur mes plaies.

Je parlais avec mes lèvres. Dinah se penchait sur moi : Vous essayez de me dire quelque chose ? Elle se précipitait sur le cahier : Écrivez… écrivez, Darry. Je griffonnais :

drogue
cigarettes
n'importe quoi

Elle refusait et je la frappais. Je lui lançais des regards de fou. Ses larmes montaient : Vous me haïssez, n'est-ce pas ?

Elle n'osait plus s'approcher de moi. Mais elle ne me quittait pas. Parfois, elle éclatait en sanglots : Je vous en supplie, mangez un peu, sinon vous allez mourir.

Elle oubliait ses études. Quand elle sortait pour les courses, elle m'enfermait à clé.

Alors les rêves me harcelaient et je délirais. Ma mère entrait dans la chambre, s'asseyait sur mon lit, elle respirait à peine. Je l'implorais : Ne t'en va pas. Je lui disais : Regarde ce que ton fils est devenu.

La nuit, quand j'avais trop mal, Dinah mettait la main sur mon front et je tressaillais. C'était la main de ma mère, la fraîcheur de sa paume quand j'étais souffrant, et elle posait ses yeux clairs sur moi. Elle me souriait et je buvais sa lumière. Où es-tu, maman, je lui demandais, et elle répondait : Je suis où tu m'as laissée.

Un matin, Dinah m'attendait au réveil : Qui est-ce ? Ce prénom toujours sur vos lèvres, qui est-ce ?

Elle m'a tendu le cahier : Écrivez-le-moi. Je me suis retourné pour rattraper mon rêve. J'étais au milieu d'une foule et le public aimait ma musique. Ma mère surgissait : Où étais-tu ? J'ai eu si peur... Elle me prenait dans ses bras, je me dégageais, elle répétait : J'ai cru mourir. Je voulais jouer encore et les gens riaient de la voir affolée.

3

Ses lèvres, enfin, m'appelèrent Dinah. Pour la première fois, il me remercia. Il toléra un peu de purée de légumes et de la compote de pommes.

Ses nuits s'allongeaient. Darry ne jouait toujours pas. Son instrument restait posé contre le mur, à côté du matelas. Dans ses poussées de démence, c'était le seul objet qu'il respectait. J'avais dû éloigner tous les autres.

Le soir, il eut pour moi les premiers gestes tendres.

Le lendemain, il se leva, prit la clarinette et la couverture. Il tourna la clé et sortit dans le couloir. Il avait laissé le cahier sur son matelas. Une photo était glissée à l'intérieur. Un enfant à la plage, ébloui de soleil, se tenait près d'une belle femme blonde. Au dos : *Stella et Darius, juillet 1932*. Stella… Le prénom sur ses lèvres, chaque matin.

Sur le cahier, il avait couché son rêve :

Elle courait dans la rue
Elle me cherchait partout
Pieds nus en robe de chambre elle me cherchait

Elle m'a vu et elle s'est jetée sur moi
Elle m'a serré sur son cœur en pleurant
J'ai ri
J'ai dit que rien ne pouvait m'arriver
Moi Darius Zaken
Le fils de Stella
J'ai ri et je l'ai repoussée

Je rejoignis Darry dans le couloir. Il escalada l'échelle, ouvrit la trappe et, en plein vent, se dressa sur le toit. Devant lui, les ponts de Williamsburg et de Manhattan enjambaient l'East River. Il était guéri.

Enveloppés dans la couverture, nous nous blottîmes entre les cheminées. Les quais sombres de Brooklyn se devinaient derrière la brume.

Les étages se réveillaient, l'immeuble s'animait. D'en haut, on entendait s'affairer les rescapés, ces enfants de personne, ces parents de personne, des entêtés à vivre, comme nous, prêts pour un nouveau jour.

Darius jouait.

Une joie timide perçait à travers les sons tristes.

Je me serrai contre lui. Sur sa poitrine, il avait accroché son petit poisson d'argent.

TUNIS
1935

1

Ils pleuraient.

Sous leur châle de prière, ils pleuraient. Et mon père avec eux.

Il penchait son corps, le relevait, le penchait encore et pleurait.

J'ai demandé : Qui est mort ? Derrière, quelqu'un m'a frappé sur la nuque : Tais-toi, Darius, ou tu ne verras pas la joie.

On avait retiré les bancs et les rideaux de l'armoire, celle qui contenait la Loi. Le chandelier était recouvert d'un drap.

J'avais chaud. L'homme, derrière, je le connaissais. Il n'avait pas de lèvres, pas de dents, et sa barbe tombait sur sa poitrine. Il s'essuyait les yeux avec son châle. J'ai demandé à mon père : Moi aussi, il faut que je pleure ?

Je raclais la terre avec le talon. Reste tranquille, Darius, a dit mon père. J'ai demandé encore : Qui est mort ? Jérusalem. Jérusalem est morte.

Papa a désigné le mur, le coin de la synagogue sans peinture, le trou, les briques par terre, la poussière :

Là, Darius, regarde les ruines. C'est pour nous souvenir du Temple et de sa destruction. Il a ajouté : Ce jour-là, les pierres ont saigné.

L'homme, derrière, me tendait son livre. Son doigt de squelette suivait les lettres en hébreu, ses ongles étaient noirs, il traduisait : Sur les bords des fleuves de Babylone, nous étions assis et nous pleurions. Les vainqueurs nous demandaient des chants.

J'ai détourné la tête, mais il a continué à me parler : Que ton cœur crie vers le Seigneur, fais couler tes larmes comme un torrent.

Son haleine était âcre comme celle d'un vieillard. Je n'avais pas de châle pour me protéger de lui, seulement le linge sur mon crâne. Ma mère y avait accroché son petit poisson d'argent.

J'ai demandé à mon père :

— C'est quoi, Babylone ?

— Nos ennemis. Ils ont détruit Jérusalem et le Temple. Les Babyloniens d'abord, ensuite les Romains.

— Les Romains aussi, c'étaient nos ennemis ?

— Ils ont massacré les Juifs. Un 9 du mois d'Av. C'est demain, Darius, dans notre calendrier. Alors, ce soir, nous pleurons pour nous en souvenir.

J'ai voulu pleurer comme mon père, mais je n'avais pas de larmes.

Le châle serré dans son poing, le rabbin se frappait au cœur. Mon père l'a imité et ses larmes coulaient.

Ils se sont agenouillés. L'homme derrière moi s'est appuyé sur mes épaules pour me forcer à m'incliner.

Il a frotté sa main sur la terre jaune, il a répandu la poussière sur son front et ses paupières en se lamentant : J'ai perdu jusqu'au souvenir du bonheur. Ramène-nous vers toi, ô Éternel, renouvelle pour nous les jours d'autrefois.

J'ai craché dans mon mouchoir. Vas-tu rester tranquille, Darius ? a grondé mon père.

Le genou à terre, tous se frappaient le cœur. Recroquevillé comme eux, j'ai demandé :

— C'est pour ça que tu pleures, papa ? À cause de nos ennemis ? Pour qu'ils ne reviennent plus ? Les Babyloniens et les Romains ?

— Si nous pleurons la face contre terre, l'Éternel se souviendra de nous.

Je transpirais. Le goût de la cendre me piquait la gorge.

Tourné vers la Loi, le rabbin récitait un chant en hébreu, un air monotone qui ne s'arrêtait jamais.

Les hommes se sont relevés pour la grande prière : Écoute Israël, l'Éternel est Un.

Sous leur châle, ils se cachaient les yeux dans la main. Je faisais comme eux. Ne sachant aucune prière, je récitais les Commandements. Au dixième, je recommençais en imitant les intonations de mon père. Comme lui, je balançais mon corps.

Dans la coupelle suspendue au plafond, la flamme brûlait pour qu'on se souvienne des morts. Derrière, les Tables de la Loi tremblaient sur le mur.

Le chaouch devait remplacer la bougie avant qu'elle ne s'éteigne, pour qu'on n'arrête jamais de se souvenir, pour que les morts ne meurent pas une seconde fois. Elle devait brûler même pendant le shabbat, sinon le chaouch se faisait battre. Nous, les enfants de l'école de l'Alliance, nous lui cachions ses allumettes avant le cours de Talmud. Il ouvrait les tiroirs et cherchait sous les bancs, il hurlait pendant que la flamme mourait. La bougie s'éteignait et les coups venaient. Le rabbin frappait les jambes de l'idiot avec sa canne et on applaudissait. Le chaouch gémissait devant la coupelle jusqu'à ce qu'on lui rende ses allumettes, alors il se dépêchait de ranimer la flamme. On criait pour l'encourager. Il sanglotait et bafouillait dans une drôle de langue, moitié juive et moitié arabe : Honte, honte à vous. Les morts vous regardent, ils se dressent devant vous pour toujours.

Dehors, il faisait presque noir. Je voulais oublier le goût de la cendre. J'ai demandé à mon père : Je peux aller boire ? Il fermait les yeux et s'agitait comme s'il faisait un mauvais rêve, il basculait son corps à droite, à gauche, vers l'avant. J'ai insisté : Il y a un robinet dans la cour, je sais où il est, juste sous la fenêtre du rabbin. Vas-tu te taire, Darius ? L'homme, derrière, a recommencé à pleurer : Si je t'oublie, Jérusalem, que ma main droite m'abandonne, que ma langue s'attache à mon palais.

Avant l'office, nous avions pris le repas autour du rabbin dans la pièce à côté. C'était dans cette salle qu'on étudiait le mercredi. Là aussi, ils avaient tout retiré sauf les portraits au mur, des rabbins morts depuis longtemps. Il nous a fait manger par terre. Le chaouch a distribué du pain avec de la cendre et un œuf bouilli. Mon père était assis en tailleur, et les autres m'obligeaient à avaler la cendre. Il fallait attendre que la nuit tombe. Ils transpiraient, ils mouillaient ma chemise avec leur sueur. Je cherchais le vent par la fenêtre. La cruche d'eau passait de bouche en bouche et elle me dégoûtait.

À la porte de chez nous, maman avait tendu un panier.

— Emporte au moins les lentilles.

Mon père avait refusé.

— Pour contempler Jérusalem, il faut prendre son deuil.

— Sauveur, le petit n'a pas besoin d'y aller.

— C'est important, Stella.

— Il est bien trop jeune.

— Je te le renverrai une fois versées les larmes de Jérémie.

Je voulais rentrer. On avait installé les matelas sur notre toit, sous les cordes à linge. C'était le seul endroit où on supportait la chaleur. On y dormait, mes parents et moi, avec les voisins. Les enfants de mon âge étaient restés chez eux, mais mon père m'avait trouvé assez grand pour m'emmener.

Après le repas, quelqu'un a dit : Je vois trois étoiles dans le ciel. Alors les portes de la grande salle de prière se sont ouvertes et les hommes ont commencé à pleurer.

Le rabbin s'est retourné. Il a écarté le châle de son visage et nous a cherchés par-dessus ses lunettes. J'ai baissé les yeux. Il t'appelle, m'a dit mon père. Je fixais la terre jaune. Derrière, l'autre me poussait : C'est toi qu'il appelle, toi, le fils de Sauveur.

Le rabbin tendait son bras vers moi. Il claquait des doigts pour que je me dépêche. Je voulais rester avec mon père. Eh bien, Darius, qu'est-ce que tu attends ?

On m'a poussé vers l'autel. Le rabbin a montré le pilier en pierre. Il me clouait là, devant tout le monde. Je devais prendre un livre. J'avais peur qu'il me demande de chanter.

Je pouvais voir la salle, les gens debout, des centaines, les pères des familles de la Hara dans leur châle. Ils priaient avec le rabbin, mais leurs yeux revenaient toujours sur moi. Ils scrutaient mon crâne et le linge que maman avait noué. Je le portais depuis deux jours, il sentait l'œuf et l'ail. Tous fixaient le linge et me dévisageaient comme si j'avais la lèpre. Ils m'observaient derrière leurs larmes et les miennes sont venues. Je voulais rejoindre mon père.

C'était Lucien, mon instituteur à l'école de l'Alliance, qui avait remarqué que quelque chose n'allait pas. Pendant la classe, je me grattais la tête et des cheveux restaient entre mes doigts : la teigne. Tout le monde avait ri. Les élèves tapaient sur leur table. J'étais rentré chez moi en courant. Maman avait rasé mon crâne et nous étions allés chercher le docteur Cialom au souk. Il avait écrit l'ordonnance sur un coin de son journal : trois fois par jour sur le cuir chevelu, un jaune d'œuf mélangé à de l'ail écrasé dans une louche de bière, et puis le foulard par-dessus. Sur le linge, ma mère avait accroché un petit poisson d'argent. Il pendait au-dessus de mon oreille. Elle disait qu'il me protégeait d'un mal plus grand.

Mon père priait sans s'occuper de moi. Je cherchais Lucien, mon instituteur, mais je savais qu'il ne venait jamais à la synagogue. Lui était joyeux quand il parlait de Jérusalem. Il ouvrirait bientôt une école avec l'Alliance israélite universelle, là-bas, de l'autre côté de la Méditerranée, pour les enfants juifs de Palestine. Il nous montrait sur la carte la petite épingle plantée pas loin de la mer. J'aimais ma classe à l'école de l'Alliance. Les maîtres étaient jeunes. Avec eux, on jouait au football et ils ne parlaient pas des morts. J'ai cherché Lucien, j'ai regardé partout en me disant que, peut-être, il avait décidé de prier.

Le rabbin a enlevé son châle. Il s'est agenouillé sur les marches de l'autel et s'est incliné. Il portait des pantoufles brodées et ses chaussettes montaient jusqu'aux mollets, là où s'arrêtait son pantalon. Il ne s'habillait pas comme nous, qui voulions ressembler aux Français.

Il était aussi pauvre que tous les Juifs de la Hara, il était pauvre même dans sa façon de parler, il mélangeait l'hébreu et l'arabe, le français et l'italien. À la maison, on parlait français, jamais arabe, sauf quand mes parents ne voulaient pas que je comprenne.

Je comptais les piliers de la synagogue pour oublier l'ail et la cendre. Les grosses colonnes de pierre portaient des arcades hautes comme dix hommes. Là-haut, dans la pénombre, on pouvait deviner le grand lustre avec ses reflets d'or. Il pendait devant l'autel au-dessus des vieux du premier rang. Pour eux, on avait laissé des chaises et ils ne se levaient plus. Ma mère disait que les poutres du plafond étaient décorées. J'évitais de regarder en l'air parce que sur la galerie, derrière les grillages en bois, les femmes étaient là.

Dans l'ombre, elles m'observaient. Elles savaient pour mon crâne, elles savaient toutes, depuis la rue Monastir jusqu'à la rue des Maltais. Elles en parlaient entre elles. Je les avais entendues en entrant dans la synagogue, elles me montraient du doigt : *Poverino, poverino*. Elles prenaient mon menton dans leurs mains, elles inspectaient les taches d'œuf sur le linge, *poverino*, et elles secouaient la tête en soupirant, d'un air de dire : La prochaine fois, tu feras attention. Elles parlaient de ma mère qui n'avait rien fait pour mériter ça. Elles n'aimaient pas la teigne ni les garçons qui pleurent.

Pour ne pas regarder vers les femmes, je fixais les motifs dans le bois de l'armoire, celle qui renfermait les rouleaux de la Loi. Je traçais avec mon doigt les inscriptions gravées dans le marbre autour des portes. Personne n'osait prier si près de la Loi. Aucun enfant n'avait vu les portes nues, et moi, ce soir-là, je pouvais les toucher.

Je lançais des coups d'œil dans la salle. Je continuais à chercher le visage de Lucien, ses fines moustaches comme dans les magazines. Sa mère avait accouché le 1er janvier 1900 à minuit, au cours d'un bal, alors il était toujours gai. Je l'adorais. Je pouvais déjà lire des livres. J'avais une belle écriture, c'est ce qu'il disait. Il m'apprenait le savoir des Français.

Ils se sont approchés. Les fidèles ont envahi l'autel et fait pencher la table de prière. Eux aussi voulaient toucher la Loi. Ils se sont serrés contre moi. Ils chantaient plus fort que le rabbin. Ils priaient en remuant leur corps et me bousculaient pour avancer.

La tête me tournait. Je transpirais. Je n'arrivais plus à respirer. La cendre est remontée dans ma gorge et j'ai vomi sur les châles de prière.

Je me suis retrouvé dans les bras de mon père.

Mes poings serraient son châle. Il a poussé les gens pour atteindre la sortie et m'a porté dans l'escalier. Au dernier étage, il est monté sur un escabeau pour ouvrir une trappe. Le toit de la synagogue était plat comme notre terrasse, couvert de petits cailloux.

Papa est revenu avec un verre d'eau : Rince-toi la bouche, Darius. Tu as sali ta chemise. Pardon, je répétais, pardon.

Il essayait d'enlever les taches avec son mouchoir. Les autres, en bas, étaient sûrement fâchés. Papa soupirait : Ta mère avait raison. Dix ans, ce n'est pas un âge pour cet office.

Il s'est assis devant moi, il a fini par me sourire et il m'a pincé la joue.

Autour de nous, les maisons étaient éteintes. Chez tous les Juifs, on devait pleurer. Mais la nuit était claire et mon père me souriait.

Ce vent sur mon visage, c'était comme une caresse. Le sirocco venait du sud, on disait qu'il naissait très loin dans le désert. D'habitude, il nous rapportait la pourriture du lac et empestait les égouts. Mais ce soir-là, il sentait le jasmin et mon père n'était pas fâché.

Avec sa barbe, il faisait vieux. Pendant les neuf premiers jours du mois d'Av, il ne se rasait plus. Il parlait peu. Il se rapetissait et devenait un étranger.

— Tu ferais bien de rentrer à présent. J'ai promis à maman.

— Il faut toujours être triste à la synagogue ?

— Depuis la destruction de Jérusalem, depuis le jour où les Juifs se sont dispersés, ils portent leur malheur avec eux.

Ce malheur, le rabbin nous en parlait sans cesse : Vous ne pouvez ni le voir ni le toucher. Les Juifs naissent avec, il faut vous y faire, même vous, les voyous de l'Alliance. Mais l'Éternel nous aime et nous a choisis, même toi, jeune Darius Zaken, malgré tous tes défauts, toi autant que les autres.

La veille du 9 d'Av, avant de dormir, je me suis adressé à Lui. Je Lui ai demandé de protéger mon père qui était si triste. J'ai prié pour qu'il rase sa barbe et qu'il cesse de ressembler à un étranger.

Assis sur les cailloux de la terrasse, papa a enlevé son châle : Tu vas mieux, Darius ? Finalement, on est aussi bien ici. Sa tristesse avait disparu. Je lui ai demandé :

— Tu as peur de Dieu, toi aussi ?

— Bien sûr.

— Mais tu L'aimes quand même ?

— Oui.

— Même s'Il nous fait du mal ?

— Souvent, je Lui en veux, parfois même je me fâche après Lui, c'est ma façon de L'aimer.

— Maintenant qu'on est là, à Tunis, c'est fini, on est tranquilles ?

Le sirocco soufflait plus fort. Il avait séché ma transpiration. Il ne sentait plus le jasmin.

Les chants montaient par la trappe. D'en haut, ils semblaient plus doux. Et la prière s'est élevée. L'autre, celle des Arabes.

Elle venait de tout près, à quelques rues. Nous nous sommes approchés du bord du toit et mon père a désigné une tour carrée.

— La mosquée Al-Zitouna appelle ses fidèles... Tu vois, Darius, il n'y a pas que nous qui prions ce soir.

Nous sommes restés debout à écouter les chants se mélanger, les Juifs en dessous, les Arabes au-dessus.

— Là-bas, Darius, tu reconnais les avenues ? Bab Souika. Ensuite ? Bab Benat, et puis Bab Menara et Bab Djedid... Elles longent les remparts. Comme une grande boucle autour de la médina. D'ici, tu peux mesurer d'un coup d'œil toute la vieille ville.

Moi, je regardais derrière nous, vers le lac. De l'autre côté des remparts, à l'extérieur de la médina. Chez les Français.

Lucien habitait quelque part vers le casino. Il m'avait appris le nom des rues qui me faisaient rêver. Je les reconnaissais par les lumières qui quadrillaient la ville moderne. L'avenue de France commençait par un arc de triomphe, puis elle devenait Jules-Ferry et plongeait dans le port. Gambetta bordait le lac. L'avenue de Paris montait vers les jardins du Belvédère. On y allait pour voir les automobiles.

Dans sa librairie de la rue de la Verrerie, la seule de la Hara, mon père faisait tout pour ressembler à un Français. Il recevait les clients dans un costume de ville. Il leur vendait des ouvrages venus de métropole, leur racontait les romans d'Alexandre Dumas et de Victor Hugo.

Un mois avant ce 9 d'Av, il était rentré avec une bouteille d'alcool de figues, comme pour les soirs de fête :

— Stella, bientôt, je te jure, nous serons français.

— Les Français ne veulent pas de nous, Sauveur. Tu es tunisien et moi italienne. Crois-moi, on est mieux avec les Arabes.

— Ici, il n'y a que des pauvres.

— Ça ne nous a pas gênés jusqu'à présent.

— Nous sortirons de la Hara et j'installerai ma librairie dans le quartier moderne.

— Vois comme les Français nous regardent.

— La richesse, c'est chez eux qu'elle fleurit.

— On a tout ce qu'il faut ici.

— Darius ira au lycée Carnot comme les fils de colons. C'est ce qu'ils viennent de me dire, au bureau du Protectorat.

— Et tu les crois ? S'ils te réclamaient de tenir le mur en attendant le Messie, tu le ferais.

Ma mère était si fine que mon père pouvait faire le tour de sa taille en joignant les mains. Elle disparaissait dans ses bras. Et moi, je demandais :

— Alors, c'est vrai, maman, tu es d'accord, on ira vivre chez les Français ?

— Où ton père mettra les pieds, je poserai les miens.

Les Français, plus ils nous regardaient de travers, plus on voulait leur ressembler. Eux, c'était la grande vie à l'extérieur des remparts, vers le lac, vers la mer au bout du lac, et nous, les Juifs de la Hara, la petite vie à l'intérieur, quelques rues à nous au milieu de la ville arabe. À deux pas des Français, mais à l'intérieur.

Sur le toit, le vent soulevait des nuages de poussière. J'ai dénoué le linge pour sentir son souffle sur mon crâne.

Tout était calme autour de nous, la ville européenne illuminée d'un côté, la médina obscure de l'autre. Au sud, les lumières avaient disparu et le ciel était devenu noir. En haut du minaret, le muezzin continuait sa prière.

Mon père a ramassé une poignée de cailloux.

— Prends-en un et jette-le par-dessus le toit, là devant, vers l'ouest, vise la Kasbah au loin. Recommence vers le nord, puis vers l'est et le sud. Regarde où les pierres retombent : voilà toute notre Hara… Pas plus grande que ça !

Le sirocco soufflait plus fort et se chargeait de sable. L'horizon avait changé. Un écran noir se dressait du sol jusqu'au ciel.

Pour se faire entendre, mon père devait élever la voix :

— On s'entasse ici, dix mille Juifs au milieu d'Arabes dix fois plus nombreux…

— Eux non plus, ils ne nous aiment pas ?

— Pourquoi dis-tu cela ?

— Un garçon dans ma classe. Son père pense que les Arabes veulent se débarrasser des Juifs.

— Alors, c'est un fou. Il ne faut pas répéter des choses pareilles.

— Il dit qu'un jour, ils le feront.

— Entre voisins, on arrive toujours à s'entendre. Il suffit de faire des efforts.

— Si on n'était pas juifs, on nous aimerait davantage ?

— On nous aime déjà bien, tu sais.

— Même les Français ?

— Bien sûr. Bientôt, on vivra parmi eux.

— Dans leurs églises, ils pleurent comme nous ?

Papa s'est penché sur moi. Il avait ôté sa kippa et le sirocco affolait ses cheveux.

— Pour nous, tout est un peu différent.

— Je préfère être comme les autres.

— Notre histoire, nul ne peut l'effacer.

— Je veux être normal, comme un Français. Comme si on avait toujours été français.

— Plus tard, tu seras fier de tes origines. Et tes enfants seront fiers après toi.

— Plus tard, j'arrêterai d'être juif.

Il m'a serré contre lui.

— Tant qu'il y aura des petits Darius pour poser des questions, alors le peuple juif continuera d'exister.

À cause de la poussière, on ne voyait plus les cailloux sur la terrasse ni même l'ouverture de la trappe. Je cherchais les plaines du sud, elles avaient disparu.

La vague noire se rapprochait, immense. L'homme du minaret s'est interrompu. Lorsqu'il a repris, son ton avait changé.

D'autres voix se sont ajoutées, excitées comme si elles se disputaient. Le sable me piquait les yeux. Le vent se déchaînait.

— Qu'est-ce qu'ils disent, papa ?

— On ferait bien de rentrer si on ne veut pas s'envoler.

— Pourquoi ils crient ?

— Ta mère va déchanter… Elle qui voulait dormir sur le toit de la maison, ça ne sera pas possible.

— Papa, regarde là-bas ! Le paysage, il s'efface !

Les hommes du minaret criaient de plus en plus fort. Mon père s'est figé.

— Cette tempête les rend fous.

— C'est contre nous qu'ils s'énervent ?

— Il faut rentrer maintenant.

Les lumières du quartier moderne se brouillaient aussi. Des fidèles sont apparus par la trappe.

— Sauveur, ces cris… Dis-nous ce qui se passe !

Mon père les aida à grimper sur le toit. Ils tenaient leur châle de prière à deux mains pour se protéger le visage et se recroquevillaient sur eux-mêmes.

Ces voix dans le haut-parleur hurlaient depuis la pointe du minaret. Chaque cri soulevait une colonne de poussière.

Les remparts de la médina ont disparu, les rues aussi, les unes après les autres.

Sur la terrasse, les fidèles ressemblaient à des fantômes. Ils se sont agenouillés, le visage dans leur châle, et le sable les a recouverts. Ils criaient des psaumes : Le Seigneur a bouleversé Israël, ses palais et toutes ses forteresses. Les portes de Sion se sont enfoncées dans le sol.

Je m'agrippais à mon père : Ça va recommencer, comme à Jérusalem ?

Le sable griffait mon crâne. Impossible de remettre mon linge. Mon père m'a couvert la tête avec son châle. Les autres continuaient : Au jour de la colère de l'Éternel, nul n'a échappé à l'épouvante. Les enfants que j'avais élevés, Il les a anéantis.

— Papa, Dieu va nous punir encore ?

Le minaret tremblait de colère.

Les fidèles hurlaient avec le vent : Ô Éternel, pourquoi nous oublies-Tu ?

De l'autre côté des remparts, la ville européenne n'existait plus. Le vent et le sable ont emporté les prières et les cris des Arabes. Les hommes ont rampé sur le toit, et nous avec eux, mon père couché sur moi. Ils m'ont fait passer le premier dans l'ouverture. Ensemble, ils ont réussi à refermer la trappe.

2

Darius se blottissait contre son père. Assommé par la tempête, il fixait les hommes assis sur les marches de l'escalier, hagards, la barbe et les cheveux gris de sable et de poussière. Ils ressemblaient aux patriarches des gravures. Un attroupement se forma autour d'eux et les fidèles les pressèrent de questions :

— Vous êtes tombés de l'escalier ?

— Pourquoi ils ne disent rien ?

— Ils ont pris un coup sur la tête.

Le chaouch amena la cruche d'eau et un torchon. Darius nettoya son visage. Son père se pencha vers lui en pointant l'étage des femmes.

— Tu vas essayer de dormir un peu là-haut.

— Pas avec les femmes. Je veux rester avec toi, papa.

— Qu'est-ce que tu as dans la main ?

— Le petit poisson que maman m'a donné.

— Voyons ton crâne… On le nettoiera en rentrant.

— Je veux rester avec toi.

Darius ne bougeait pas.

— C'est la colère de Dieu, tu crois ?

— C'est juste une tempête de sable, Darius. Il en naît tous les jours dans le désert. Parfois, elles soufflent jusque dans les villes.

— Mais les hommes qui nous ont rejoints sur le toit, ils se sont prosternés…

— Pour que Dieu nous protège, et nous allons encore prier cette nuit.

— Les Arabes, qu'est-ce qu'ils disaient ?

— Ce n'est pas important.

— Eux aussi, ils étaient en colère.

— Oui… Ou alors ils étaient effrayés, comme nous.

— Tu restes dans la synagogue ?

— Oui.

— Tu me promets ?

— Je ne bouge pas d'ici. Monte chez les femmes maintenant.

— Je ne veux pas qu'elles voient ma tête.

— Va, je te dis, et essaie de dormir.

Darius enlaça son père qui le porta jusqu'à l'escalier. Il resta un moment au bas des marches, il pouvait encore le voir, l'entendre, on le harcelait de questions :

— Sauveur, parle.

— Que voulez-vous savoir ?

— Les Arabes du minaret, que disaient-ils ?

— Ils vociféraient contre nous.

— Qu'est-ce qu'on a fait, encore ?

— Ils nous reprochent de provoquer la colère d'Allah. Ils nous traitent de Français et de mécréants.

Un cantique s'éleva de l'autre côté de la salle. La tempête frappait les fenêtres et faisait trembler les murs. Le lustre se balançait au bout de ses chaînes. Les plus pieux se groupaient autour du rabbin. Le buste incliné, ils semblaient accueillir la colère de l'Éternel.

Son père avait disparu au milieu des fidèles. Ils parlaient tous en même temps :

— Les Arabes nous jalousent.

— Ils disent qu'on s'enrichit aux côtés des Français.

— Alors, ils ne tolèrent que des Juifs pauvres ?

— Ils ne nous acceptent que soumis.

— C'est sûr qu'ils ne peuvent plus nous battre comme avant.

— La France nous protège.

— Que Dieu la protège.

Les regards se voilaient.

— Hier à L'Ariana, au Café des Roses, il a encore plu des pierres sur les Juifs.

— Ça va recommencer comme à Sfax ? Le sang va couler ?

— Demain, les Arabes seront dans les rues ?

— Une petite étincelle et ils fondront sur nous par milliers.

— Alors, nous resterons chez nous et tout ira bien.

— Maintenant, dormons.

— Oui, dormons et le destin dormira avec nous.

Certains s'allongèrent sur le sol, d'autres rejoignirent le rabbin. Darius voulait rester près de son père. Il s'approcha encore, croisa son regard et se résolut à gravir les marches jusqu'à l'étage des femmes.

Il se tenait devant la porte. Il n'avait jamais vu cet étage que depuis la salle où les hommes priaient. D'en bas, ce n'était qu'un espace sombre derrière une grille en bois, habité par des yeux qui regardaient sans être vus. Pousser la porte, c'était se livrer à ces femmes, à leurs questions et à leurs commentaires. Pour ne pas fâcher son père, Darius se décida à entrer.

— Qui vient ?

— Attends, je prends la bougie.

— Pourquoi nous n'avons qu'une bougie ici ?

— Les hommes ont pris toutes les autres.

— Parce que nous, les femmes, on sait regarder dans le noir ?

La flamme s'approcha du visage de Darius.

— Qui est-ce ?

— Le fils de Sauveur.

— Sauveur ?

— Le libraire.

— Celui de la rue de la Verrerie ?

— Tu connais d'autres libraires ?

D'autres voix s'élevèrent autour de Darius. Les ombres le frôlèrent comme une nuée de chauves-souris. Il cacha le dessus de son crâne dans ses mains.

— Sauveur, le mari de Stella.

— Stella, la fille Boccara ?

— Quels Boccara ?

— Les médecins.

— La Stella de la rue des Perles ?

— La femme de Sauveur.

— Le libraire.

Enveloppés de voiles sombres, les visages des femmes flottaient sans corps dans l'obscurité.

— Eh bien, qu'as-tu, mon enfant ?

— Il est tout noir.

— Tu viens du dehors ?
— Sa langue s'est envolée.
— Ce gosse, pourquoi il est là ?
— Il a une maladie de la peau.
— Il a dû se baigner au lac.
— Ces enfants vont nous rendre folles.

On lui enleva les mains du crâne pour l'inspecter. La flamme s'approcha de son visage, Darius ferma les yeux. Il voulait s'enfuir, mais elles tenaient son menton.

— Cette odeur, c'est quoi ? Du vomi ?
— Il est maigre, le pauvre.
— Ta mère ne te nourrit pas ?
— Tu t'es baigné au lac, oui ou non ?

On lui lâcha enfin le visage et il s'empressa de remettre le linge sur son crâne. Puis il se fraya un passage le long de la grille dont les ouvertures plongeaient sur la salle de prière. Sous leur châle, les fidèles murmuraient en petits groupes. Darius cherchait son père, mais ne voyait que les tissus blancs déployés sur les têtes. Il s'assit dans le coin réservé aux chœurs pour se faire oublier. Les femmes rejoignaient leurs bancs dans un concert de soupirs.

— Il paraît que la synagogue du quartier moderne sera monumentale.

— Avec leur argent, ils peuvent reconstruire le temple de Salomon.

— Depuis qu'ils ont quitté la Hara, ces Juifs sont plus français que les Français.

Darius s'était habitué à la pénombre. Quand les voix se taisaient, il entendait le froissement des étoffes, les respirations profondes, des plaintes étouffées. Il posa la tête sur ses genoux et ferma les yeux. Mais une femme, toujours, ravivait la conversation :

— Cette tempête, mon Dieu…

— Le jour, Il nous envoie du feu, et la nuit du sable.

— L'Éternel nous aime et nous met à l'épreuve.

— Il devrait nous aimer un peu moins.

Par moments, les fidèles haussaient le chant. Darius savait son père parmi eux. Ils seraient sous peu loin de ces femmes. Celles du quartier moderne avaient les hanches fines, de hauts talons, des boucles jusqu'aux épaules. Bientôt les lueurs de l'aube traverseraient les deux petites fenêtres perchées sur la façade opposée à l'autel et caresseraient les Tables de la Loi. Alors, le doigt du soleil se poserait au front des fidèles pour arrêter les pleurs, et l'Éternel, revenu de Sa colère et satisfait des repentances, s'éloignerait de Tunis.

— Elle est très belle cette Stella, vous la connaissez ?

Le prénom de sa mère claqua dans le noir.

— Vous avez vu comment elle s'habille ?

— Elle se promène en pantalon…

— Pourquoi pas nue ?

— Elle fabrique ses vêtements elle-même, d'après les revues de Paris.

— La grande vie.

— Et dans sa cour, elle prend le soleil en maillot de bain.

— Avec des hommes dans la maison.

— Au cas où on n'aurait pas remarqué ses jambes.

— Fière comme une Italienne.

Darius se bouchait les oreilles comme il le faisait dans son lit les soirs d'orage. Ces femmes ne lâchaient jamais leur proie. Il entendait leurs conversations devant l'école. Elles avaient un avis sur tout, un jugement pour chacun.

— Les Boccara, c'était toute une histoire…

— Quels Boccara ?

— Les parents de Stella.

— Ils n'ont eu qu'une fille.

— Quelle malédiction… Une fille et aucun garçon.

Ces femmes ne savaient rien de sa mère. Elles ignoraient son sourire lorsqu'il se retournait avant d'entrer en classe, son baiser au moment de la quitter, un autre, un dernier encore, une caresse, et son odeur de fleur d'oranger qu'il gardait dans la paume de sa main, qui l'accompagnait durant la leçon.

— Son mariage avec Sauveur, c'est une mésalliance.

— Au lieu d'épouser un Livournais, Stella a choisi un Tunisien.

— Elle avait des prétendants. Pour une Italienne, les hommes se bousculent.

— Tous, elle les a éconduits.

— Jusqu'à la veille des noces, son père voulait la faire renoncer à Sauveur.

— Il a épuisé trois marieuses.

— Le père est mort d'une attaque, paix à son âme.

— Et la mère un an plus tard. De tristesse.

— On peut dire que Stella a tué ses parents.

Darius pleurait en silence. Sa mère, c'était la douceur et la joie. Jamais, jamais le malheur n'entrait dans leur maison. Ces femmes inventaient des légendes qui éloignaient de lui ses camarades. Le jour de ses dix ans, seul Habib, le petit Arabe, avait accepté son invitation. Chez toi, les morts se promènent, avaient répondu les autres.

— Et Sauveur, c'est qui son père ?

— Personne ne sait.

— Il a perdu ses parents très tôt.

— Lui aussi veut ressembler à un Français.

— Vous avez vu les travaux dans sa librairie ?

— La folie des grandeurs.

Darius décrocha de nouveau le petit poisson d'argent de son mouchoir. Tiens-le fort quand tu as du chagrin, lui disait sa mère. Accroche-le à ta chemise, garde-le près de ton cœur, car il calme toutes les colères, dans la mer comme au ciel. Où que tu ailles, il te protégera. Darius serrait le petit poisson, mais cette nuit était plus noire que le fond de l'océan.

L'une après l'autre, les voix se turent. Darius entendit encore quelques soupirs, des borborygmes... Entre les ronflements, les respirations devinrent régulières. Il se leva, rasa la grille en bois, ouvrit la porte et dévala l'escalier.

Serrés les uns contre les autres, les fidèles dormaient sur le sol. Un petit groupe veillait encore et discutait autour de Sauveur. Darius se jeta dans ses bras. Ils s'assirent sur la première marche de l'escalier.

— Je ne veux plus rester avec elles.

— Pourquoi tu ne dors pas ?

— Elles sont vieilles. Elles me font peur. Et puis j'ai très soif.

— Il n'y a plus d'eau. Il faut attendre encore un peu.

— Je veux dormir avec toi.

Darius emmena son père sous l'escalier. Ils s'allongèrent et se couvrirent de son châle.

Darius se blottit contre lui.

— Les femmes là-haut, elles n'arrêtaient pas de parler de nous.

— Que disaient-elles ?

— Je me bouchais les oreilles. Je fermais les yeux pour que maman apparaisse.

— Et elle apparaissait ?

— Comme sur la photo.

— Quelle photo ?

— Celle de la commode.

— Où vous êtes sur la plage ?

— On pourra y retourner tous les trois ?

— Oui, on ira.

— Dimanche ?

— En fin d'après-midi, on prendra le tram jusqu'à La Goulette.

— Papa ?

— Oui, mon petit.

— Quand je me réveillerai, la tempête sera passée ?

3

Les fidèles dormaient. Darius les enjamba pour atteindre la salle d'études où son père l'attendait. Le jour se levait, le ciel était sans nuages.

Le sable déposé par la tempête coinçait les portes de la synagogue. Ils sortirent par la fenêtre et traversèrent la cour. Darius attrapa sa main.

— Regarde, papa, le désert est arrivé jusqu'ici.

Le silence étouffait ses paroles. On n'entendait plus les bruits de la ville, il lui semblait que partout la vie s'était enfuie.

Au coin de la rue Achour, il aperçut de jeunes Arabes, une dizaine, dont quelques adolescents. Son père semblait les ignorer. Ils arrivèrent à leur hauteur.

Le plus grand de la bande se posta devant eux et prononça quelques mots en arabe. Il était en colère. Darius voulait déguerpir, mais son père s'immobilisa.

— Papa…

— Reste tranquille.

— Qu'est-ce qu'ils veulent ?

— Ce sont des excités.

À leur tour, les autres s'approchèrent.

Son père s'adressait à eux en arabe, avec calme, et ils baissèrent les yeux. Près de lui, Darius ne craignait rien. Ils se remirent en marche.

— Pourquoi ils sont fâchés ?

— Ils disent que nous sommes impurs.

— C'était eux hier soir ?

— Oui. Ils nous accusent d'avoir déclenché la colère d'Allah.

— Qu'est-ce que tu leur as dit ?

— Que la terre que nous partageons, un même Dieu la bénit.

— Mais nous, qu'est-ce qu'on a fait ?

— Je connais ces gamins. Ils traînent autour de la librairie. Des simples d'esprit.

— Ils nous suivent, papa…

— Je vais leur parler encore. Après tout, nous ne sommes pas des voleurs.

Ils n'étaient plus dix, mais vingt ou trente. Celui qui semblait leur chef, le premier à avoir parlé, haussait le ton. Il pointait le ciel, puis la synagogue. Darius reconnut les accents de la veille, cette fureur qui, soudain, avait jailli du minaret. On leur reprochait quelque chose. Les poings serrés, le regard noir, les hommes ne paraissaient plus redouter les paroles de son père.

Darius le tira par la main. Autour d'eux, les maisons dormaient encore. Il savait qu'ils se trouvaient à l'extrémité de la Hara, qu'à partir de la rue suivante s'étendait la ville arabe. Sa mère devait les attendre, deux ou trois rues plus loin, à quelques pas, il fallait se dépêcher. Ils reprirent leur chemin.

— Qu'est-ce qu'il disait, papa ?

— Nos chants ont fait pleuvoir du sable.

Darius se retourna. Derrière lui, se dressait le minaret de la mosquée Al-Zitouna. Les musulmans venaient de terminer la prière du matin. Ils affluaient par les rues de l'Agha et de la Kasbah. Son père accélérait le pas, mais ils les rattrapèrent. Leur chef s'écria en français :

— Tu entends ? Allah maudit votre race.

Darius se figea. Les Juifs avaient fâché le ciel. Les Arabes reprenaient :

— La loi d'Allah doit régner sur terre ! Il nous ordonne de soumettre les mécréants !

Les mots qu'ils prononçaient enflammaient leur visage. Ils attiraient les passants. Des étudiants qui remontaient vers la mosquée parlèrent à leur tour. Une discussion s'engagea et Darius sentit le ton s'apaiser.

— Ceux-là aussi, ils vont s'énerver contre nous ?

— Non, les étudiants demandent pourquoi les autres crient ainsi.

L'attroupement grossissait. En quelques secondes, la rue était bouchée.

Un des étudiants s'approcha. Celui-là ne leur en voulait pas et Darius était prêt à l'aimer comme un grand frère. Le jeune homme s'adressa à son père :

— Ces idiots disent que vous bafouez l'enseignement du Prophète, qu'on doit vous chasser de notre sol et vous combattre par la force et le nombre.

— Ce sol, nous le partageons depuis des siècles.

— Vous êtes le Peuple du Livre. Avec vous, on peut s'entendre.

— Ensemble nous nous réjouissons. Ensemble nous nous affligeons.

— Et le Prophète défend tous les opprimés, qu'ils soient musulmans ou juifs. Mais ceux-là ne comprennent rien à son enseignement.

L'étudiant haussa les épaules et se fraya un passage vers la mosquée. Darius le regarda disparaître et son père le poussa dans sa direction.

— Suis ce garçon, dis-lui de te conduire jusqu'à la synagogue et attends-moi là-bas.

— Je reste avec toi, papa.

Des Bédouins rejoignaient le marché, leurs récoltes de dattes, de figues et de caroubes au flanc des mulets. Les agitateurs brandirent leurs paniers presque vides. Autour d'eux, les cris fusaient. Darius fixait son père qui semblait anxieux.

— Papa, ils vont nous faire du mal ?

— Non… Ils maudissent la tempête. Elle a ravagé les cultures, ils disent que la terre ne les nourrit plus, qu'ils récoltent moins que leurs pères.

Un Arabe les pointa du doigt.

— Nous, on s'appauvrit et vous vous enrichissez. Vous nous exploitez. Vous vous croyez protégés par le Dieu de Sion et par la France.

Un autre ajouta :

— Avec l'argent que vous nous prenez, vous financez les sionistes qui écrasent nos frères de Palestine. Vous nous poignardez dans le dos.

Un autre encore :

— Vous volez nos terres, vous les saccagez comme des nuées de sauterelles.

Darius se réfugia dans les bras de son père. Des Arabes arrivaient de tous côtés et se pressaient contre eux, les harponnaient et cherchaient la bagarre. Il n'était plus possible de fuir. Des femmes, le visage voilé, s'énervaient aussi fort que les hommes. Elles touchaient son dos, sa tête. Un jour, sur le chemin de l'école, une de ces femmes lui avait reproché de porter un cartable : Vous autres enfants juifs, vous voulez ressembler aux Français. Vous faites des études pour diriger le monde. Plus tard, vous commanderez nos fils et eux n'auront plus rien. Elle lui avait donné une tape sur le crâne : Baisse la tête et remets la calotte noire de tes ancêtres.

Son père le reposa à terre, la panique commandait ses gestes, sa voix :

— Faufile-toi, Darius. Essaie de rentrer à la maison.

— Viens avec moi.

— Si je reste, ils t'oublieront. Va, je t'en supplie…

Darius put s'écarter de quelques pas. Des gens approchaient encore et le bousculaient. Il crut voir les agitateurs se jeter sur son père, le saisir par les bras, il les entendait crier :

— Dans ta librairie, tu vends des livres impurs. Les livres des Français piétinent la Charia. Tu excites les infidèles…

— Tu t'enrichis en insultant l'Islam !

Son père tentait de répondre, mais la foule couvrait le son de sa voix.

— Avec ces livres, il insulte le Prophète !

La nouvelle embrasa les ruelles. Sortant des immeubles, émergeant des impasses, ils arrivèrent par centaines. La colère se propagea dans la foule : Allons brûler ses livres !

Son père hurla :

— Cours, Darius ! Par la rue Monastir… Le quartier français. Cours, je te dis !

Darius fut incapable de bouger. Une marée humaine le submergea : La loi d'Allah doit gouverner le monde ! Mort aux Français et mort aux Juifs !

La veille, en un instant, la tempête avait recouvert la ville. Le cauchemar recommençait. Son père se débattait.

— La police… Trouve la police, amène-la à la librairie. La librairie, tu entends ? Dis-leur qu'ils vont tout casser !

Ces mots lui firent l'effet d'une décharge électrique. Darius s'élança dans la rue Achour, et derrière lui il entendit :

— Le commissariat, Darius ! Rue d'Angleterre… Ou bien la Résidence générale !

Il se retourna une dernière fois. La meute avait avalé son père et s'engouffrait dans la rue de l'Agha en direction de la librairie.

La police, vite, chez les Français, plus vite, où, Darius n'en savait rien, il arrivait au bout de la rue Achour, il devait courir et ce n'était pas assez vite.

Il serrait le petit poisson d'argent dans son poing. Le crâne nu, la chemise souillée de poussière et de vomissures, cette honte exposée au grand jour, rien ne comptait, sauf courir plus vite encore. Il s'enfonçait dans la Hara, dans ce labyrinthe de ruelles, et cherchait le plus court chemin.

La tempête avait couvert les rues d'un tapis de sable. Balai à la main, les hommes dégageaient leurs paliers.

Ce qu'ils ôtaient de chez eux, ils le jetaient sous ses pieds et Darius trébuchait, s'enlisait, courait, courait.

Les remparts, enfin. Bab Souika… Bab Cartagena… Il s'engouffra dans la rue des Maltais pour rejoindre la porte de France. Devant lui, des enfants s'amusaient comme à la plage. Il heurta l'un d'eux et roula sur le sol.

— D'où tu sors ? Des gourbis ?

— Laissez-moi passer…

— Tu es noir comme du charbon !

Ils le jetaient à terre dès qu'il se relevait, excités par ses cris et ses larmes, puis finirent par se lasser.

Darius reprit sa course. Le sable et la poussière le faisaient suffoquer.

Hors d'haleine, il s'arrêta au pied de l'arc de triomphe. Adossé à ses grosses pierres, les mains sur les genoux, il reprit son souffle. Sur le fronton, il lut *RF*, la République française que son père vénérait tant. Là commençait la petite France.

Le quartier européen s'éveillait. Dans ces rues majestueuses, peuplées de gens importants, il n'osait plus courir. La cathédrale Saint-Vincent-de-Paul se dressait devant lui, face à la Résidence générale, plus imposante encore. Il demanda le chemin du commissariat aux employés municipaux qui déblayaient l'avenue. Ils ressemblaient à des militaires, la tenue impeccable. Ils lui désignèrent l'avenue Roustan, qu'il remonta jusqu'au Passage. Cette place en patte-d'oie, il la reconnaissait. Aucune voiture ne circulait, aucun tramway, pas un souffle de vie, à peine quelques bruits étouffés par le tapis de sable.

Il rebroussa chemin par l'avenue de Paris et se précipita vers le lycée Carnot. Quelqu'un, peut-être, y montait la garde. Mais en plein été, l'établissement était fermé. Les boulevards lui parurent immenses. Il emprunta une rue, l'abandonna pour une autre et revint sur ses pas.

Déserte, la ville semblait plus grande. Les familles l'avaient quittée pour s'installer près des plages. Chaque matin, les hommes regagnaient Tunis pour travailler, mais le sable avait figé en gare tous les trains de la ligne Tunis-Goulette-Marsa et les pères étaient restés en vacances. Darius se tournait de tous côtés… aucun gendarme. Il aurait dû rentrer et retrouver sa mère.

Surgie par miracle au-dessus d'un toit, la pointe de la cathédrale le guida à nouveau vers les bâtiments officiels. Il déboucha avenue Jules-Ferry. Les cafés avaient fermé leurs terrasses. La grande vie, celle des Français, celle qu'il venait admirer certains dimanches avec son père, avait disparu.

Sur son passage, un homme ouvrit ses volets. Darius se précipita sur lui.

— Le commissariat…

— Ce ciel ! Il est si bleu !

— Le commissariat, vous savez où il est ?

— Moi qui croyais me réveiller en pleine apocalypse !

— La police…

— Notre petite ville tient toujours debout.

— Monsieur…

— Même à Paris, les immeubles ne sont pas si beaux.

— Les gendarmes, où ils sont ?

— Tu n'en trouveras pas, ils dorment encore. Va plutôt chercher du côté de la Résidence générale.

Elle se tenait à deux pas, de l'autre côté de l'avenue. Darius contourna les palmiers couchés en travers de la voie. Jamais il n'avait osé s'approcher si près. Il fondit sur le planton.

— Il faut venir, monsieur. Vite... Les Arabes...

— Tu n'as rien à faire ici.

— Ils vont tout casser...

La sentinelle descendit quelques marches et le scruta de la tête aux pieds.

— D'où sors-tu ?

— Ils vont nous faire du mal.

— Tu as des parents ? Tu ferais mieux de rentrer chez toi.

— C'est mon père...

— Va te laver à la fontaine.

— Il faut venir, monsieur, s'il vous plaît...

— Les directeurs vont bientôt arriver. Va-t'en.

— Les autres policiers, où ils sont ?

— Disparais, je te dis.

Un homme grimpa les marches d'un pas alerte. Dans son costume, il paraissait plus important que le premier. Darius se jeta sur lui pendant qu'il ôtait le sable du revers de son pantalon.

— Monsieur, les Arabes vont tout casser... Ils ont emmené mon père... Il faut venir...

Le fonctionnaire semblait ne pas l'entendre. Il lança au garde :

— Éloignez-le. Surtout pas d'aumône. Toute sa clique rappliquerait après lui.

L'homme entrait dans le bâtiment. Darius agrippa sa veste.

— C'est vous le résident général ? Appelez les policiers ! Ils vont tuer mon père !

La sentinelle voulut le saisir par la taille. Darius se mit à frapper et à crier, et le fonctionnaire ordonna :

— Bouclez-moi ce petit démon le temps qu'il se calme.

Enfermé dans une salle du rez-de-chaussée, Darius cognait contre la porte, tirait de toutes ses forces sur la poignée : Ils vont tuer mon père !

Le fonctionnaire réapparut quelques instants après, en bras de chemise.

— Tu comprends quand je te parle ?

Il n'avait plus son regard sévère.

— Tu comprends ?

Darius acquiesça.

— Les voyous qui font du grabuge, on les enferme. Quelques années de plus et je t'aurais mis en prison.

— Il faut venir... Les Arabes vont tout casser... Ils poursuivent mon père...

— Tu es arabe ?

Darius se méfiait de ces questions qui n'attiraient que des ennuis. L'homme se pencha sur lui.

— Pourquoi es-tu si sale ? Tu as une maison ? Une famille ?

— Mes parents habitent rue des Perles.

— Dans la Hara ?

— Oui...

— Tu es juif ?

— Mon père m'a dit de revenir avec des policiers.

— Des policiers ? Pourquoi ?

— À cause des Arabes…

— Qu'est-ce qu'ils font ?

— Ils sont au moins cent…

— Une émeute ?

Il le dévisageait et Darius soutenait son regard. L'homme soupira :

— Bon, viens avec moi.

Darius le suivit à l'étage. Dans son bureau, le fonctionnaire décrocha le combiné d'un téléphone. Chez les Français, il y en avait dans toutes les maisons. Il chercha à joindre quelqu'un, mais les lignes étaient coupées. Il paraissait préoccupé. Il le prenait au sérieux et ne lui en voulait peut-être plus.

Le fonctionnaire remit sa veste et entra dans le bureau voisin. Darius l'entendit demander :

— Où se trouve-t-il ?

— M. Peyrouton prend son petit déjeuner au Cercle militaire, comme chaque matin.

— Appelez là-bas, je dois lui parler.

— Les communications ne fonctionnent pas. Les ingénieurs des Postes sont sur la brèche.

— Alors, envoyez quelqu'un, dites qu'il y a urgence.

— Monsieur le résident général ne peut être dérangé jusqu'à onze heures. Il s'entretient avec un invité de marque.

Le couloir était chargé de tableaux et de dorures, une moquette épaisse recouvrait le sol. Darius retenait son souffle. Le fonctionnaire réapparut.

— Mon garçon, fais bien attention maintenant… Il va falloir que tu me dises la vérité, parce que je suis incapable de vérifier tes propos. Tu sais ce qu'on fait aux menteurs ? On les met en prison et ils y restent toute leur vie. Tu comprends ce que cela signifie ? Alors, réponds-moi par oui ou par non, d'accord ? Est-ce que cent Arabes se sont rassemblés dans la Hara ?

— Oui.

— Est-ce qu'ils ont menacé des Juifs ?

— Oui.

— Ton père ?

— Oui.

— Est-ce que c'est lui qui t'a demandé de prévenir la police ?

— Oui.

— Maintenant, dis-moi quel est son métier.

— Il vend des livres.

— Où ? Au souk ?

— Dans sa librairie.

— Où se trouve-t-elle ?

— Rue… Rue…

— De la Verrerie ?

— Oui.

— C'est ton père qui tient cette librairie ?

— Ils veulent brûler les livres et tout casser.

Le fonctionnaire hésita un instant, puis se décida :

— Tu as intérêt à m'avoir dit la vérité.

Darius le suivit. Ils traversèrent l'avenue de France et entrèrent dans un petit pavillon à l'ombre de la cathédrale. Il lut : *Cercle militaire*. Le fonctionnaire s'adressa au garde posté à l'accueil :

— Je dois parler de toute urgence au résident général.

— M. Peyrouton est en entretien.

— Vous savez qui je suis ?

— Oui, monsieur le secrétaire général adjoint de la Résidence.

— Alors, dépêchez-vous de m'annoncer.

Le soldat ne bougeait pas. Le fonctionnaire haussa le ton :

— Qu'est-ce que vous attendez ?

Puis il se tourna vers Darius.

— J'espère que j'ai raison de te croire. Tu dois être le premier Juif à pénétrer dans cet endroit. Et il faut encore que ce soit un souillon.

Ils traversèrent un salon où quelques militaires fumaient devant un journal. Le soldat les précédait. Darius collait ses pas à ceux du fonctionnaire. Ils franchirent une première porte capitonnée. Le soldat entrouvrit la seconde, passa la tête et attendit un signal, puis autorisa le fonctionnaire à entrer. Darius se faufila dans la pièce avant d'en être empêché.

Il se trouva face à deux hommes attablés devant un petit déjeuner. Le plus âgé des deux, un costaud tiré à quatre épingles, le dévisagea, les cheveux brillants et plaqués sur le crâne. Il leva ses yeux secs vers le fonctionnaire.

— C'est quoi, cette mascarade ?

— Monsieur le résident général, une émeute vient d'éclater dans la Hara. Des Arabes s'en prennent aux Juifs.

— Et alors ? Ce n'est pas une nouveauté. On fait comme d'habitude : qu'ils règlent leurs histoires entre eux.

— D'après ce garçon, ils seraient une centaine.

— On ne bouge pas.

L'autre homme à table parut surpris de cette réponse, et le résident crut bon d'ajouter :

— Je ne vais pas me mettre à dos les cent mille Arabes de la médina pour quelques Juifs. Ils m'en veulent déjà d'avoir exilé leurs chefs nationalistes dans le Sud tunisien…

Il s'interrompit pour une gorgée de café.

— Et ils m'accusent d'avoir ruiné leurs paysans ! Je les ai sauvés de la pire crise économique, mais ça, ils ne le comprennent pas. Montre la lune à l'idiot, il regarde le doigt.

Cet homme-là pouvait sauver son père, lever une armée d'un simple geste. Il était la France. Darius n'osait pas broncher. Au premier mot, on le mettrait dehors. Le résident ne s'intéressait qu'à son invité.

— En deux ans, voyez-vous, j'ai lancé un programme de travaux publics, réorganisé l'agriculture…

La lumière inondait le petit salon. Les fenêtres s'ouvraient sur un jardin qui semblait n'avoir vécu aucune tempête.

— … unifié les transports, lutté contre les taudis, généralisé l'instruction…

Cet homme ne ferait rien pour secourir son père.

— J'ai fait plus que Lyautey n'a jamais fait au Maroc. Et qu'est-ce que ces… sauvages… retiennent ? Je bafoue leur honneur national !

Il se tourna vers le fonctionnaire.

— Comment s'appelle-t-il déjà, ce type, cet agitateur… ?

— Bourguiba, monsieur.

— C'est ça. Habib Bourguiba !

— Sauf votre respect, monsieur…

— Eh bien ?

— Nous nous devons d'assurer la sécurité partout sur le territoire, même dans la médina.

— Pourquoi ? Sauver des Juifs ? Qui, dès demain, se rueront dans le bâtiment d'en face pour demander la nationalité française ?

— Depuis cinquante ans, ces Juifs confient leurs enfants à nos écoles.

— Des enfants comme ce garçon ? Pauvre République.

Le résident chercha l'approbation de son invité, puis s'adressa au fonctionnaire.

— Autre chose ?

— Non, monsieur le résident général.

Il tournait déjà les talons. Avant qu'on ne l'emmène, Darius s'avança vers la table et s'adressa à l'invité :

— Je sais qui vous êtes.

Le soldat voulut réagir, mais l'invité l'arrêta d'un geste. Il était moins soigné que le résident général, mais paraissait plus jeune, malgré son ventre et son front dégarni. Ses paupières boursouflées, son nez retroussé, ses lèvres fines… Darius n'avait aucun doute.

— Eh bien, mon garçon, qui suis-je donc ?

— Antoine de Saint-Exupéry.

Tous restèrent sans voix. Hilare, Saint-Exupéry se renversa sur son siège.

— Je crois que nous tenons là un sacré numéro !

Il alluma une cigarette. Peyrouton, lui, ne souriait pas.

— M. de Saint-Exupéry effectue une tournée commerciale avec Air France. La météo l'a cloué à

Tunis pendant quarante-huit heures pour notre plus grand plaisir. Ne lui gâchons pas ces quelques instants de repos.

Darius ne bougeait plus. On allait le renvoyer. Saint-Exupéry sortit une photo de sa poche.

— Regarde, bonhomme… C'est mon avion, un Simoun C630. J'ai volé depuis Paris, après Casablanca et Alger. Demain, je pars pour Tripoli. Il peut m'emmener au bout du monde.

Darius ne le quittait pas des yeux. Le fonctionnaire et le soldat attendaient les ordres.

— Dis-moi, mon garçon, comment connais-tu mon visage ?

— Je l'ai vu sur le mur.

— Quel mur ?

— Dans la librairie de mon père.

Le fonctionnaire s'avança.

— C'est son père qui l'envoie. Des Arabes sont en train de saccager sa librairie.

Saint-Exupéry se tourna vers Peyrouton.

— Alors, monsieur le résident général, sans vouloir me mêler des affaires de la Tunisie, je serais d'avis de protéger l'homme qui a la bonne idée de vendre mes livres.

Ils décidèrent d'envoyer la troupe. Darius la guiderait jusqu'à la librairie. Cette petite section de Sénégalais ne pesait pas lourd, mais elle avait des fusils. Il courait devant elle et se retournait pour s'assurer qu'elle ne rebroussait pas chemin.

L'arc de triomphe, les remparts, rue de la Kasbah… La troupe suivait.

Il entendit un brouhaha, des éclats de voix : la colère n'était pas retombée.

Rue de la Verrerie. La foule, plus agitée encore, se massait devant la librairie.

Il se retourna. Les soldats s'étaient figés, l'arme au pied. Ils semblaient ne pas voir la même chose que lui.

Darius attendait le signal, le mouvement de troupe. Le chef de section ordonna :

— Ordre du résident général, personne ne bouge, personne ne tire. On évite d'intervenir.

Il ajouta :

— Ils pourraient soulever la population entière contre nous. À Sfax, ils ont fini par se calmer tout seuls.

Darius se précipita vers le magasin.

Des lambeaux de livres jonchaient le sol. Le rideau de fer était à moitié levé, la vitrine brisée. Devant la porte, ils avaient allumé un bûcher et y jetaient des romans et des journaux. Le portrait de Zola se ratatinait dans les flammes. Le présentoir était défoncé, vidé de ses cartes postales.

Darius se fraya un passage. À l'intérieur, des Arabes piétinaient les ouvrages, crachaient sur Flaubert et Maupassant. Seule la grosse table restait debout, débarrassée de ses piles de livres. La fumée avait envahi le local.

Darius rampa sous la table, mais se heurta à un mur de jambes. Il entendit son père :

— Vous êtes fous, vous êtes tous fous…

Il était vivant ! Il se terrait derrière le comptoir.

— Je suis là, papa ! Avec l'armée de la France !

Les clameurs couvraient sa voix. Il reconnut celle du meneur :

— Ton magasin, il n'en restera rien.

Darius tenta de forcer le passage. Son père gémissait :

— Mais qu'est-ce que vous faites ? Avez-vous des parents ?

Sa voix se brisa.

Cette détresse, Darius ne l'avait jamais entendue. Son père pleurait comme un enfant. Il se rua à travers les jambes et réussit à atteindre le comptoir.

— Les soldats sont là !

— Darius ! Mon Dieu…

— Ils sont dehors, papa !

— Il faut que tu t'en ailles.

— Je reste avec toi.

— Sors d'ici, je t'en supplie…

Darius n'eut pas le temps de réagir. Deux Arabes le soulevèrent. Malgré ses cris, ils le coincèrent au fond du magasin. Il vit son père attraper le meneur à la gorge.

— Laisse-le partir… Laisse partir mon fils, tu entends ?

Ils se ruèrent sur lui, le plaquèrent au sol et le rouèrent de coups. Le premier l'atteignit à la mâchoire, le second lui brisa le nez. Ils arrachèrent les étagères pour le frapper encore.

Son père gisait au sol, inerte, le corps soulevé par les coups, le visage en sang. Darius cognait des bras et des jambes pour se dégager.

Il se fit projeter contre le mur. À plusieurs, ils soulevèrent la table. Il la vit basculer et hurla de douleur.

4

Un Juif avait agressé l'un des leurs. La fureur redoubla.

— Éliminons tous ces porcs, les Juifs et leurs complices français !

La meute exigea le corps de Sauveur qu'on jeta à ses pieds. On le porta de bras en bras tandis qu'on lui arrachait ses vêtements.

Le meneur sortit.

— Purifions cet endroit, brûlons tout, le magasin, le mécréant et son fils, et les livres du Mal. Qu'Allah maudisse ces souillures ! Rétablissons son Royaume !

Ils mirent le feu aux étagères sous l'œil des militaires.

Ils brisèrent le comptoir pour alimenter le feu.

Ils laissèrent Darius pour mort sous la grosse table. Autour de lui, les flammes léchaient les murs.

Un murmure parcourut la foule.

Les enragés se tournèrent vers les soldats et se turent l'un après l'autre. On n'entendait plus que le feu crépiter.

Une petite femme blonde se tenait en tête de troupe.

Elle était mince, presque chétive, vêtue d'une robe à fleurs.

Devant sa beauté, tout le monde se figea. Pétrifiée, elle fixait la librairie en flammes. Puis elle vit le corps de son mari et poussa un cri. Elle se précipita et s'effondra sur lui.

Derrière elle, les Sénégalais retenaient leur souffle. La rue était muette.

Le meneur s'approcha, une planche à la main. Avec dégoût, il la dévisagea de la tête aux pieds. Alors, elle se redressa. Les larmes noyaient son regard.

— Où est mon fils ?

Devant sa beauté, il baissa les yeux.

— Qu'avez-vous fait de mon fils ?

L'Arabe se ressaisit et, au moment où il levait la planche pour lui fracasser le crâne, l'officier donna l'ordre à la troupe d'intervenir. Fusil au poing, les soldats se ruèrent sur la foule et cognèrent à tour de bras. Le meneur tenta de riposter et une baïonnette lui transperça la cuisse. On l'emmena avec quelques-uns, les autres lâchèrent leurs torches et s'enfuirent.

À cet instant, les portes des maisons s'ouvrirent.

Les hommes accoururent, les femmes apportèrent des seaux d'eau. On fit une chaîne pour éteindre les flammes.

Stella criait le nom de son fils. On la soutenait, on la retenait… Elle traversa le rideau de fumée et entra dans la librairie.

Les soldats dégagèrent Darius. La table avait écrasé sa jambe droite. Ils l'évacuèrent. Stella l'implorait de réagir, de lui répondre, il restait inconscient.

— Madame, votre fils est vivant.

Ils le hissèrent sur des planches, direction l'hôpital militaire. Stella ramassa le poisson d'argent tombé de son poing.

Les voisins affluaient vers la boutique. Des enfants emportaient les livres encore intacts. Une odeur âcre pénétrait dans les maisons, imprégnait les chambres et les salles à manger. Dans les foyers, de cour en cour, la nouvelle se répandit : la malédiction du 9 du mois d'Av s'était abattue sur la communauté.

Ils arrivèrent de partout, les prostituées de l'impasse Abdallah-Guech, les artisans du souk El-Grana, les marchands de la rue Mardoum et les habitués des offices. Frappés de stupeur, ils fixaient la librairie. Les plus pieux se couvrirent de cendres.

Des Arabes se mêlèrent à eux, des amis de Sauveur, des inconnus, des pères de famille. Les musulmans se joignirent aux prières. Leur histoire ne s'écrivait ni en Palestine ni dans le Coran, mais au jour le jour, dans l'effort et la douleur partagés avec leurs voisins juifs, leurs frères de misère.

Stella s'agenouilla devant le corps de Sauveur. Les hommes firent cercle autour d'eux et récitèrent le kaddish, la prière des morts. On le couvrit de son châle à moitié calciné.

Stella lui releva doucement la tête. Avec un pan de sa robe, elle ôta le sang des yeux et des lèvres, mais l'âme de son époux s'était enfuie. Elle posa son front contre le sien et perdit connaissance.

La fumée s'élevait dans un ciel d'azur, visible par-dessus les toits depuis les plages de La Marsa et les palais de Carthage, depuis la petite France qui s'étendait jusqu'au lac de l'autre côté des remparts, où des milliers de Juifs qui ressemblaient à Sauveur, plus français que les Français, avaient embrassé le nouveau siècle.

La veille, quelques heures avant l'office, Sauveur avait dit à sa femme :

— Nous serons bientôt là-bas, Stella, chez les Français.

Dans ses bras, elle avait répondu :

— Tes livres t'y ont mené depuis longtemps, Sauveur. Tu es déjà là-bas.

5

Je croyais entendre mon père chanter.

Quelqu'un fredonnait un air, un air de rien du tout, comme le soir quand il rentrait à la maison. Mais les pas s'éloignaient, ils résonnaient dans un couloir. Ce n'était pas lui.

Parfois, je voyais un écran blanc. Derrière, des gens discutaient et j'entendais mon nom. Après, il faisait noir longtemps.

Dans mon sommeil, maman pleurait. Je rêvais qu'elle me parlait, elle voulait que je revienne.

Je sentais sa main sur mon front. Elle chuchotait. Et moi, je dormais sans pouvoir me réveiller.

Ils ont tiré un rideau. Dans mes yeux, la lumière est restée. Et puis j'ai cru voir ma mère. Elle a crié et toutes les voix sont venues autour de moi.

J'avais très mal à la jambe. Ils me demandaient de les regarder. Maman me serrait la main. On a ouvert la fenêtre et le vent est entré.

On m'a forcé à respirer un linge mouillé, une odeur affreuse, et j'ai dormi encore.

À mon réveil, maman pleurait, et en même temps elle me souriait.

Elle était pâle, avec des taches sombres autour des yeux. Son visage avait perdu quelque chose.

Un homme en blanc est entré. Il m'a demandé : Comment t'appelles-tu ? Lui ne souriait pas. Ton nom ? Il a lancé un regard à ma mère. Compte à présent, jusqu'à dix. Je n'ai rien dit.

À l'hôpital, je dormais sans cesse. Je revoyais mon père, la librairie, la foule. Je ne voulais plus fermer les yeux. J'avais peur des cauchemars. Maman me tenait la main pour ne pas qu'ils m'emportent.

Ma jambe me faisait moins mal. On te l'a sauvée, avait dit le médecin, tu as eu beaucoup de chance. Papa ne venait pas.

J'avais chaud dans ma blouse. Avant de dormir, maman accrochait le petit poisson sur mon cœur. La fenêtre restait ouverte, même la nuit. Les branches des palmiers se balançaient et les parfums entraient.

Ils avaient installé un lit à côté du mien pour ma mère. Dans le noir, elle redevenait triste.

Lucien, mon instituteur, venait me voir tous les jours. Chaque fois, il apportait quelque chose, un livre ou un gâteau. Le résident général aussi nous a rendu visite. Il m'a donné la photo de l'avion. Saint-Exupéry la lui avait laissée pour moi, avec sa signature.

Le résident a été gentil avec maman, surtout en évoquant mon père. Il a posé des questions au médecin qui lui a tout raconté, mes cauchemars et les secousses dans mon corps : On essaie de le faire parler, mais il semble étranger à tout.

Puis le résident s'est éloigné pour saluer d'autres malades, des militaires qui riaient avec les infirmières. En partant, il s'est tourné vers moi : Remets-toi vite, mon garçon. Je viens d'annoncer la bonne nouvelle à ta mère : votre naturalisation. À présent, tu vas vivre une vie de petit Français. Tu es content ?

Je voulais lui répondre que sans mon père, ce n'était pas possible.

L'infirmière m'aimait beaucoup. Elle avait un fils du même âge et trouvait que je lui ressemblais.

Je sortais dans le couloir avec elle. Je faisais quelques pas sur un pied, appuyé sur des cannes. Mes bras ne me portaient pas. J'avais peur d'avancer et elle m'encourageait : Tu verras, Darius, tu marcheras bientôt. Le docteur est confiant. Tu boiteras, c'est sûr, mais tu marcheras.

Maman m'a offert de nouveaux vêtements, une chemise et un pantalon d'une seule jambe à cause du plâtre. Elle apportait des cornets de pois chiches aux militaires qui traînaient dans le couloir. Elle avait repris un peu de forces. Leurs histoires la faisaient sourire. Elle les écoutait sans se mêler à leur conversation.

Elle tapait doucement sur mon plâtre : À présent, c'est toi, mon petit homme... C'était son regard que je ne trouvais plus, celui qui, toujours, me réconfortait, voilà ce qu'elle avait perdu, il avait fui son visage.

Un matin, maman a renvoyé l'infirmière. Elle voulait s'assurer elle-même de mes progrès : Darius, il va falloir qu'on se secoue, tous les deux.

Elle m'a emmené dans le couloir : Allez, marche… Pour elle, j'ai fait cent pas, je suis allé jusqu'à la porte du patio, jusqu'au bout de mes forces. Eh bien ? C'est tout ? On revient vers la chambre. Marche encore.

Les militaires nous entouraient. Ils applaudissaient. Maman chuchotait : Marche, Darius, montre-leur qui tu es. Mes bras tremblaient sur les cannes, comme s'ils allaient se briser. Je serrais la mâchoire pour ne pas pleurer. Elle m'encourageait : Voilà, tu vois que tu peux, on est presque au bout. Non, je ne pouvais plus. Je voulais m'arrêter pour ne pas tomber. Mais elle insistait : Juste quelques pas, fais-les pour moi.

Un jour encore et nous allions quitter l'hôpital pour retrouver notre maison, notre rue, et tout ce que je voyais dans mes cauchemars.

J'avais peur. L'odeur de brûlé me suivait partout. À chaque repas, elle me rendait malade.

Je savais qu'ils m'attendaient. Les voisins, les gens de l'école et de la synagogue. Maman était devenue comme eux. Elle répétait : La vie finit toujours par se venger. On se croit plus fort que le malheur, alors il nous punit.

J'avais décidé de ne plus être juif. Maman secouait la tête : Nous devons nous en remettre aux nôtres, là est notre salut, crois-moi, Darius, j'ai payé pour l'avoir oublié.

Son regard était grave, je voulais qu'elle retrouve l'autre, celui qui illuminait ma vie autrefois. Un jour encore et nous allions rentrer. Sans mon père.

Je voulais fuir la rue des Perles et même mon école, pour que les dix premières années de ma vie, les murailles de la vieille ville les enferment à jamais.

Le jour de ma sortie, les militaires ont envahi ma chambre. L'un d'eux m'a donné son béret qui me tombait aux oreilles. J'ai accroché mon poisson d'argent, juste au-dessus du front.

L'infirmière était émue, elle m'a embrassé plusieurs fois comme si son fils la quittait. Ses lèvres étaient humides et je n'ai pas osé essuyer mes joues.

Maman avait recommencé à se maquiller. Elle faisait des efforts. Notre vie, désormais, c'était nous deux.

Avant de partir, elle a salué tout le monde : Lève la tête, Darius, souris un peu, remercie, tu me fais honte. Elle a haussé le ton : Il faudra être courageux. Ton éducation, c'est tout ce qui compte. Tes études. Je finirai ce que ton père a commencé. J'exaucerai son vœu et tu deviendras un vrai Français. Un grand homme. Alors seulement son âme reposera en paix.

Je me suis habillé. J'ai fait ma toilette tout seul. Je me tenais droit sur mes cannes, impeccable, pour qu'elle soit fière de moi. Je me disais qu'alors, elle finirait par retrouver son regard.

À la porte de l'hôpital, elle a demandé au médecin une dernière fois : Et sa voix ? Il a haussé les épaules : En général, elle revient au bout de quelques jours. Mais qui sait, après un tel choc ? Peut-être demain… Ou peut-être jamais.

Puis il a ajouté : Nous avons là un sérieux cas de mutisme émotionnel. Pour votre enfant, c'est une façon de se protéger du monde.

Son ton était grave. Maman se taisait devant sa science.

Moi, je savais. Ma voix était partie et ne reviendrait pas. Mon père l'avait emportée avec lui.

TUNIS
1937

1

— Darius !

Sa mère venait d'ouvrir la porte de la chambre et le jour filtra jusque sous ses paupières.

— Mon Dieu, cette cour… Ces odeurs qui remontent… Darius !

L'air pénétrait par la lucarne du palier qu'elle essayait de fermer.

— Ouvre les yeux, Darius, et regarde la montre.

Il se retourna sur son matelas. Cinq minutes encore… Le sommeil, de nouveau, recouvrit ses pensées. Il retrouvait Habib, son ami arabe de la Hara, qui lui demandait :

— Pourquoi tu ne viens plus me voir ?

— Maintenant, j'habite chez les Français.

— C'est ici ta maison.

— Sans mon père, je n'ai plus de maison.

— La France, comment c'est ?

— On est pauvres et j'ai toujours faim.

Dans son rêve, Habib l'emmenait dans la boutique du souk El-Bey et le monde s'y bousculait. Son père fabriquait lui-même les lacets qu'il vendait. Il leur souriait. Il ôtait la pulpe des noyaux d'abricots, y coulait du plomb fondu et leur tendait des billes de première classe. Puis le père d'Habib les conduisait devant la librairie en flammes et se mettait à crier avec la foule. Darius tressaillit et son rêve s'évanouit tout à fait.

Sa mère craqua une allumette et le petit réchaud poussa un soupir. L'odeur du café signifiait qu'il ne fallait plus traîner.

— Il est sept heures, Darius. Pourquoi es-tu aussi fainéant ?

Il se redressa. La Hara avait disparu. Il se réveillait dans le quartier moderne où ils avaient déménagé. Leur France, c'était cette chambre sans fenêtre, de la taille d'un placard, dont le crépi s'effritait. Pour ouvrir la table, sa mère devait relever son lit contre le mur, les draps pliés dessus. Déjà montaient du Passage le bruit des moteurs et le cri des marchands.

— Comment tu feras l'année prochaine au collège ? Les Français se lèvent tôt pour étudier. Ils ont déjà le cartable sur le dos.

Lui n'avait connu que l'école de l'Alliance et les cours de Talmud. Le collège des Français n'ouvrirait jamais ses portes à un muet, un boiteux, un pauvre petit Juif de la Hara. Mais elle faisait de ce projet sa raison de vivre, alors il devait se lever.

À genoux sous l'ampoule qui pendait au mur, elle se penchait sur un petit miroir. Elle traça au crayon la bordure de ses cils, puis étala une fine couche de fard sur ses paupières avec un pinceau plat. Elle hésita, ajouta un dégradé crème sous la courbe des sourcils. Par moments, le reflet émeraude de son regard se posait sur lui. Elle s'était habillée à tâtons dans le halo de la veilleuse, après sa toilette. Avant l'aube, Darius avait surpris son corps recroquevillé dans le tub, la ligne de son épaule, la pointe de son genou, et s'était rendormi. La veille, comme tous les soirs, elle lui avait demandé de remplir la cruche au robinet du couloir.

— Je reviens quand ? Dis-le-moi avec les mains, comme on a appris.

Il s'appliqua à exécuter le bon signe dans la langue des muets.

— Exactement, midi pour le déjeuner. Ton café au lait est sur la table. J'ai sorti deux croquants aux pistaches.

Darius n'aimait pas sa robe, la noire à volants dont elle avait fait sa tenue de travail. Il préférait celles pendues aux cintres sur la corde qui filait d'un bout à l'autre de la chambre, les seules qu'elle n'avait pas voulu vendre, la verte, la mauve, la jaune. Elle se pinça les pommettes pour les rougir un peu. Ses traits avaient mûri, ses joues s'étaient creusées, sa peau un peu flétrie. Ses cheveux avaient perdu leur éclat et tombaient sans forme aux épaules. Comme chaque matin, elle lui dit :

— Après, tu feras les exercices pour ta jambe, tu sais comment. Mais avant, lave-toi au savon de Marseille, tu pourrais rencontrer les gens de l'immeuble.

Elle retournait au cinquième faire le ménage et la cuisine chez la veuve d'un colonel. En contrepartie, ils occupaient cette chambre de service et elle ramenait deux parts des plats qu'elle préparait. Darius détestait cette voisine qui ne méritait pas sa mère, surtout depuis l'incendie. Un jour, il s'était amusé à exciter la flamme de la lampe à pétrole en l'aspergeant de parfum. Le feu avait attaqué un torchon. Aux cris d'une fille de l'étage, les femmes de l'immeuble avaient accouru, la colonelle en tête : La prochaine fois, vous partez. Ce jour-là, sa mère s'était confondue en excuses devant toutes les autres.

Darius l'observait traquer les faux plis sur sa robe, vérifier au miroir un trait de maquillage. Il enfila un pantalon court et resta en tricot de corps. Quand elle parlait travail, elle devenait sévère.

— La feuille à côté du bol, c'est pour ta rédaction. J'ai écrit le sujet : tu te promènes dans les ruines de Carthage en racontant ce que tu vois. Et tu te relis. L'orthographe, c'est plus important que l'imagination. Ensuite, vingt pages du livre. Et après, la feuille de calculs. S'il reste du temps, vingt pages encore.

Elle pointa le carton que la colonelle avait cloué au mur : *Liste des choses à ne jamais recommencer.*

— Et pas de bêtises, hein ?

Stella posa un baiser sur son front et arrangea les boucles de ses cheveux.

— Aujourd'hui, shampoing. Tu frotteras bien avec le gant. J'ai sorti une tenue propre.

Elle se rendait au cinquième comme une invitée reçue pour le thé, souriante, parfumée, la tête haute. À la porte, elle se tourna une dernière fois.

— Ce soir, j'aurai besoin de toi au théâtre, ils attendent un monde fou. Il paraît que le chef d'orchestre a fait le voyage depuis l'Espagne. Tu m'aideras au vestiaire. Le résident sera là, avec Madame.

Elle voulut dire une dernière chose en langage des signes, s'appliquant comme une écolière, et ses mains s'y reprirent à plusieurs fois. En quelques gestes et avec plus d'aisance, Darius lui répondit :

Je sais maman
Ne t'inquiète pas
Je ne traînerai pas

Et dans le regard qu'elle lui lança, qui l'enveloppa, dans ce regard d'un instant, il la retrouva.

Les pas de sa mère résonnèrent dans l'escalier. Il plia ses draps et rangea son matelas. Assis à la petite table, il poussa le bol, approcha la feuille et écrivit :

Je m'appelle Darius Zaken. J'ai douze ans. Je suis français. À la maison, c'est moi qui remplace mon père. Aujourd'hui j'emmène maman à Carthage. Le bey nous a prêté son carrosse, celui avec le toit doré et les fenêtres ovales. Pour le conduire, je monte sur le premier des quatre chevaux blancs…

La rédaction terminée, il avala le café au lait et les biscuits en fixant la feuille de calculs. En quelques coups de crayon, il y coucha les résultats sans poser les opérations. Il voulut fractionner son raisonnement comme sa mère l'exigeait, et ses pensées s'emmêlèrent, l'évident devint obscur. Il préféra s'en tenir au premier jet.

Lourd comme une brique, *Le Comte de Monte-Cristo* attendait à côté du bol, marqué du sceau de la bibliothèque du souk El-Attarine. Vingt pages à lire. Darius fixait le volume qui risquait d'en annoncer d'autres, tous ceux que son père exposait sur les étagères de la librairie, qu'il faudrait lire aussi. Il attrapa le livre et l'ouvrit là où il l'avait fermé la veille, compta vingt pages, vingt autres encore, et corna le papier comme s'il venait de mettre fin à sa lecture. Sa mère se contentait de mesurer le chemin parcouru par le pli dans l'épaisseur du volume. Il se promit de lire le lendemain. Il cesserait de faire mentir le pli et honorerait ses parents.

Il remit le shampoing à plus tard et bâcla sa toilette, puis il répandit l'eau de la bassine sur le plancher pour le frotter avec une serpillière. Il rinça la vaisselle au lavabo du palier, guettant chaque bruit, redoutant de croiser les femmes de l'étage qui travaillaient chez les propriétaires du dessous. Au moment où il regagnait la chambre, la vieille fille de Nabeul sortit de la sienne. Les cheveux défaits, le corps lourd enveloppé dans un drap, elle se posta devant la petite lucarne pour prendre des nouvelles du ciel. Puis, traînant les pieds, déjà fatiguée, elle se dirigea vers la salle d'eau de l'étage en s'adressant à lui :

— Reste là, tu veux bien, mon chéri ? Empêche les autres d'entrer.

Elle avait laissé la porte entrouverte. Assise sur la cuvette, elle oubliait le temps et le ménage. Darius trépignait. Elle se penchait pour lui parler :

— Tu es toujours là, mon amour ? Cette nuit dans mon rêve, tu venais chez mes parents pour leur demander ma main. Un jour, tu m'épouseras, je le sais, c'est écrit dans l'assiette.

Elle laissait traîner cette assiette devant sa chambre, jour et nuit, pour guider le bonheur jusqu'à son lit. Les spirales peintes par des artisans de Nabeul, symboles du devenir et de l'éternel retour, de l'eau, de la

Lune, protégeaient le sexe féminin : Grâce à Dieu, nous aurons dix enfants, car ton corps sera bientôt celui d'un homme. Elle y ajoutait du sel et des graines séchées, des pierres saintes et des pattes de poulet.

— Tu m'écoutes, Darius chéri ?

Il voulut acquiescer et la surprit à moitié nue. Elle livrait son corps aux caresses d'une éponge trempée dans l'eau savonneuse.

— Ne me regarde pas, vilain.

Elle lui souriait. Il détourna les yeux, frappé par la taille des mamelles qui dansaient entre ses mains. Elle ajouta :

— J'ai encore prié Dieu pour qu'il rallume la voix dans ta gorge.

Elle le quitta enfin pour son ménage. Darius avait trois heures devant lui. Il lui fallait encore honorer son père. Dans la chambre, il alluma les deux bougies du souvenir qui encadraient son portrait : Je prends bien soin de maman, tu peux compter sur moi. La nuit, quand elle pleure, je ne dors pas. Je reste avec elle jusqu'au matin. Tu sais, papa, d'ici on entend les automobiles du Passage, et même le tram. C'est immense chez les Français.

Il souffla sur les flammes pour économiser la cire et préserver le secret de sa conversation. Chaque soir, sa mère se couvrait d'un foulard et récitait une prière, les mains ouvertes devant les bougies. Elle les éteignait aussitôt de peur de déclencher un incendie et la veilleuse électrique prenait le relais, une petite lumière bleutée qui leur tenait compagnie toute la nuit. Cette lueur, disait-elle, c'est pour nous souvenir de lui. Il nous observe, tu sais ? Jamais il ne nous quitte. Darius se couchait ainsi, sous le regard de son père fiché dans le mur.

Il s'arracha enfin de cette chambre et descendit un étage avec précaution, la main sur la rampe, la jambe raide, écrasé par les volumes de l'immeuble, son escalier lugubre, ses parois sombres, ses marches trop hautes pour lui, à peine éclairées par des vitraux semblables à ceux des églises. Le parfum de sa mère flottait au cinquième. Elle avait rangé ses chaussures au coin du paillasson. Il colla l'oreille à la porte. La colonelle absente, elle fredonnait parfois, et il aimait guetter ces airs interrompus et repris d'une pièce à l'autre, fragiles comme le vol d'un papillon. Il attendit… Rien.

Il franchit le palier du quatrième, prit le journal posé devant la porte et s'assit sur les marches. Les titres de *La Dépêche tunisienne* annonçaient :

« Le gouvernement Blum présente sa démission. »

« Bilbao aux mains des nationalistes espagnols. »

« Comment Édouard VIII a renoncé au trône… »

« Victoire de Bugatti aux Vingt-Quatre Heures du Mans. »

« Paris-Tunis : vol record en 5 heures et 13 minutes. »

Il s'attarda sur la photo de l'avion, puis remit le journal comme il l'avait trouvé.

Il atteignit le rez-de-chaussée, soulagé de n'y croiser personne. Il ouvrit la porte à deux mains et plongea dans le tumulte de la rue. Sa journée commençait là, sous le soleil éclatant de Tunis, dans le fracas des charrettes et des automobiles. Il retrouvait la vie des Français, celle dont il rêvait, la grande vie.

Le tramway arrivait. Darius traversa la place Anatole-France jusqu'à la station du Passage, direction Belvédère. Il grimpa sur le marchepied, prêt à sauter à l'arrivée du contrôleur, et se blottit dans un coin pour laisser les gens monter. Le Passage... Il cherchait un passage à niveau, un passage couvert, un souterrain, quelque chose qui pût expliquer ce drôle de nom pour une place si large, offerte à tous les vents.

À la station d'en face, le tram avait déversé un groupe de lycéens. Vêtus d'un pantalon long et d'une chemise blanche, ils venaient de ces rues du quartier nord que Darius s'apprêtait à retrouver pour quelques heures, celui des fonctionnaires français, des hommes d'affaires, et même des Juifs francisés depuis longtemps, ce quartier où ne semblaient jamais entrer la peine et la misère. Il observait les enfants rire et se faufiler entre les véhicules, cartable sur le dos, vers Carnot tout proche. Le temps d'une promenade, il se prendrait pour l'un d'eux.

L'horloge qui surplombait le Passage, celle qui commandait le lever de rideau des commerçants et affolait les écoliers, affichait neuf heures et dix minutes. La cloche retentit, le tram s'ébranla. Darius s'assit sur le marchepied, les mollets dans le vide, et aperçut deux hommes courir vers lui, des Français en costume trois-pièces. Ils réussirent à monter et s'agrippèrent au garde-corps, le genou enfoncé dans ses côtes. La sueur inondait leur chemise et traversait leur gilet. Ils s'épongèrent le front, et l'un d'eux, un journal sous le bras, cria par-dessus le vacarme :

— Le Front populaire, c'est fini !

— Enfin !

— Ça aura duré un an.

— Un an à la merci des Juifs et des Soviets.

— Six mois de plus et les Tunisiens l'auraient eue, leur indépendance !

— Rendez-vous compte…

— Ne vous y trompez pas, ils y croient toujours.

— Ceux-là, il faudrait les empêcher de nuire une fois pour toutes.

— Les Tunisiens ?

— Les Juifs.

Le tram remontait l'avenue de Paris. Darius guettait le contrôleur qui semblait ne pas l'avoir vu. Il dépassa la caserne des sapeurs-pompiers, puis le square de Verdun et la rue de la Marne. Sur les plaques aux murs, il cherchait ses héros, Hoche et La Fayette, Kléber et Berthier. Un jour avec son père, il avait lu sur l'affiche d'une manifestation : *Les Juifs sont différents des Français par leur tradition et leur aspiration profonde.* Alors, pour être moins juif et plus français, il apprenait le nom des rues qui défilaient et les dates sur les plaques.

Il croisa le regard d'un des hommes en costume.

— Il n'y a pas école aujourd'hui ?

Darius baissa la tête et redevint étranger.

Le tram s'arrêta à hauteur du chantier de la grande synagogue, puis repartit vers le Sans-Souci. Loin des remparts de la vieille ville, le quartier devenait calme et vert, ses immeubles, cossus. Les rues se croisaient en angle droit. Sur la gauche entre deux bâtiments, Darius devinait l'étendue du lac. Plus loin encore, une lumière blanche baignait les côtes de la Méditerranée. Bientôt dix heures. Sa mère le croyait dans la chambre, plongé dans son livre, elle pouvait surgir à tout moment et découvrir son absence, le chercher dans l'escalier, descendre, remonter et descendre encore, courir dans les rues, empoigner les commerçants, les harceler de questions…

Le tram se vidait de station en station. Il contourna la statue de Jeanne d'Arc, longea un jardin immense qui s'étendait à perte de vue, de collines en vallons. Darius se redressa. Le Belvédère. Il y était. Les gens riches y dînaient et s'y promenaient jusqu'à la tombée de la nuit, les vedettes de music-hall s'y produisaient, les plus belles villas le bordaient, et lui, le cœur battant l'aventure, allait y pénétrer.

Il descendit avec des jeunes femmes, des Françaises qui ouvrirent leur ombrelle devant la grille du parc. L'une d'elles portait un chapeau de gangster incliné sur la tête, une veste carrée aux épaules et une jupe fourreau qui tombait jusqu'à ses chevilles. Elle alluma une cigarette et désigna un palais mauresque au sommet de la colline :

— Au casino ! Allez, les filles, aujourd'hui, c'est jour de chance.

Darius les suivit sur le sentier bordé d'arbres qui montait en lacet, encore frais à cette heure, parfumé par les pins et les eucalyptus. Elles riaient aux éclats et lui se tenait à distance pour qu'elles n'entendent pas sa jambe racler le gravier. Aujourd'hui, c'est jour de chance... Il ramassa une Gauloise à demi consumée, encore fumante, au filtre rougi par l'une de ces bouches, y déposa un baiser, la glissa entre ses lèvres. Moi, Darius, j'ai douze ans et j'embrasse les filles. Sa mère l'avait prévenu : N'approche jamais du casino, tu entends ? C'est la maison du diable. Et quand il demandait pourquoi, elle répondait : Ces gens ne sont pas comme nous, ils ont de mauvaises manières et ne respectent pas l'argent. Il soufflait la fumée, le nez au ciel, fasciné par ces femmes qui côtoyaient le diable avec tant de grâce.

Elles gravirent les marches de pierre, longèrent cinq arches sur le flanc de la bâtisse et pénétrèrent dans la rotonde. Darius collait son nez à la vitre pour apercevoir la salle de jeu, presque déserte. Deux des filles s'installaient à une table.

— Eh bien ? Est-ce un âge pour espionner les demoiselles ?

Darius sursauta. La femme gangster se tenait derrière lui, les mains dans les poches.

— Comment t'appelles-tu ?

Il se recula.

— Attends... N'aie pas peur !

Elle se pencha sur lui.

— Tu crois qu'on ne t'a pas vu ? Alors, c'est quoi ton petit nom ?

La fille s'assit sur une marche, enleva ses chaussures et tapota la pierre à côté d'elle.

— Tu vas me tenir compagnie... Alors, tu viens ? Je ne vais pas te manger.

Darius s'approcha, les bras croisés sur les taches de son maillot de corps. Elle ajouta :

— Je ne sais pas pourquoi je les ai suivies ce matin. Ni pourquoi je les fréquente, au fond. Ces filles ne m'intéressent pas.

Elle alluma une cigarette, inspira profondément.

— Le mois prochain, pour mes vingt et un ans, j'aurai une automobile. Je la veux sans toit, à deux places, et je fuirai cet ennui. Je filerai vers Hammamet. J'irai voir à quoi ressemblent les villes de la côte, Sousse, Sfax, et puis Gabès.

Des boucles brunes s'échappaient de son chapeau. Elle avait le teint pâle comme dans les films américains, et deux arcs dessinés au crayon au-dessus de ses grands yeux noirs.

— Oh, je n'ai pas peur d'y aller seule, tu sais… Je suis capable de conduire des heures, je sais même changer un pneumatique. Et toi alors… Un gosse qui fume dans le dos de ses parents au lieu d'aller à l'école, je me suis dit : ce garçon m'est sympathique. C'est quoi ton petit nom ?

Il haussa les épaules pour s'excuser de ne pouvoir parler.

— Tu es muet ? C'est bien ma chance, moi qui cherchais un brin de causette. Tu me comprends, au moins ?

Il acquiesça, l'œil rivé sur la crasse de ses orteils au bout des sandales. Elle lui posa son chapeau sur la tête.

— Tant pis, tu n'auras pas de nom.

Puis, dans un murmure :

— Oui, je sais que tu comprends.

Elle resta silencieuse le temps d'une cigarette, les genoux repliés entre ses bras. Darius ne faisait plus un geste. Une odeur de bois brûlé montait jusqu'à eux. Elle allongea devant lui ses chevilles et ses pieds fins, dont les ongles brillaient, rouge vif. Sa mère le cherchait peut-être, le drame grondait là-bas vers le Passage, mais la France venait de lui tomber dessus, belle, riche, insolente.

Devant ces allées d'eucalyptus, dans ce matin des promeneurs, rien ne l'atteignait. Seuls comptaient le regard et le parfum fleuri de cette jeune femme qui disposait de lui. À quoi pensait-elle ? Elle esquissait un sourire triste, la bouche entrouverte, une bouche peinte comme celle d'une dame, les dents éclatantes.

— Moi, c'est Louise. Lou, plutôt, je préfère. Comme la muse d'Apollinaire, tu connais ? Non, bien sûr. Ô mon unique amour et ma grande folie… Ici, personne ne parle comme ça. Tunis, ce n'est qu'une ville de province. L'avantage, c'est qu'il suffit d'être à peine jolie pour se faire remarquer.

Elle écrasa sa cigarette sur la pierre et remit une chaussure, puis l'autre, et chacun de ses mouvements avait la douceur d'une caresse. Elle se redressa sans effort et sa silhouette flottait dans la brise du matin. Dans le monde de Darius, les corps étaient lourds et affairés. De la Hara au Belvédère, les lois de la gravitation se modifiaient. Chez Lou, on prenait son temps, on soignait la beauté du geste.

— J'ai eu mon petit succès l'été dernier, première dauphine de Miss Tunis, battue sur le fil par une Italienne un peu quelconque. Elle avait les jambes arquées et les aisselles pas très nettes. Je devais poser pour des réclames, mais mon père n'a pas voulu.

Elle fit quelques pas. Le feutre sur la tête, Darius se leva à son tour. Absorbée par ses pensées, elle alluma une autre cigarette. Elle allait lui tourner le dos, l'oublier en un éclair comme elle était apparue, et la vie reprendrait son cours. Mais Lou ne partait pas.

— J'ai besoin de parler… Tu permets ? Tu peux juste faire semblant de m'écouter.

Elle tendit ses doigts fins comme des baguettes.

— Regarde comme je tremble… Je m'apprête à faire une folie. Tout à l'heure, au déjeuner, devant mon père et ma mère, j'avouerai tout. J'ai répété mon petit discours toute la nuit. À midi, ma vie va changer.

Elle lui prit les mains.

— Alors, tu m'excuses, il faut que je parle à quelqu'un, ça va me détendre…

Il se mit à trembler autant qu'elle, qui le serrait fort.

— J'ai écrit en cachette à M. Jouvet, un type important à Paris, parce que je voulais faire du théâtre. Je lui ai envoyé des photographies, comme ça, sans le connaître. Figure-toi qu'il m'a répondu. On a échangé des lettres. J'allais chercher les siennes en cachette au bureau de poste. Il me prend comme habilleuse, dans son théâtre… Alors, je pars le rejoindre, tu imagines ? Personne ne le sait encore. Chaque jour, je veux l'annoncer à mes parents, et puis je n'ose pas. Tu comprends ce que ça signifie ? Je quitte tout, ma famille, mes études d'anglais, mes amies, cette ville minuscule… Là-bas, à Paris, je vivrai dans une chambre près du théâtre. Il paraît que c'est tout proche de l'Opéra. Oh, je n'ai pas besoin de grand-chose… Habilleuse, c'est bien pour commencer. Ça paiera mes leçons de comédie. Je leur montrerai que je suis capable de monter sur les planches.

Son regard s'échappa vers Paris et un sourire illumina son visage. Darius n'osait plus bouger. Puis elle plongea ses yeux dans les siens et le foudroya.

— À midi, je dirai tout à mon père. C'est fou ce que je tremble… Il fallait que quelqu'un sache. Pauvre môme, c'est tombé sur toi.

Elle attrapa son chapeau et remonta les marches, puis revint sur ses pas.

— Tiens, prends ça, c'est autant que je ne perdrai pas aux cartes. Prends-le, je te dis.

Elle lui ouvrit la main, y glissa une pièce et disparut.

Il dévala les marches du casino. En bas du chemin, il s'assit sur l'herbe et ouvrit la paume : cinq francs.

Il sortit de sa poche son petit poisson pour comparer les métaux. Aucun doute, il tenait une pièce en argent, frappée par Ahmed Bey, un trésor. Il passa le doigt sur les reliefs de palmes et de branches, la frotta à son maillot pour la faire briller au soleil. Cinq francs, ce que sa mère gagnait en un soir comme ouvreuse au théâtre municipal. Avec cette pièce, il pourrait lui offrir une nuit sans travail. Il pourrait acheter deux billets de première classe dans le Tunis-Goulette-Marsa, traverser le lac et l'emmener dîner chez Bichi, au bord de la mer, choisir les plus gros pains frits sur le gril, les fourrer de poivrons, de thon et d'œufs, exiger des suppléments de pomme de terre et d'olives vertes, boire de l'alcool de figues malgré ses douze ans puisqu'il était son petit homme, boire et se réjouir avec elle d'une nuit sans travail, puis rentrer par le dernier train, sa mère à son bras, soulagée enfin de son chagrin, tous deux ivres, inondant de joie l'avenue de Paris, l'immeuble sinistre, la cage d'escalier et tous les étages, retrouver cette chambre transfigurée par la douceur d'un soir, l'habiller de leurs rires, comme avant, et lui montrer la gaieté qui illuminait ce côté-là de l'existence, celui qu'il était en train d'explorer et qu'elle n'imaginait plus.

Darius se dirigea vers le kiosque qui faisait office de bureau des transports. Il regarda la pièce une fois encore sur ses deux faces, hésita, puis la tendit au guichet. Pointant sur le panneau le trajet du Passage au Belvédère, il ouvrit les mains pour demander dix billets de tram, dix chances de revoir Lou, ce visage, cette voix grave, ce sourire, ô mon unique amour et ma grande folie. Il voulait la retrouver chaque matin, voyager vers elle sans se cacher et se tenir fièrement à côté du conducteur, titre de transport à la main, pénétrer de plein droit dans cette existence plus vaste et lumineuse que la sienne. Il lui restait à peine deux francs.

Il demeura un moment encore dans les allées du paradis. Il n'était pas si tard. Il acheta un tour de mulet à un vieux Bédouin, en lui montrant la plus haute colline, couverte d'oliviers. Il se fit conduire comme un prince jusqu'au pavillon andalou qui surplombait le parc. D'un geste, il demanda au Bédouin de l'attendre, car, ce matin-là, tout lui était dû.

À côté du pavillon, le marchand de granités installait son matériel. Une file d'attente se formait devant lui et Darius patienta son tour. Pour annoncer l'ouverture de son commerce, l'artisan se couvrit d'une toque marquée de son nom, Ali, et se mit à parler fort en faisant des grimaces :

— Je sers ces messieurs, je sers ces jolies dames !

Ses mouvements de tête allumaient son nœud papillon. Une femme blonde approcha avec sa fille. Ali releva son sarouel, renoua la corde qui le tenait et les salua en tapotant sa toque. Elles se postèrent devant Darius comme si la file n'existait pas et Ali leur fit une démonstration :

— Deux cylindres concentriques, mesdames, l'un en bois, l'autre en laiton, c'est une nouveauté technologique qui nous vient d'Amérique. Entre ces deux cylindres, je verse ma préparation. Le sel maintient la glace qui refroidit la paroi de métal, il s'agit d'un phénomène chimique.

Avec de grands gestes, il versait l'eau et le citron dans ce bac, le faisait tourner d'un coup de poignet, puis raclait la glace pour la déposer dans des gobelets. Darius en saisit un pour le tendre à la fille, qui voulut le remercier. D'un geste brusque, sa mère la reprit :

— Ne lui parle pas. Ces gens ne sont pas comme nous.

Elle jeta une pièce dans l'assiette et s'éloigna. À son passage, les Européens, dans leur costume clair, soulevaient leur panama et elle se remit à sourire. Le marchand prit le bras de Darius.

— Tu me diras si tu sens la fleur d'oranger avec le citron. La prochaine fois, j'ajouterai un demi-œuf.

Granité à la main, Darius pénétra dans le petit palais voisin. À l'ombre des parois ajourées, il ôta ses sandales pour sentir la fraîcheur du marbre. Le vent sifflait entre les colonnes et le long des galeries, sous les arcs sculptés, sous les voûtes où personne ne passait. Il s'assit au bord du bassin et trempa ses jambes jusqu'aux genoux, observant les motifs des mosaïques qu'il venait de troubler. Le monument s'ouvrait sur des terrasses immenses. Loin au sud, il reconnut le djebel Boukornine, cette petite montagne du littoral, sortie de terre comme par miracle, et qu'il gravissait chaque été avec sa classe de l'Alliance. Il se leva pour scruter les deux mers, la grande, scintillante, et l'autre, le lac, l'antichambre de la Méditerranée, puant sous les feux du soleil, lisse comme la surface d'un miroir, fendu par la voie ferrée qui menait aux plages. Un cargo remontait le chenal pour se perdre dans les rumeurs du grand large. Au nord s'étendaient les côtes de Bizerte. Plus loin, beaucoup plus loin, de l'autre côté de la mer, c'était la France. Un jour, un bateau de la Transatlantique l'emmènerait jusqu'à Marseille. L'avenir, c'était là-bas, derrière cet horizon blanc, comme disait son père : La France, c'est elle qui nous élève, Darius, vois ce qu'elle nous offre, ses écoles, ses livres, un peu de sa lumière.

Il se dressa sur la pointe des pieds pour tenter de l'apercevoir. Par temps clair, peut-être se découvrait-elle. De là-haut, il tenait la Méditerranée entre ses bras.

Le tramway le ramena au Passage. En haut d'un immeuble, l'horloge des montres Enicar indiquait onze heures trente. Gillette, Raphaël… Sur les toits, les lettres des réclames se détachaient dans le bleu azur. Il lui restait encore un peu de temps.

L'odeur des grillades l'attira vers le restaurant qui venait d'ouvrir face à leur immeuble. Rideau de fer levé, Max installait ses tables au bord de la chaussée. Darius prit place et étala son argent. Autour de lui, les moteurs ronflaient, les trams peinaient sous le poids des passagers. Des femmes discutaient devant la vitrine de La Gourmandise, couffin au pied. Aucune n'habitait dans son immeuble. Darius mit une pièce de côté pour un cigare au miel. Max empocha le reste.

— Avec ça, je te prépare deux merguez.

La fumée s'échappait des cuisines. Elle dégageait une odeur de fête. Autrefois, elle envahissait leur petite cour, la veille de la Pâque. Son père ramenait chez eux un agneau vivant que le rabbin égorgeait. Avec son sang, il traçait un signe sur la porte pour que Dieu reconnaisse les siens. Avec sa chair, sa mère cuisinait grillades et merguez. Partout dans la Hara, les Juifs avaient chassé le pain et caché des feuilles de laitue derrière les portes. Et puisqu'ils s'étaient libérés du pharaon, que la colère de Dieu épargnait leurs maisons, ils chantaient des cantiques.

Darius attendait son plat. Même à l'ombre, la chaleur devenait étouffante. Un éclat de soleil frappa le trottoir. Il leva les yeux vers leur immeuble. Une fenêtre venait de s'ouvrir au cinquième et sa mère sortit sur le balcon.

Elle alluma une cigarette et s'accouda au garde-corps. Dans sa robe noire, elle ressemblait à une danseuse. Ses yeux myopes balayaient la rue. Sans lunettes, Darius savait que ce regard ne pouvait l'atteindre. Elle lui disait : Suis-je si vieille pour m'enlaidir avec des carreaux sur le nez ?

Darius ne la quittait pas des yeux. D'en bas, elle semblait fragile comme un oiseau, prête à s'envoler.

Soudain, elle enfouit son visage dans ses mains. Son corps se recroquevilla, se laissa choir sur le balcon et devint une petite boule noire secouée par les sanglots. Darius se dressa. Il pensait qu'avec le jour, les pleurs cessaient. Ses larmes à lui l'empêchèrent de la rejoindre, pour ne pas ajouter à sa peine.

Elle entra dans l'appartement puis réapparut, traînant un seau à deux mains. Elle y plongea une éponge et nettoya les carreaux. Max servit les merguez.

— Qu'est-ce qui t'arrive, mon fils ?

Darius essuya ses larmes.

— Ne reste pas avec du chagrin. Quelque chose t'a fait peur ? Cours faire pipi ou tu vas attraper la jaunisse.

Darius n'avait plus faim. Il fixait sa mère et Max lui demanda :

— Cette femme, tu la connais ? C'est ta maman ? Elle est veuve, il paraît…

Entre deux phrases, il crachait des écorces de pistaches :

— Elle passe tous les jours devant mon restaurant… Elle est si belle, Dieu la préserve. Elle t'a parlé de moi ? Non ?

Darius traversa la rue. Max lui cria :

— Attends, mon fils, dis-moi… Elle ne voudrait pas d'un homme comme moi ? J'ai une situation. Mon restaurant est une institution. Et puis je suis bien portant, Dieu me bénisse. Ici, elle pourrait aider. La laisser nettoyer des vitres, c'est un péché.

Darius pénétra dans l'immeuble. Il désirait retrouver sa mère, et la porte du vaste monde qu'il venait de forcer se referma sur eux.

2

— Finis la page.

Darius tenta de reprendre, mais ses mains ne lui obéissaient plus.

Il détestait ce manuel des signes, commandé à l'Institut des jeunes sourds de Paris, qui le rendait différent des autres. Les directeurs des collèges avaient été catégoriques : Ici, nous n'enseignons que la parole. Les établissements religieux avaient renchéri : La parole nous a été donnée par Dieu, c'est ainsi qu'Il veut que nous communiquions. Lui seul a le pouvoir de la rendre à votre enfant. Et les centres médicaux avaient conclu : Oubliez ce langage des signes, il empêche l'organisme de respirer et favorise la tuberculose. Personne ne s'occupait des muets, il ne restait que sa mère.

Avant l'aube, elle préparait la leçon du jour, manuel sur les genoux près de la veilleuse. Parfois, Darius ouvrait un œil et surprenait son ombre sur le mur, qui s'animait comme un spectacle de pantomime. Le matin, elle lui montrait ce que ses mains avaient appris.

Elle lui faisait recommencer chaque signe, chaque phrase, jusqu'à la perfection. Il butait, elle s'agaçait :

— Attends, je te montre…

Penchée sur le livre, elle tentait des phrases simples, mais oubliait aussitôt le geste qu'elle venait de faire. Pour le ficher dans sa mémoire, elle prononçait sa signification à voix haute et recommençait de ses petites mains fines. Darius les prenait dans les siennes pour les corriger. Autrefois si douces, elles étaient devenues rugueuses.

Il étudiait pour elle. Les premiers tests au lycée Carnot n'avaient pas été concluants. Ils préparaient ceux de juin pour tenter une inscription l'année suivante. Sa mère le voulait au premier rang parmi les fils de colons, les Juifs naturalisés et les notables arabes, pris en charge par des professeurs venus de France. Pour ne pas la contrarier, il faisait semblant d'y croire.

— À toi maintenant.

Il exécuta les signes.

Elle vérifia dans le manuel et hocha la tête.

— Bientôt, tu sauras t'exprimer comme tout le monde.

Aux prochains tests, il échouerait encore. Il lirait la déception sur son visage à l'annonce des résultats, l'entendrait supplier le proviseur de faire une exception, et ils regagneraient leur petite chambre sans un mot. Pourquoi s'obstinait-elle ? Il repoussa le livre.

Je ne serai jamais comme eux

— Tu n'es pas plus bête qu'un autre.

J'ai trop de retard

— Notre petite école va plus vite que la leur.

Je vais te faire de la peine

— Pour toi, je suis prête à toutes les peines.

Il se leva pour ouvrir la porte et faire entrer la lumière du jour. Le ciel s'était assombri et annonçait l'orage.

— Qu'est-ce que tu as, Darius ?

À quoi bon retrouver une voix qu'elle seule pourrait comprendre ? Ce langage les enchaînait l'un à l'autre. Signe après signe, ils s'isolaient davantage. Sa mère ne lui rendait pas la parole, mais la lui confisquait.

— Darius, à quoi tu penses ?

Je voudrais que papa revienne

— Deux signes encore et ce sera tout pour aujourd'hui.

Sans lui

Comment on va faire

— Les études t'armeront pour l'avenir.

S'il était là

Tu sourirais à nouveau

— La vie ne prête pas à sourire.

Pourtant, le matin même, dans les jardins du Belvédère, le monde lui avait souri. Lou… Avait-elle parlé à son père ?

— Finissons-en, je t'en prie.

À chaque geste convenable, sa mère hochait la tête. La fermeté aiguisait ses paroles, l'angoisse étranglait sa voix. Elle s'exprimait comme les autres mères, le devoir avant tout, les études, la famille, le souvenir, elle adoptait leurs obsessions, leur sacrifiait tout, sa légèreté et sa beauté. Le sourire du monde, c'était elle, pourtant, qui lui avait appris à le chercher. Autrefois, ils riaient ensemble dans les rues de la Hara. Ils se moquaient des voisins, chapardaient dans les souks et revenaient sur leurs pas négocier leur larcin. Ils rentraient tard des promenades parce qu'un coucher de soleil primait l'heure des repas. Vêtue comme une dame ou un garçon manqué, elle assumait sa différence et précédait d'une époque les autres femmes, si vieilles, si laides. À son bras, il était fier. Il se retenait désormais. Il la craignait presque. Le grand monde et sa promesse, ce pacte d'émerveillement qu'ils avaient scellé, elle semblait les avoir abandonnés.

Il acheva la leçon et sa mère parut satisfaite. Elle le prit dans ses bras, alors il oublia les collines du Belvédère.

— Écoute-moi bien, Darius. Je t'ai trouvé un travail au théâtre ce soir. La femme du vestiaire est tombée malade et j'ai convaincu le directeur que tu pouvais la remplacer. Ça doublera mon service d'ouvreuse. Tu te tiendras bien, n'est-ce pas ?

Une odeur de lessive imprégnait sa robe. Il se jura de lui faire honneur. Il lui rendrait son sourire. Elle déposa un baiser sur son front et le tonnerre gronda.

Ils sortirent sous une pluie battante, leur nappe de toile cirée tendue à bout de bras au-dessus de leurs têtes, elle en équilibre sur ses talons et lui traînant la jambe. Ils arrivèrent trempés au pied d'une façade blanche couverte de bas-reliefs. Les trois portes étaient fermées, une lumière provenait du balcon du premier étage, abrité derrière de grandes arches. Les chevaux sculptés au fronton semblaient s'affoler sous l'orage. Darius leva la tête : *Théâtre municipal.* L'eau ruisselait sur son visage. Stella le tira par la manche.

— C'est Apollon sur son char avec ses muses. Ils mettent toujours des femmes nues autour de lui. Entrons avant d'attraper la mort.

Elle sonna plusieurs fois, on vint ouvrir. Un lustre de cristal versait dans le hall une lumière éblouissante. Darius osait à peine fouler le marbre rose. Encadré par deux déesses juchées sur un piédestal, un escalier menait à la corbeille. Deux autres montaient aux étages. Au-dessus des caisses, une affiche annonçait le programme :

Manuel de Falla

Nuits dans les jardins d'Espagne
Le Tricorne, suites 1 & 2
L'Amour sorcier

Orchestre symphonique de Madrid
Dirigé par Joaquín Rodrigo

Stella l'emmena au vestiaire.

— Tu as bien compris, Darius ? Tu souris et tu tends les bras. La personne te confie ce qu'elle veut et tu lui donnes le ticket avec le numéro de son casier ou de son cintre. Fais attention aux képis, les militaires sont très susceptibles. Tu vas et tu viens sans t'arrêter. Ensuite, je les emmène à leur siège.

On ouvrit les portes et les premiers couples entrèrent. Darius prit leurs chapeaux et leurs parapluies. Il boitait jusqu'aux casiers et revenait avec les tickets. Le hall fut vite bondé.

Darius portait les képis et les hauts-de-forme à pleins bras, les affaires s'entassaient devant lui. Les officiers s'impatientaient, les femmes en robes longues le regardaient à peine, il confondait les propriétaires et sautait des numéros. Les casiers étaient déjà pleins. Sa mère vérifiait les billets et disparaissait pour placer les spectateurs. Il finit par attraper les objets au hasard et par les fourrer derrière les portants.

Les visages se tournèrent d'un coup vers l'entrée. Darius aperçut les plumes d'un bicorne. Aux murmures, il comprit qu'il s'agissait du résident général. La foule s'ouvrit. Il avançait à pas lents, l'uniforme brodé d'or, les gants blancs, la main sur le fourreau de l'épée, la poignée étincelante. Son épouse portait une robe courte à danser le charleston. Stella ferma les portes de la corbeille derrière eux.

Dans la salle, les murmures s'estompaient, quelques instruments s'accordaient encore sous de timides applaudissements, qui se firent plus nourris, grossis de cris et de vivats. Aux premières notes, le silence revint.

Il fallait encore accueillir les retardataires, prendre leurs affaires, les conduire à la buvette pour les faire patienter jusqu'à l'entracte. Darius montait et descendait les marches, la jambe de plus en plus raide. Échouée sur une chaise, sa mère avait ôté ses chaussures et le regardait faire.

Après l'entracte, Darius lui demanda l'autorisation de rester un moment à la buvette. Il s'affala dans un fauteuil près du bar. La pluie avait cessé. De hautes fenêtres donnaient sur une terrasse, abritée sous ces grandes arches visibles depuis l'avenue Jules-Ferry. La serveuse lui apporta un verre d'eau. Il allongea sa jambe et tendit l'oreille pour capter le son des instruments.

Au moment de redescendre, il voulut jeter un coup d'œil à l'étage supérieur. Le couloir était plus étroit, en arc de cercle, tapissé de rouge. Il s'arrêta devant les photos d'artistes, glissa un regard dans l'embrasure des petites portes en enfilade. L'une d'elles, à peine entrouverte, l'attira. La loge était vide. Il y pénétra et la salle entière s'offrit à lui. Ce théâtre, de l'extérieur si petit, révélait sa profondeur. Un monde se dévoilait, habillé de velours pourpre du sol aux tentures. Des lignes, qui brillaient comme de l'or, s'entrelaçaient autour des lustres, et filaient sur la courbe des balcons.

Pour ne pas être repéré, Darius se cachait contre la cloison, et c'était comme s'il surprenait un secret jalousement gardé. Son regard plongea vers les rangées de la corbeille. Au cinéma, les gens discutaient, commentaient, se levaient, croquaient les graines de tournesol en crachant les écorces. Là, tout le monde se taisait, droit dans son fauteuil, le souffle suspendu aux gestes d'un petit homme à son pupitre.

Darius finit par s'asseoir au plus près du bord, à l'aplomb de la scène. Il se penchait pour observer les musiciens dans leur costume de gala. Combien étaient-ils ? Des hommes, quelques femmes, une petite armée. Les tambours imposaient la cadence. Les cuivres scintillaient, il y en avait de toutes sortes, des ronds et des droits, des petits et des grands, résonnant à l'unisson comme dans un film d'aventures. Sur les violons, les archers s'animaient en même temps, imités par ceux de violons plus gros posés sur le sol. Les dernières mesures entraînèrent tous les instruments et les sons se mêlèrent en bouquet.

Les spectateurs se dressèrent pour applaudir. Ils criaient pour que le spectacle se prolonge. Le petit homme à la baguette se retourna et s'inclina longuement, puis il fit lever ses musiciens. Il interrogeait la salle à travers d'épaisses lunettes noires. Il s'éclaircit la voix et s'exprima avec un fort accent espagnol :

— Ce soir, j'ai l'honneur de conduire l'orchestre symphonique de Madrid pour rendre hommage à l'un de mes maîtres, Manuel de Falla.

Les applaudissements reprirent. Il poursuivit, la voix tremblante :

— Dans mon pays, on bombarde les villages. Des avions allemands et italiens, et leurs complices, les nationalistes espagnols…

Il fut interrompu par des sifflements, des injures et des cris. Vive l'Italie ! Vive l'Allemagne ! Vive Mussolini ! Vive Franco ! Des spectateurs quittaient la salle. Le résident n'était déjà plus là. Le petit chef ne se démonta pas.

— Je m'appelle Joaquín Rodrigo. Ce soir, je veux jouer pour nos enfants, ceux de Guernica et de Bilbao, et tous ceux dont les familles meurent sous les bombes…

Quelques applaudissements… Des voix s'élevèrent : Vive l'Espagne ! Vive la France ! Vive la République ! Vive le Front populaire ! Les militaires partaient à leur tour. Darius sentait monter la ferveur autant que la colère. Rodrigo attendit le silence.

— Je vous propose à présent de faire un voyage dans l'espace et le temps. Je vous emmène dans un palais d'Espagne, construit au XVIe siècle, célèbre pour ses jardins. Je voudrais vous offrir le parfum de ses magnolias, le chant de ses oiseaux, le murmure de ses fontaines. Ce palais se trouve à Aranjuez, près de Madrid. C'est le nom du concerto que j'ai composé. Je le donne ici pour la première fois.

Un homme monta sur scène avec une guitare et prit place devant l'orchestre. Il entama un air enjoué, entraînant les cuivres, puis les cordes. Porté par cette musique, Darius voyait un décor se dresser devant lui. Elle le ramenait dans les allées du Belvédère, au bord des rivières, à l'ombre des arbres. La gaieté du matin, qui l'avait fait avancer dans les pas de Lou, l'envahit à nouveau. Les sons de la guitare virevoltaient. Pour clore ce premier mouvement, tous les instruments se joignirent à l'allégresse.

La salle hésitait à applaudir, attendait la suite. Le musicien s'épongea le front et réaccorda sa guitare. Au centre de l'orchestre, un homme se leva. Darius fixait l'instrument entre ses mains, un tube noir constellé d'éclats de métal, évasé à l'extrémité, ni flûte ni trompette. Le second mouvement débuta par un accord de guitare, presque inaudible, sur lequel l'homme debout posa quelques notes. Son trait fut d'une telle douceur qu'il cloua Darius sur son siège. L'homme venait de fendre le silence et tout devint lumineux. L'émotion qu'il libérait submergea Darius. Qui parle ? se demandait-il. Plus fortes que les mots, ces notes avaient le pouvoir de lui tirer des larmes. Le musicien, l'instrument, qui parle ? Nulle tristesse pourtant, mais Darius pleurait.

La mélancolie des premières mesures se dissipait. Darius retenait son souffle. Le velours de cette voix l'apaisait. Ses intonations le réjouissaient. Il se laissait transporter par l'instrument. L'histoire qu'il chuchotait, c'était à lui qu'elle s'adressait.

À la fin du morceau, la salle se leva pour applaudir. Rodrigo prit la main du guitariste qui le conduisit vers le musicien debout. Le chef marchait à pas d'aveugle. Les trois saluèrent ensemble. Darius les suivit des yeux jusqu'à leur sortie de scène. Dans sa tête, la musique s'évanouissait et il voulait la retenir. Il mit un moment à quitter son siège.

Darius se fraya un passage dans le couloir, noyé dans le flot des spectateurs. Au moment où il atteignait l'escalier, on l'attrapa par l'épaule.

— Eh… Mon petit muet !

Il se retourna. Lou… En robe du soir, elle paraissait plus grande encore. Elle lui prit les deux mains et le scruta de la tête aux pieds.

— Quelle allure ! Tu fréquentes le théâtre ?

Des hommes de son âge l'entouraient, souriants. Elle ajouta tout bas :

— Là-bas, c'est mon père au bras de ma mère. Finalement, je ne lui ai rien dit. J'en avais l'intention pourtant. Mais, une fois devant lui, je n'ai pas osé. C'est bête, non ?

Tout contre Lou, Darius gagnait une marche après l'autre. Il retrouvait son parfum, ses boucles frôlaient son visage. Elle échangea quelques mots avec ses amis, se tourna vers lui.

— On va saluer un des musiciens, un ami qui revient de Paris.

Autour d'eux se pressaient des familles françaises et italiennes, de jeunes gens en costume, des filles en tenue de bal. Elle ajouta :

— Ce matin, tu m'as donné du courage. C'est drôle… Je ne sais rien de toi. Tu pourrais être un petit frère. Tiens, je t'adopterais bien ! Tes parents sont là ?

Sans réfléchir, il secoua la tête. Lou ne devait pas rencontrer sa mère.

— Un gosse de ton âge, au théâtre, tout seul ?

Lou, c'était son petit miracle.

— Mais tu as bien des parents ?

Il secoua encore la tête.

— Mon Dieu…

Il venait d'effacer sa mère et ne ressentait que la peur de voir Lou s'envoler. Elle serra son bras.

— Je te garde, petit muet. Viens avec nous voir les musiciens.

Il se laissa entraîner. Derrière la buvette du premier balcon, un couloir conduisait à une porte de service. Darius s'efforçait de ne pas boiter. Les ampoules nues, les murs délabrés, le plancher défoncé… L'envers du décor apparaissait comme dans un rêve. Le rire de Lou résonnait dans les coulisses. Elle frappa à quelques portes sans obtenir de réponse. Des éclats de voix la guidèrent vers la dernière loge, elle y entra sans hésiter. Des hommes en costume de scène discutaient autour d'une bouteille. Lou sauta au cou de l'un d'eux. C'était le musicien debout au centre de l'orchestre. Elle s'assit près de lui sur un coin de la table. Depuis le couloir, Darius les observait. Lou l'avait oublié. Elle fumait et plaisantait. De temps en temps, elle trempait ses lèvres dans le verre posé devant elle. À ses pieds, Darius vit une mallette de forme allongée. Elle devait contenir cet instrument qui savait tirer de la joie et des larmes.

Lou demanda à l'homme en l'enlaçant :

— Alors, Paris, comment c'était ?

— Merveilleux…

— Eh bien, raconte !

Un autre répondit pour lui :

— Il a joué avec Duke.

— Duke ?

— Ellington.

Les yeux de Lou brillaient.

— Tu as joué avec lui ? Comment est-ce possible ?

— Il cherchait une clarinette pour sa tournée européenne. C'est Joséphine Baker qui nous a présentés. Elle m'avait pris dans son spectacle aux Folies-Bergère.

— Il est comment ?

— Pas croyable. Il sait tout faire… Compositeur, arrangeur, chef d'orchestre. Et quel pianiste ! J'avais l'impression que sa musique, il la créait pour moi.

Lou se leva d'un bond.

— Cet homme-là, messieurs, a joué avec Duke Ellington !

— À Pleyel !

— Pleyel ?

— Trois soirs !

— C'est vrai ce qu'on dit, il fait danser la salle ?

Le musicien ouvrit la mallette. Darius reconnut l'instrument. Il brillait entre ses mains.

— S'il fait danser la salle ? *Swing is our business !*

Aux premiers sons, les autres s'écrièrent :

— *It don't mean a thing, if it ain't got that swing !*

Lou invita les musiciens à jouer et nomma les instruments un à un. Le premier attrapa sa contrebasse et pinça les cordes. La trompette surenchérit, suivie du trombone. Un violon s'en mêla. Ils jouaient, excités comme des gamins, et Lou se mit à danser. Un ami la prenait par la taille et ils sautillaient et tournaient autour de la table. Darius fixait la clarinette, c'est ainsi qu'ils l'appelaient… En quelques notes, elle avait allumé un incendie. Ce n'était pas de la musique pourtant, les sons fusaient sans mélodie, mais il sentait ses jambes s'électrifier.

Lou semblait ne plus se souvenir de lui. Elle collait son buste contre la poitrine de ses partenaires et leurs visages se frôlaient.

Darius devait retrouver sa mère. Il l'avait abandonnée au vestiaire. La magie s'évanouit. Il se précipita dans le couloir et s'engouffra dans le petit escalier.

Il regagna le hall d'entrée… Désert. Sa mère fondit sur lui.

— Tu étais où ?

Il reçut une première gifle, puis une seconde. Elle n'avait jamais levé la main sur lui.

— Je t'ai cherché partout… Partout… Les gens, ils criaient tous sur moi !

Elle bafouillait entre les sanglots :

— Les chapeaux par terre, les parapluies n'importe comment… Le directeur… C'est lui qui est venu rendre les affaires. Il était fou de colère.

Elle leva vers lui ses yeux noyés de larmes.

— Je suis renvoyée ! Je n'ai plus de travail, tu entends ?

Alertés par les cris, des gens accoururent des coulisses. Parmi eux, Darius aperçut Lou. Effrayée, elle se précipita vers lui. Sa mère se recula.

— Tu veux me tuer, c'est ça ?

Elle dévisagea Lou et ses amis, revint sur lui.

— Ouvreuse, c'était trop bien pour moi ? Je dois faire le ménage du matin au soir, c'est ce que tu veux ? Le ménage, toute ma vie ?

Elle tituba jusqu'au vestiaire et prit son sac.

— Qu'est-ce qu'on va devenir ? Sans ma paie, qu'est-ce qu'on va devenir ?

À son oreille, Lou chuchotait :

— Mon pauvre petit gars…

Elle le serrait dans ses bras.

— Ça va aller, bonhomme ?

C'était lui qui avait mis sa mère dans cet état.

Lou ajouta :

— Tu reviendras me voir ? Promets-le-moi. Au casino, un matin, tu reviendras ?

Par les grandes portes ouvertes, sa mère s'évanouit dans la nuit.

Darius abandonna Lou et le théâtre pour rattraper son grand, son seul amour. La pluie avait cessé. Les trottoirs de l'avenue Jules-Ferry disparaissaient sous les flaques. Il courait derrière sa mère, la suppliait de l'attendre, et les mots qu'il articulait mouraient sur ses lèvres.

3

Elle comptait l'argent dans la boîte à chaussures : Deux semaines… On peut tenir deux semaines, pas plus.

Maman était à genoux. Devant les bougies, elle s'adressait à papa : Ce gosse, il va finir par me tuer.

J'ai attendu dans le couloir. J'entendais : Tu voulais que j'en fasse un homme. Je n'y arrive pas. Je n'ai plus la force.

Elle a recommencé, les billets, les pièces, deux semaines, pas plus. Je lui demandais pardon. J'étais si paniqué que mes gestes ne savaient plus rien dire. Pour ne pas les voir, elle a éteint la lumière.

Elle s'est couchée dans sa tenue d'ouvreuse. Je pensais qu'entre nous, quelque chose s'était brisé. J'avais épuisé son amour.

On a passé des heures à s'écouter pleurer.

Dans le noir, au milieu de la nuit, elle a dit : Tu sais ce que je vis depuis qu'il n'est plus là ? J'ai sursauté. Depuis ton père… Tu sais ce que je vis ?

J'étais terrorisé. Elle a ajouté : Parfois, dans mon lit, je l'entends. Sa respiration, sa voix… Alors, je me tourne pour le trouver, pour sentir sa peau contre la mienne. Et quand j'ouvre les yeux, je n'arrive pas à y croire.

Elle ne retenait pas sa douleur. Maman était une plaie ouverte, je venais de le comprendre.

Elle a continué : Pourquoi je me lève encore chaque matin, tu le sais ? Je me lève parce que tu es là. Il faut que tu m'aides, Darius, la vie ne nous fait pas de cadeaux.

Tout disparaissait, Lou, le Belvédère, la musique. Je voulais que maman se taise.

Je sentais son regard sur moi et elle continuait à me dire : Je lui ai fait une promesse, Darius, sache-le. J'ai fait une promesse à ton père, tes études, et je n'ai même plus de quoi acheter un livre.

J'aurais voulu répondre qu'il fallait oublier les livres, que jamais je ne pourrais étudier. Maman sombrait et m'emmenait avec elle.

Sa respiration est devenue plus régulière. Elle mourait dans un léger sifflement. J'ai allumé la veilleuse.

Elle dormait sur le côté et serrait ses poings contre la bouche. Même dans son sommeil, elle se battait contre quelque chose. Parfois, un soupir montait des profondeurs.

Lou savait. J'étais fils d'ouvreuse. Elle ne me reverrait jamais.

Elle m'avait donné rendez-vous pourtant, j'étais sûr d'avoir bien compris. Un jour, au Belvédère…

Ma mère me diminuait à ses yeux. Je lui en voulais, j'avais honte et j'ai chassé mes mauvaises pensées.

Lou s'était évaporée. Elle avait laissé le rouge de ses lèvres sur le verre de whisky, la caresse de ses pieds sur le sol, son rire sur l'épaule de ses amis. Personne ne pouvait la saisir, sauf la clarinette de ce type qui la rendait joyeuse.

Ce musicien m'avait parlé à moi aussi. Sans mots, sans signes, mais je l'avais entendu. Ses états d'âme, ses confidences, j'avais tout reçu. Il racontait une histoire dans un langage de sons et de silences.

Et l'autre, le chef d'orchestre, l'aveugle… Ce jardin, ce palais en Espagne, il nous les décrivait. Avec sa musique, on y était comme s'il les voyait.

L'air, c'était quoi ? Dans leurs notes, y avait-il un ordre ? Elles s'inventaient selon quelles règles ?

À peine entendues, elles s'oubliaient. Pourtant, elles m'avaient laissé quelque chose, elles résonnaient encore et faisaient même trembler un mur de chagrin.

La clarinette, comment on l'apprenait ? Je voulais réveiller maman, lui dire : Pour me parler, je t'assure, il n'a utilisé ni mots ni signes, seulement son souffle et ses doigts !

Cet air, j'allais le retrouver. Il fallait que je comprenne. J'avais toute la nuit. Maman s'agitait. Je l'imaginais répondre : Cesse de rêver, Darius. Moi aussi, j'ai cru tant de choses et je me suis trompée.

TUNIS
1939

1

Darius franchit la porte du collège.

Comme chaque matin depuis la rentrée de septembre, il avait attendu la première sonnerie sur le trottoir d'en face. Traverser une cour déserte, c'était boiter sans témoin, s'éviter les railleries qui collaient à ses pas.

Devant la salle de cours, un groupe discutait encore, attendant la seconde cloche. Ceux-là, il les aimait bien. Ces pauvres, ces timides un peu laids, infirmes à leur manière, se rassemblaient car personne ne leur parlait. Ils étaient moins regardants sur leurs fréquentations, et il se fit violence pour les rejoindre.

Il s'efforça de boiter le moins possible et ils le virent approcher. Il leur tendit un sourire pour excuser son silence, un sourire pour qui voulait bien le recevoir, un sourire de muet. Quand Darius fut à deux pas, ils s'envolèrent.

Darius les regarda gagner leur place. Ils lui avaient tourné le dos sans méchanceté. Un copain qui boite, un copain sans parole, c'était insipide, effrayant.

Le cours de français commençait. M. Leroy se tenait debout sur l'estrade. Il restait une chaise libre au dernier rang. Lorsque Darius s'y assit, son voisin se leva. À Leroy qui l'interrogeait du regard, l'élève répondit.

— C'est Zaken, monsieur… Il sent le pétrole.

— Le pétrole ?

Il se pinçait le nez en faisant la grimace. L'hilarité gagnait les rangs.

— Je vous assure, il pue le ménage.

D'autres se mirent à taper des pieds et des mains : Le ménage, le ménage… Leroy les fit taire. Il sourit par-dessus ses lunettes.

— Votre tête, Zaken, votre tête… L'avez-vous emmenée ce matin ? La seconde cloche a sonné, quand donc serez-vous à l'heure ? Demain peut-être ? Dans cette classe, je veux vous voir entrer le premier.

Le cours débuta et Darius ouvrit son livre. Il fit mine de s'y pencher et colla le nez à sa chemise. Cette odeur de détergent, sa mère la rapportait de ses ménages, elle flottait dans leur chambre, imprégnait ses draps et ses cheveux, elle le suivait partout et n'était désormais un secret pour personne.

Leroy le laissait tranquille. On n'interrogeait pas un muet. Darius allongea les jambes.

L'heure était à la poésie. Il fixait la page de son livre. Des accords se formaient dans sa tête. Il ferma les yeux. Le morceau qu'il avait travaillé la veille lui revint d'une traite, limpide comme s'il le maîtrisait enfin. D'autres accords naissaient qu'il brûlait de tester sur sa clarinette.

Quand les élèves tournaient la page, il les imitait. Leroy allait et venait entre les rangs. De temps en temps, il se penchait pour lui indiquer la ligne qu'il commentait. À peine prononcés, ses mots s'évanouissaient. Mais quand Jacky lui donnait des instructions, Darius les exécutait sur sa clarinette avant même qu'elles soient dites.

Quelques heures encore et il irait chez Lou. Combien de temps encore un artiste comme Jacky, clarinettiste au théâtre municipal, accepterait-il de le former ? Il le faisait par amour pour Lou. Il lui avait même cédé l'un de ses vieux instruments. La veille, il s'était étonné : Je n'en reviens pas, Darius... Ton jeu évolue si vite d'une séance à l'autre que ces deux ans auront compté comme dix. La nuit, dans sa tête, Darius prolongeait la leçon. Un morceau de jazz, c'était cent portes à ouvrir, dont chacune donnait sur cent autres. Leroy parlait, Darius acquiesçait, cherchant son chemin dans un labyrinthe de notes. Le chariot de nettoyage s'arrêta devant la porte de la classe. Darius se raidit.

On frappa quelques coups légers. Comme chaque matin, sa mère entra en blouse grise. D'un geste vif, elle saisit la corbeille pour la vider, puis revint la poser aux pieds de Leroy. Darius sentit les regards sur lui. Les murmures reprirent : Le ménage, le ménage !

Elle passa dans les rangs remplir les encriers. Lorsqu'elle s'arrêta devant le sien, Darius plongea le nez dans son livre, les mains devant les yeux. Surtout, qu'elle ne lui dise rien...

Les cheveux tirés en arrière et le teint pâle, la blouse fermée jusqu'aux chevilles, sa mère s'appliquait à verser l'encre. Leroy continuait son cours. Elle n'en finissait pas de s'exposer aux regards.

Darius guettait les bavardages. Ils ignoraient tous qu'au-delà de ces murs, elle était estimable, supérieure à toutes les mères, autrefois la plus belle de son quartier. Il les haïssait pour cette honte qui, chaque matin, le submergeait lorsque le chariot s'immobilisait devant sa classe.

Elle s'attaqua au tableau avec une éponge humide. Ses efforts pour en atteindre la partie supérieure déclenchèrent d'autres rires. Elle posa un chiffon propre sur le compartiment à craies, en remplaça quelques-unes et sortit enfin. Le ménage, le ménage... Sous l'autorité de Leroy, les railleries cessèrent, et l'on n'entendit plus que les roues de ce fardeau poussé de porte en porte.

Darius n'arrivait plus à fixer ses idées. Dans sa tête, la musique s'était tue. Le soir, comme tous les soirs, il referait les mêmes gestes pour supplier sa mère :

Je ne veux plus retourner au collège

— Ta place est là-bas. À présent, tu es comme les autres enfants.

Leur mère ne nettoie pas les classes

— C'est un arrangement avec le proviseur pour payer les frais de scolarité. Et la bar-mitsvah coûte cher aussi.

Bientôt je gagnerai de l'argent

— Réussis tes études, c'est tout ce que je demande.

Je jouerai de la musique

— De la musique ? Dans quel monde tu vis ?

Les élèves s'agitèrent autour de Darius. Ils rangeaient leur livre et sortaient des feuilles de leur cartable. Leroy le fit sursauter :

— Vous aussi, Zaken. Prenez une copie, inscrivez votre nom.

Il comprit qu'il s'agissait de produire quatre vers sur un sujet de son choix, selon les règles propres aux alexandrins. Des alexandrins ? Quelles règles ? Leroy ajouta :

— Eh bien ? Il suffit d'appliquer ce qu'on vient d'apprendre.

Ses voisins s'affairaient sur leur brouillon, griffonnaient, barraient, recommençaient, et Darius fixait sa feuille blanche. Qu'est-ce qu'il venait de dire ? Les alexandrins, douze pieds, ils riment et vont par quatre. Quatre vers à sortir…

Leroy ramassa les copies. La sienne était restée vierge. Une nouvelle lecture achevait le cours. Darius aperçut sa mère par la fenêtre. Elle frottait le sol du grand hall avec une serpillière. Des lycéens faisaient du sport et elle paraissait minuscule à côté d'eux. Comment allait-il lui annoncer encore une mauvaise note ? Quand il rentrait chez lui, la copie à la main, elle lisait sur son visage.

— Que s'est-il passé, mon chéri ?

Elle examinait son devoir pour déceler une erreur de correction, des points oubliés, une injustice.

— Combien ont eu les autres ?

Plus que moi

— Pourtant, à la maison, tu sais tout.

En classe

Je ne sais plus rien

— Ce désordre dans ta tête, mon Dieu…

La leçon de Leroy n'en finissait plus. Darius ne quittait pas sa mère des yeux. Elle passait d'un groupe d'élèves à l'autre, balayait entre leurs jambes, et eux, sans un regard pour elle, sans se douter qu'ils frôlaient l'être adoré, continuaient leurs exercices.

La cloche sonna. Darius les laissa tous sortir. À genoux, il ramassa ce qui traînait par terre, les boulettes de papier, les plumes à encre, les écorces de pistache…

Leroy l'attendait pour fermer la porte. Darius passa devant lui, tête baissée.

— Zaken !

Il s'immobilisa.

— Vous avez une heure de permanence avant le prochain cours, n'est-ce pas ?

Il acquiesça.

— Alors, je vous garde.

Il tira deux chaises au premier rang et ils s'assirent côte à côte comme deux collégiens. Leroy lui rendit sa copie et dévissa le capuchon de son stylo plume. La pointe brillait comme de l'or. Darius reconnut le *W* gravé sur les Waterman que son père vendait dans la librairie.

— Vous n'êtes pas plus sot qu'un autre. Alors, ces alexandrins, vous me les écrivez ?

Darius fixait la copie. Leroy se pencha vers lui. Il exhalait un parfum d'eau de Cologne.

— Un hémistiche comporte six pieds, un vers, deux hémistiches. Rimes masculines, féminines, vous vous rappelez ? Croisées, elles alternent…

Les mots ne venaient pas. Dans sa chambre, ils auraient coulé sans effort sur le papier. Devant l'épreuve, face à l'enjeu, ses pensées se figeaient.

— Vous en êtes capable. Pourquoi vous empêchez-vous de réfléchir ?

Leroy n'insista pas. Darius lui rendit le stylo et sortit en évitant son regard. Dans le hall, il chercha sa mère, mais elle avait été emportée dans le flot des lycéens.

2

Sans blouse, elle retrouvait sa beauté.

Sa mère l'attendait devant le déjeuner préparé chez la colonelle. Elle y prenait son service après celui du lycée, en fin de matinée, et y retournait l'après-midi.

Elle ne touchait pas à son plat, semblait chercher ses mots, et finit par dire :

— Ce matin, le professeur Leroy m'a abordée… Tes résultats ne sont pas bons.

Aucune colère ne secouait ses paroles, de l'angoisse seulement, qui les rendait plus tranchantes.

— En mathématiques peut-être, cela peut aller… Si tu continues ainsi, tu ne pourras pas rester dans ce collège.

Elle le fixait comme s'il fallait trouver un remède sur-le-champ.

— Je lui ai dit que tu es un garçon sérieux, et que tu travailles beaucoup.

Je suis muet

— Et alors ? Un muet ne peut pas réussir ?

Une moitié d'élève

— Mais devant la copie, qu'est-ce que tu ressens ?

Je dois me dépêcher
Tout se mélange

— Comment font les autres ?

Elle resta un moment silencieuse, puis s'efforça de sourire.

— Demain, nous avons contrôle de mathématiques. C'est ton point fort. Ce soir, je te ferai un dîner léger et on se couchera tôt. Tu as révisé comme il faut, c'est sûr ?

Au matin, un petit déjeuner à la mesure de l'enjeu l'attendrait, lourd comme l'espoir qu'elle mettait en lui. Elle l'accompagnerait jusqu'au seuil de l'immeuble, le regarderait s'éloigner. Le soir, elle guetterait son retour, chercherait dans ses yeux un premier indice, et la déception lui transpercerait le cœur.

Il l'observait débarrasser la table en traînant un peu les pieds. Après les cours, il se réfugierait chez Lou. Il s'oublierait dans le jazz, et sa mère lui reprocherait ce temps soustrait aux études.

Au moment où elle s'apprêtait à redescendre chez la colonelle, Darius lui prit le bras.

Tu pourrais travailler au restaurant

— Chez Max ?

Servir et tenir la caisse

— Pour dépendre de lui ? Je lui refuse sa cour, ce n'est pas pour manger dans son assiette.

Ailleurs alors

— J'ai fait tous les cafés, les restaurants et même les entrepôts sur le port. Qu'est-ce que tu crois ?

Elle disparut dans le couloir. Darius entendit ses pas dans l'escalier. À l'étage du dessous, la porte claqua.

Il lui restait encore une heure avant le début des cours. Sa clarinette était chez Lou. Il sortit un papier de sa poche, une page de cahier sur laquelle il avait griffonné des accords de jazz. *Tight like this.* Solo d'ouverture en *si* bémol. Louis Armstrong l'interprétait en traînant un peu et ce retard créait une sorte de balancement, un rythme que Lou nommait swing. Darius jouait au plus juste, mais le swing se refusait à lui. Il percevait cette drôle de joie chez Armstrong, puissante mais teintée de mélancolie. Sur les dernières mesures, son envol dans les aigus était comme un rayon de soleil. Comment produisait-il cet effet-là ? Darius pouvait travailler sa musique des heures, recommencer cent fois pour trouver le bon timbre, le souffle juste, l'accord parfait, ce n'était pas suffisant. Seule l'émotion comptait et elle se dérobait sous ses doigts. Il savait l'entendre pourtant…

Il s'allongea sur son matelas et ferma les yeux. Un poids revenait dans sa poitrine, comme toujours avant de retourner en classe. Après le collège, il se rendrait chez Lou sans repasser par la chambre, pour ne pas subir les remontrances de sa mère : Écoute-moi, elle n'est pas comme nous. Les Français de souche se méfient de nous. Et cette clarinette te siphonne le cerveau.

Le sommeil le gagna. Il se revit en plein été dans la librairie. Partis tôt le matin à cause de la chaleur, ils rangeaient les livres sur les rayons et mettaient l'inventaire à jour. Son père comptait sa caisse et cherchait deux sous à lui donner. Pour rentrer, ils traversaient la Hara. Au seuil des maisons, les hommes se rassemblaient et buvaient de la boukha dans de tout petits verres. Sa mère les attendait en tenue du soir, radieuse à côté de la table dressée, et ils prenaient place dans la petite cour, parmi les voisins. Son père faisait la prière, salait le pain, lançait des morceaux à chacun. La nuit était douce, ils veillaient tard. Les adultes remerciaient le ciel et entonnaient des chants. À sa mère qui l'accompagnait dans sa chambre, Darius demandait :

— Avant, toi aussi, tu chantais.

— Il n'est plus temps de chanter.

Sa mère le bordait. Depuis son lit, il entendait son père prier et rien ne pouvait arriver.

— C'est papa qui te faisait chanter ?

— Oui.

— Pour lui, tu t'habillais avec des couleurs, tu portais des pantalons.

— Je n'en faisais qu'à ma tête.

— Parfois, tu ris dans ton sommeil.

— Ce sont mes souvenirs que tu entends.

Darius reconnaissait son sourire triste, celui qu'elle affichait devant une mauvaise note, et son rêve s'évanouit.

Le jour semblait moins vif. Combien de temps avait-il dormi ? Il venait de sécher les premiers cours de l'après-midi.

Se rendre au collège, s'exposer au feu des réprimandes et des moqueries… La force lui manquait. Il se recoucha. Qu'est-ce qu'il dirait à sa mère ?

Autrefois, elle lui faisait manquer la classe pour la douceur d'une promenade. Devant l'école, ils rebroussaient chemin. Elle adorait Amilcar. Là-bas, lui disait-elle, la terre est rouge, elle a gardé le sang des guerriers qui se sont battus pour elle.

À l'époque, elle faisait de lui son complice et lui promettait un monde soulagé des convenances. Auprès de sa mère d'autrefois, le jazz, peut-être, aurait tenu sa place.

Cette femme, désormais, lui répétait : Quand le malheur se fiche dans une famille, il ne reste plus qu'à compter les peines.

Pas de cours jusqu'au lendemain... De grandes vacances, une éternité. L'angoisse desserrait un peu ses griffes. Le sommeil le rattrapait. Son rêve le ramena dans leur maison de la Hara. Sa mère recevait des invitées pour le thé : Viens dire bonjour, Darius, trouve pour chacune un mot intelligent. Il n'arrivait pas à s'exprimer et la sentence tombait : Va, laisse-nous à présent. Dans son dos, les femmes se mettaient à bavarder.

Elles parlaient fort dans l'escalier et il se réveilla.

Des voisines sortaient de chez elles. En fin d'après-midi, quand le soleil disparaissait derrière les immeubles, elles s'installaient sur le trottoir pour se détendre un moment. Il avait trop tardé, il n'aurait pas dû se rendormir. Il lui faudrait passer devant elles pour se rendre chez Lou.

Il descendit jusqu'au rez-de-chaussée sans oser franchir la porte de l'immeuble. Dehors, elles s'étaient laissées choir sur leur chaise.

— Quelle fatigue... Mon Dieu, soulage-moi de cette fatigue.

Darius connaissait ce soupir, il l'entendait d'étage en étage, de rue en rue, un soupir qui disait le poids du quotidien, le bonheur de le déposer un instant, le marché et les courses, la cuisine et le ménage, hier comme aujourd'hui, le dîner bientôt et la table à dresser, l'époux paresseux, trop gâté par sa mère, et celle-là qui se mêle de tout, et les parents impotents, la santé qui décline, et combien, combien fallait-il encore supporter, mon Dieu, pour mériter de vivre ?

Elles observaient les mouvements de la rue. Darius approcha dans leur dos. Elles avaient ôté leurs chaussures et tendaient les pieds au soleil, les orteils libérés, tordus, recroquevillés les uns sur les autres malgré les petites boules de coton logées entre eux. Du bout des doigts, elles se donnaient l'illusion d'arranger leur coiffure. Darius arriva à leur hauteur. Elles sursautèrent :

— Ah, te voilà, toi… Alors, après-demain, c'est le grand jour ? La bar-mitsvah !

Il se figea devant elles.

— Nous viendrons t'écouter à la synagogue.

Elles aussi étaient donc invitées…

— T'écouter, enfin je veux dire… Tu prieras dans ta tête et on chantera pour toi. Approche, mon fils…

Il se laissa embrasser, pincer, et attendit, les yeux baissés, la fin du supplice.

Chez nous, lui avait dit sa mère, tous les fils font leur bar-mitsvah, toi comme les autres. Je veux te voir devenir un homme. Mois après mois, il la voyait mettre de l'argent de côté et refaire ses comptes. Il avait subi les cours particuliers du rabbin. Elle qui manquait de tout ne voulait pas d'une cérémonie au rabais.

Le temps fuyait, volé à la clarinette. Les femmes le prenaient à témoin. Elles étaient intarissables sur leurs enfants. Le souci des devoirs, l'obsession des études, la réussite pour les uns, la déception pour les autres, un long soupir… Même adulte, la fille encore célibataire préoccupait, ainsi que le garçon marié à plus modeste, et ces enfants auraient des enfants à leur tour, et le souci ne finirait jamais.

Ces enfants, Darius les connaissait. Présentes après l'école, attentives aux résultats, imposant, sans rien dire, l'exigence à la maison, ces femmes si peu diplômées en avaient fait des érudits. Une fois les soupirs lâchés, il restait une fierté immense, celle dont il rêvait d'habiller sa mère. Il subissait chaque jour leur succès. À table, elle en parlait avec envie.

Lorsque, à dix-huit ans, les enfants embarquaient sur le bateau de la Transatlantique pour rejoindre les élites en métropole, leur mère se cachait pour pleurer, sans trouver la force de les accompagner au port. À Paris, ils devenaient médecins, avocats, professeurs, le regard tourné vers Tunis, à jamais enfants de leur maman malgré les honneurs et les récompenses. De cette petite communauté juive de Tunis, ces mères étaient les soldats. Elles affrontaient la vie avec une volonté implacable, une intuition supérieure à toutes les sciences. Alors, elles pouvaient bien s'affaler sur une chaise, offrir leur corps usé à la lumière de la fin du jour et se payer d'un soupir.

Se confondant en excuses par quelques gestes maladroits, il se décida à prendre congé. Elles se turent pour le regarder partir. Il craignait surtout de croiser sa mère. Elle voulait ressembler à ces femmes, désormais. Elle était revenue à sa communauté comme on entre dans les ordres, avec la ferveur d'une pécheresse. Sa bar-mitsvah participait à l'effort de normalisation. Le surlendemain à la synagogue, face à elles toutes, il devrait se montrer à la hauteur. Boitant le moins possible, il s'éloigna sans avoir pu leur offrir un geste intelligent. Il prit le chemin de chez Lou, leur regard accroché à ses pas.

3

Darius traversa le square. Le long des allées, les maisons étaient assoupies derrière leurs volets. Il s'assit à l'ombre des pins sur un banc de pierre, en face de ce qui semblait être une œuvre d'art. Des cactus de différentes espèces avaient été plantés parmi des palmiers nains, entourés d'un chemin de galets blancs. Un panneau indiquait le nom de l'artiste et le titre : *Portrait de femme*. Darius y chercha un visage. Deux petits dolmens dressés de part et d'autre du buisson d'épineux finirent par le convaincre qu'il s'agissait d'un corps. Assis dans ce coin de verdure en présence de cette femme imaginée, il oublia les rires des collégiens et les remarques des voisines. Chez les gens riches, les soucis semblaient plus légers à porter. Derrière le jardin, juste avant la première porte du Belvédère, se dressait la villa de Lou.

Il inspecta son pantalon, attendit que la sueur sèche sur son maillot de corps et il s'approcha de la bâtisse. Élevée sur trois niveaux, elle occupait un pâté de maisons. Le premier résident général de Tunisie l'avait édifiée pour y loger ses invités. D'après Lou, elle n'avait dès lors appartenu qu'à des célébrités. Fortune faite dans le commerce de grains, son père s'en était porté acquéreur. Il autorisait sa fille à y recevoir des amis pendant ses déplacements, jamais en sa présence. Lou en parlait comme d'un homme sévère et hautain. Darius s'approcha du portail. Toutes les grandes affaires de la ville se négociaient dans cette maison.

Il hésita à sonner. Le père s'y trouvait peut-être. Lors du concert au théâtre municipal, Darius l'avait aperçu au milieu de ses courtisans, saluant les uns et souriant aux autres, sûr de son pouvoir malgré sa petite taille et son embonpoint. Darius se souvenait aussi de son épouse en robe du soir à ses côtés, élancée, les cheveux roux et ondulés jusqu'à la nuque. Elle l'avait remarqué, lui, Darius, tout contre leur fille, stupéfaite de la voir fréquenter un garçon de si peu. Le sourire figé, elle s'était attardée sur son visage et sa tenue. Ce soir-là, elle lui avait coulé un regard atroce dans lequel il avait lu le dédain, le dégoût presque, la rage enfin.

Darius fit tinter le carillon de la grille. Un voilage se leva à la fenêtre du vestibule et Lou apparut sur le palier, souriante, le corps moulé dans un maillot de bain.

— Tu aimes ? Je l'ai commandé chez Roussel à Paris.

Le tissu la couvrait du haut des cuisses jusque sous le nombril. Serrée au buste et nouée dans le dos, une étoffe multicolore relevait sa poitrine.

— Viens, mon joli cœur, on est tous au bord de la piscine.

Balançant les hanches, elle marchait pieds nus devant lui. Sa mère l'appela du premier étage :

— Chérie, qui est-ce ?

— C'est Darius, maman.

— Tu t'es couverte au moins ? Tout le monde te regarde… Cette façon que tu as de montrer ton ventre !

Ils traversèrent le vestibule et la salle à manger.

— Veux-tu monter, je te prie ?

Lou soupira :

— Ça recommence. C'est sa dépression… Elle n'a pas quitté son lit de la journée. Attends-moi là.

Darius patienta dans la salle à manger, n'osant faire un pas sans Lou. Devant lui, la table était dressée pour deux convives, l'épouse et la fille, laissant vide la place du père face au jardin. Un domestique astiquait le grand chandelier, un autre effaçait les plis de la nappe autour des motifs de dentelle, un autre encore ajustait la position des verres, la modifiait sans jamais s'en satisfaire. Il décida de les aligner à l'aplomb du grand lustre comme s'il voulait en recueillir toutes les larmes de cristal.

Ils s'activaient autour de Darius sans lui prêter attention. La blanchisseuse se joignit à eux et le ton monta. Les prenant à témoin, elle déplia une serviette qu'il fallait à nouveau laver à cause des taches imaginaires que sa maîtresse lui reprochait.

— Les taches, elles sont derrière ses yeux, dans son esprit malfaisant, c'est là qu'il faudrait nettoyer.

Elle invoquait Allah pour faire taire cette vieille folle qui lançait ses invectives du matin au soir depuis son lit. Elle cracha dans les assiettes de Limoges et tous se défoulèrent sans se douter que Darius avait suffisamment traîné dans les rues de la médina pour les comprendre.

Il s'éloigna et attendit Lou au pied de l'escalier. Comme elle ne venait pas, il se risqua à l'étage et s'immobilisa devant une porte entrouverte.

— Remonte-moi les oreillers, veux-tu.

— Voilà, maman.

— Et redonne-moi ce linge pour mon front.

— Attends, je vais le rafraîchir.

Darius pencha un peu la tête. Il pouvait apercevoir le coin d'un lit au centre d'une chambre vaste, aux volets tirés.

— Ce garçon, qui est-ce au juste ?

— Tu sais bien, maman, c'est Darius, il vit avec sa mère près du Passage.

— Mais qu'est-ce que tu trouves à ce gosse ? Et que fait-il chez nous sans cesse ?

— Darius, c'est mon petit frère. Je l'adore. Je l'ai aimé à la seconde où je l'ai vu.

— Tu es ridicule, ma pauvre enfant. Invente-toi autant de frères et sœurs que tu veux, je vois bien là tes reproches.

— Mes reproches ?

— Tu es fille unique, est-ce ma faute ? Le Seigneur ne m'a pas donné la constitution pour enfanter davantage. Je ne suis pas comme ces Arabes qui pondent, qui pondent… Cela dit, ton père a peut-être peuplé la Tunisie sans nous le dire. Dis-moi, tu ne nourris pas un sentiment amoureux à l'égard de ce… petit Juif, au moins ?

— Maman ! Je veux le protéger. Il est orphelin de père, sa mère est femme de ménage, il est muet et handicapé.

— Arrête, je ne veux pas savoir, le malheur, c'est contagieux. Tes bonnes œuvres, réserve-les au moins aux enfants de chez nous.

— Ce n'est pas de la charité, maman. Au contraire, c'est lui qui me donne du courage. Tu entendrais sa clarinette…

— Fallait-il que tu lui en achètes une ? Que tu paies ses leçons ? Veux-tu aussi l'habiller et le nourrir ?

Darius regagna la salle à manger sur la pointe des pieds. Il s'attarda sur chacun des bibelots posés dans les niches, chacun des portraits au mur. Sur l'un d'eux, il crut reconnaître le père de Lou et baissa les yeux.

Elle le rejoignit d'un pas léger, et lui prit la main pour l'emmener au jardin. Elle s'arrêta sur le seuil de la terrasse et le fixa.

— Ça n'a pas l'air d'aller…

Dans le petit meuble près de la porte-fenêtre, elle attrapa leur carnet de conversation. Pour lui, elle apprenait le langage des signes, mais le comprenait encore mal, alors il lui répondait en griffonnant :

Le collège

C'est trop difficile

Elle hocha la tête. Il pouvait s'ouvrir à elle, jamais elle ne le jugeait.

— Explique-moi…

Les examens

— Eh bien ?

Je n'arrive pas à me concentrer

J'oublie tout

C'est la panique

— Fais ce que tu peux.

Je déçois maman
Je lui fais de la peine

— Tu as beaucoup de courage, je suis sûre qu'elle est fière de toi.

Ces mots suffirent à l'apaiser. En déposant un baiser sur sa joue, elle chuchota :

— Viens chaque jour si tu en as envie. Ici, tu ne risques rien.

Plusieurs amis de Lou, des habitués de la maison, se prélassaient au bord de la piscine. Il chercha Jacky qui lui fit un signe de la main, mais ne semblait pas pressé de donner sa leçon. Jacky accueillit Lou par un baiser dans le cou qu'elle lui rendit sur les lèvres. Darius s'assit sur un coin de pelouse, la clarinette entre les genoux, et attendit son bon vouloir.

Autour de Lou se prélassaient la fille d'un associé de son père, deux étudiantes en langues, anciennes camarades de classe, une Italienne qui tentait sa chance au théâtre. Darius reconnut aussi André, un jeune professeur de mathématiques qui, un jour, s'était présenté à lui comme champion de tennis. À Tunis, tout le monde était champion de quelque chose. Il suffisait d'une partie gagnée contre n'importe qui pour détenir le titre à jamais.

Ils étaient étendus sur la pelouse, leurs corps ruisselants de sueur. De temps en temps, Lou faisait pleuvoir l'eau fraîche du tuyau d'arrosage. Elle défit le haut de son maillot et s'allongea près de Jacky. Les autres filles l'imitèrent, offrant leur poitrine au soleil. Pour se donner une contenance, Darius étala devant lui ses grilles d'accords. Les seins de Lou pointaient, plus ronds que ceux des voisines, de petite taille mais plus fermes. De temps en temps, Jacky se penchait sur elle et l'embrassait, la main posée sur son ventre. Les autres fumaient et discutaient. Une bouteille passa de main en main. André lut l'étiquette, *Muscat de Kélibia*, et versa le liquide couleur d'or dans de petits verres disposés sur un plateau. L'Italienne taquinait l'une des étudiantes et leurs visages se frôlaient. On accueillait les baisers comme les rayons du soleil et les gorgées d'alcool.

Lou n'avait rien perdu de sa joie de vivre. Pourtant, Louis Jouvet ne répondait plus à ses lettres. Elle avait fini par en parler à son père, qui lui avait rétorqué : Tu veux ressembler à toutes ces petites sottes ? Je te trouverai un bon parti et l'affaire sera entendue. Darius vit l'Italienne s'approcher de lui en remettant le haut de son maillot.

— Et toi mon garçon, à part la clarinette, qu'est-ce que tu nous racontes ?

Sans lui laisser le temps de réagir, Lou prit le contrôle des opérations.

— Où va-t-on ce soir, qui a une idée ?

Les avis fusèrent :

— Le Souffle du Zéphyr à La Marsa, en haut de la corniche.

— On peut commencer par la kémia du Floréal avec un panaché.

— Puis un mulet complet à Sidi-bou-Saïd.

— Plutôt finir à La Jetée, ils viennent d'ouvrir un dancing sur la mer.

— Combien d'automobiles a-t-on ?

— Deux, ça fera l'affaire.

Ils écrasèrent leurs cigarettes et allèrent se préparer. Jacky regarda sa montre.

— On se donne une petite heure de leçon, d'accord, Darius ?

Ils se dirigèrent vers le salon de musique.

Les musiciens souriaient sur la pochette. Darius savait tout d'eux. Ils s'étaient réunis un jour de 1928 au Savoy Ballroom de Chicago, Johnny Dodds à la clarinette, Kid Ory au trombone, Johnny St. Cyr au banjo, Lil Hardin au piano et le grand Louis... Il posa avec précaution le disque Odeon sur l'appareil. *Tight like this*. Dans le grésillement des haut-parleurs, le *Hot Five* investit la paisible maison.

Darius plaçait ses notes sur celles d'Armstrong et leurs instruments se confondaient. Retenant son souffle, Jacky l'observait. Darius n'avait plus besoin de lui. C'était désormais avec le grand Louis qu'il travaillait.

Il s'interrompit lorsque Lou les rejoignit. Elle avait revêtu une robe blanche, presque transparente, qui tombait jusqu'aux pieds, laissant son dos et ses épaules nus. Elle se blottit contre Jacky, les autres finissaient de s'habiller. Darius reprit le solo d'ouverture.

Elle se mit à danser et à tourner sur elle-même. Attirés par la musique, les amis se pressèrent au salon. Lou attrapait la main de l'un qu'elle lâchait pour un autre. Darius jouait, assis par terre, une jambe pliée et l'autre droite, la seule position qu'il pouvait tenir le temps d'un disque. Autour de lui, ils dansaient, et trois accords répétés sur douze mesures suffisaient à les étourdir.

Il remit le disque. La musique lui refusait ses secrets. Il ne comprenait pas la logique des arrangements ni celle des accompagnements. Armstrong s'envolait, gardant pour lui le génie de ses improvisations. Darius s'impatientait. Tout juste pouvait-il identifier le thème principal, le fil conducteur, les gammes choisies. Mais il savait prendre d'instinct le pouls d'un morceau. Le tempo lui venait sans effort. Son jeu différait de celui de Jacky, il était plus délicat. Un timbre de velours.

Darius jouait avec ces Noirs qui posaient en costume de gala sur la pochette, ces musiciens du bout du monde. À la bibliothèque, il avait découvert l'histoire de ces fils d'esclaves, fous de musique. Ce qu'ils cherchaient dans leur blues, il le cherchait aussi. Comme eux, il se débattait dans un monde qui se refusait à lui, il se heurtait à sa violence, alors il fallait le réinventer, le secouer dans un rythme effréné, briser les mélodies convenues, improviser et jouer, jouer jusqu'à rendre cette vie fréquentable.

Pour un moment, l'existence lui semblait moins hostile. Son esprit se vidait de toute colère, son corps de toute tension. Cette musique, il l'avait reconnue. Elle exprimait une douleur sans agressivité dans la simplicité de gammes majeures en *do*, *mi* ou *fa*. Pour la teinter de mélancolie, il suffisait de diminuer la septième note d'un ton, de la faire sonner bleue comme disait Jacky. Les accords naissaient dans les rues de La Nouvelle-Orléans et se propageaient à Chicago ou Harlem, au fond des cafés et dans les salles de bal, partout où l'on voulait bien de cette sensibilité, de cette insouciance, de cette fougue. Le jazz savait rendre la mélancolie joyeuse et Darius s'y jetait à corps perdu.

Lou dansait avec l'autre comédienne, les pieds nus, la robe relevée jusqu'aux cuisses. Boudeuses, elles s'écartaient pour se frotter aux garçons, puis se rapprochaient davantage, visage contre visage, et leurs lèvres s'effleuraient.

Ces musiciens du *Hot Five* ne tenaient pas en place. Chaque seconde, ils prenaient une décision, changeaient de direction et jubilaient de leur dialogue. Dans les mouvements de Lou, Darius découvrait la sensualité de leur jeu.

À la fin du morceau, Darius vit s'envoler les robes légères et les pantalons de toile blanche. Il entendit les automobiles démarrer en trombe.

Il relança le soixante-dix-huit tours. Le solo d'Armstrong lui échappait encore. Il s'accrocha au rythme syncopé de sa trompette. Agressif dans l'attaque, fougueux dans les montées, Darius manquait de nuances.

Il remit le disque plusieurs fois pour entendre Louis, puis jouer à son tour, et ça n'allait jamais. Souvent, Jacky lui disait : Mais c'est déjà très bien, qu'est-ce que tu cherches ? Ce qu'il cherchait, ce qu'il était le seul à ressentir, c'était cette façon qu'avait Armstrong de lui parler. Sa force et sa douceur, cette tristesse et ce don pour consoler, son swing, son rebond, cette manière de se réjouir, son blues surtout, à fendre l'âme. L'histoire qu'il racontait, Darius se sentait incapable de l'exprimer. Aucun glissando n'excitait ses phrasés. Son vibrato faisait à peine trembler ses notes. Son souffle mal dosé les saturait.

Il s'appliquait à placer ses croches au plus juste, mais il n'atteignait jamais l'expressivité de Louis, son ton un peu au-dessous, son rythme traînant, son jeu décalé… Il fallait le réécouter et percer le mystère de son swing, recommencer cent fois, mille fois. Et plus Darius s'obstinait, plus ses doigts se crispaient sur les anneaux. Il s'énervait de ses retards sur la clé, des pressions vaines sur les trous. Dans ses mains moites, la clarinette se dérobait. Les sons qu'il tirait de son instrument n'étaient pas ceux qui naissaient dans sa tête. De rage, les larmes lui venaient. Je te disais que c'est bien, lui lançait Jacky. À quoi bon jouer comme Jacky ?

Il était temps de rentrer. Darius quitta le salon de musique à contrecœur. Dans le hall, il croisa la mère de Lou en chemise de nuit, assise sur la première marche de l'escalier.

— Jouez encore… Vous voulez bien ?

Elle avait les yeux rouges et semblait perdue. Devant elle, il reprit le morceau une dernière fois.

Sur les notes d'Armstrong, elle se signait sans cesse, terrorisée par le pouvoir de cette clarinette. Elle l'écoutait en frissonnant, et ce petit Juif devant elle, de cette musique nègre, la consolait mieux qu'une prière.

4

Sa mère faisait les cent pas. Elle portait une robe noire fermée aux poignets. Un voile de dentelle couvrait ses cheveux.

— Où étais-tu, Darius ? Le rabbin nous attend.

Il s'est passé quelque chose

— Cette fille, encore ?

Je joue et je ne suis plus triste

— Qu'est-ce que tu racontes ?

Chez Lou je n'ai plus peur

Elle lui tendit une chemise propre et un pantalon de toile.

— Dépêche-toi, nous allons être en retard.

Le rabbin habitait rue d'Isly. Darius avait fait ce chemin pendant des semaines pour préparer sa bar-mitsvah. Sa mère accélérait le pas.

— Tu as pris ton livre de prières ?

Il le lui montra.

— Il va nous attendre. Quelle honte…

Pourquoi on y va

— Il veut te revoir une dernière fois avant la cérémonie.

Son père lui parlait souvent de ce rabbin, un grand talmudiste. On venait le consulter des coins les plus reculés d'Afrique du Nord. Il ouvrait sa maison aux pauvres comme aux érudits. Une nuit d'hiver, son épouse avait refusé audience à un vieillard au prétexte que son mari se reposait. L'apprenant à son réveil, il s'était emporté contre sa femme : Si un homme âgé se déplace dans le froid à une heure pareille, c'est qu'il est dans l'embarras, et tu juges cela sans importance ? Par compassion, il avait dormi à même le sol, au pied du lit, jusqu'au retour du visiteur. Darius n'avait aucune envie de le revoir. Les rabbins et les pieux, les prières et les coutumes, c'était là-bas, entre les murs de la Hara, sa main dans celle de son père.

Il avait cédé à sa mère, mais il jouerait à défaut de prier. Au rabbin les mots et la ferveur, à lui l'accompagnement musical. Il s'apprêtait à inonder de jazz cette grande synagogue tout juste inaugurée au cœur du quartier français. Deux jours encore et il inviterait Armstrong à la tribune pour éclabousser de son swing l'arche sainte et les Tables de la Loi.

Le rabbin vint leur ouvrir. Darius le trouva tout à coup très vieux. La barbe soignée, les sourcils broussailleux, le front barré de rides et les oreilles démesurément longues, il ressemblait aux patriarches. Il les accueillit en babouches, drapé d'une toge et coiffé d'un turban. Son épouse avait préparé un thé au jasmin, et garni de gâteaux un plat aux inscriptions mauresques. Il s'était excusé :

— À cette heure, ma femme est couchée. Elle se lève plus tôt que moi le matin.

Ils s'assirent au salon.

Darius sentait son regard sur lui. Le rabbin buvait à petites gorgées.

— Alors, mon garçon, tu es prêt pour ta bar-mitsvah ?

Ne l'avait-il pas suivi durant des semaines ? Sa mère confirma :

— Oui, monsieur le rabbin, il est prêt, comme son père l'aurait souhaité, béni soit son souvenir.

— Madame, c'est à lui que je m'adresse.

— Pardonnez-moi, j'ai tellement l'habitude de répondre à sa place.

— Votre fils me parle avec ses yeux. Je peux très bien l'entendre.

Il s'avança sur son siège.

— Il m'est venu un doute la nuit dernière… Je te pose la question à cause de ton engouement pour… cette musique.

Des poches grisâtres tombaient sous ses paupières. Il respirait fort et semblait épuisé.

— Cette bar-mitsvah, tu es content de la faire ?

Darius lança un regard vers sa mère, s'efforça de sourire et acquiesça. Le rabbin fit la moue en continuant de le dévisager.

— Mais tu es davantage content de prier ou de jouer ?

Il doutait de lui et le mettait à l'épreuve. Darius sentit à nouveau monter cette angoisse qui le submergeait, enfant, devant tous les rabbins. L'autre insistait :

— Au lever du jour, chaque jour que l'Éternel fait, récites-tu la prière pour lui rendre hommage ?

Qu'est-ce qu'il voulait ? La bar-mitsvah avait lieu le surlendemain, il n'était plus temps pour les questions. Sa mère répondit encore :

— À vrai dire, pas toujours. Le collège est très exigeant, pour lui tellement plus que pour les autres.

Le rabbin le fixait comme si elle n'avait rien dit, et Darius se surprit à soutenir son regard. Il n'aurait pas dû venir. Cette bar-mitsvah, il n'en voulait pas. Il serrait la mâchoire et l'autre continuait :

— Tu sais lire l'hébreu, bien. Mais as-tu jamais lu les cinq livres de la Bible ?

— Bien sûr qu'il les connaît ! Avec son père, il priait à l'office, c'était le plus jeune de tous.

— Madame, cela n'en fait pas un croyant pour autant.

Le rabbin se penchait sur lui, le fouillait du regard, son haleine était âcre, et toute la communauté se dressait devant lui. Quelle insuffisance lui reprochait-on encore ? Pourquoi fallait-il toujours se justifier ?

Leurs visages se touchaient presque.

— L'Éternel, mon fils, l'Éternel, béni soit son Nom, l'aimes-tu de tout ton cœur, de toute ton âme ?

Il se tourna vers Stella.

— Au fait, rassurez-moi, il est bien circoncis ?

Darius se leva d'un bond et renversa le plateau, la théière et l'assiette de gâteaux. La femme du rabbin accourut, une robe de chambre sur les épaules. Stella se précipita pour ramasser la vaisselle.

— Pardonnez-le, je vous prie, pardonnez-le… C'est très difficile en ce moment. La théière n'est pas cassée, Dieu merci. Il est nerveux, si nerveux…

Darius lui prit le bras, la força à se redresser, à lire ses gestes.

Dis-lui maman

— Quoi Darius, quoi ?

Comment j'étais enfant
Comment j'étudiais la Bible
Comment je lisais l'hébreu
Dis-lui que je connaissais l'histoire des prophètes
Je priais en me levant le matin
À l'arrivée du shabbat
À la fin des repas
Dis-lui que je priais
Par amour pour l'Éternel
J'avais peur de Lui
Je Lui parlais chaque jour
J'étais le plus appliqué de Ses enfants
Et Il nous a abandonnés
Dis-lui maman
Il nous a abandonnés
Papa est mort
Dis-lui
Je ne suis plus juif depuis longtemps

Il se dirigea vers la porte. Stella se précipita sur lui.

— Reviens, je t'en supplie, calme-toi…

Il se dégagea de son étreinte. Le rabbin s'était dressé, sa femme réfugiée dans ses bras. Darius sortit sans se retourner.

La nuit était tombée. En sueur, Darius ôta sa chemise et marcha longtemps. Ces gens le jugeaient, doutaient de lui, et sa mère se tenait de leur côté. Il voulait oublier les questions du rabbin, elles ne signifiaient plus rien.

Il arriva à leur immeuble, toutes fenêtres éteintes, monta jusqu'à la chambre et rassembla ses cahiers de chants religieux, ses livres de la Pâque et du nouvel an, ses contes et légendes d'Israël, son affiche des Tables de la Loi, son châle de prière et le petit poisson d'argent.

Les bras chargés de tout ce qui avait été son passé, il poussa jusqu'au lac. C'était là qu'il venait au jour du Grand Pardon jeter autant de cailloux qu'il portait de péchés.

Il s'assit au bord de l'eau et se rappela les paroles de son père : Tu dois prier l'Éternel et Le servir. S'Il nous met à l'épreuve, il faut s'en remettre à Sa volonté. Si parfois la vie te semble lourde à porter, Il trouvera les réponses qui te manquent. N'oublie jamais mon garçon, Juif tu es, Juif tu resteras.

Darius tenta une prière, fouilla dans sa mémoire, chercha dans les étoiles la voix de son père, l'air de ses chants, la caresse de Dieu. Mais les mots d'hébreu qu'il récitait jadis le matin et le soir, les mots de sa fidélité à l'Éternel, tous les mots de son enfance se dérobaient. Il voulut crier et sa gorge le lui refusa. Alors, dans les odeurs d'égout et sous le ciel indifférent, il déplia le châle pour y fourrer ses cahiers et ses livres, le rouleau des Dix Commandements et quelques pierres, avant de tout jeter à l'eau, le passé et les Lois, les réponses et les questions, la violence et le ghetto, et cette religion qui le terrifiait, qui jamais n'apportait le moindre réconfort. Il ne restait que le chagrin et, serré dans son poing, le petit poisson d'argent.

5

— Tu la feras ?

Elle l'attendait dans la chambre. Il s'assit à côté d'elle. Quelqu'un avait laissé la lucarne du couloir entrouverte. Un peu d'air pénétrait dans la chambre. Elle avait dégrafé le haut de sa robe.

— Ta bar-mitsvah, tu la feras ?

Oui maman

— Ton père aussi l'aurait souhaité.

Pour lui, combien de choses devait-il encore faire ? La mort avait figé sa volonté, et elle n'admettait plus aucun arrangement.

Il se posta devant elle.

Je veux arrêter le collège

— Moi vivante, jamais.

Les autres sont trop forts

Je ne sais pas réfléchir comme eux

— Eh bien, tu feras un effort.

C'est trop dur maman

— Cesse de te plaindre.

Je n'ai plus la force d'y aller

— Ensemble, on la trouvera.

Le jazz maman

Ça vient tout seul
On aime ma musique

— Oublie la musique. Chez nous, les enfants sont bien dans leur tête. Ils font des études.

Je peux gagner de l'argent
Je t'assure

— Ce n'est pas un métier.

Darius saisit sa clarinette et se réfugia dans le couloir.

Assis par terre, il se mit à souffler quelques notes. Il entendit sa mère :

— Ce n'est pas possible… Il joue ?

Une drôle de lumière baignait le couloir. C'était la nuit et il semblait faire jour. Il tissa quelques gammes de blues, du *do* au *si* bémol. Ses muscles se détendaient, ses doigts retrouvaient un peu d'agilité. Il explorait les sons que sa clarinette renfermait, qu'elle lui refusait encore, du moelleux grave à l'aigu flamboyant. Petit à petit, son esprit se vidait.

Il attaqua quelques ouvertures, et s'enfuit vers La Nouvelle-Orléans. Il s'en remit à Louis, testa plusieurs morceaux, *West End Blues* enflamma son esprit. Il s'engagea sur ses longues phases descendantes, les secoua de boucles ascendantes, diminua les tierces et les septièmes… Il reprit l'ouverture, la recommença. Ses accords pesaient, le solo se délitait entre ses doigts.

La fille de Nabeul sortit de sa chambre. Hypnotisée par le chorus, elle avait oublié de se couvrir. Elle s'avança vers lui, les yeux embrumés, les épaules frétillantes, les hanches insolentes. Dans les étages, des portes s'ouvraient, les protestations s'élevaient.

Sa mère surgit et le vit, lui, son fils, un charmeur de serpent, et cette fille presque nue dont le démon possédait le corps. Elle porta les mains à son front, ouvrit la bouche et resta sans voix. Au cinquième, la colonelle haussait le ton, la convoquait, menaçait… Alors, sa mère se jeta sur lui. Elle lui arracha la clarinette et la frappa contre le mur. Le bois se brisa, les clés sautèrent, la fille s'envola. Stella lança ce qui restait de l'instrument à l'autre bout du couloir. Elle vacilla, mit un moment à reprendre ses esprits, puis se pencha dans la cage d'escalier.

— C'est fini… Pardonnez-nous, cela ne se produira plus.

Elle regagna la chambre et Darius se rua derrière elle. Il l'attrapa par les épaules, elle se dégagea, puis le fixa, tétanisée. Il voulait crier, et tous les mots se bloquaient dans sa poitrine. Il ne lui fit qu'un signe, un geste minable : *Pourquoi*

Il desserra les poings et lui tourna le dos, effrayé de sa propre colère.

Les clés avaient giclé jusque dans l'escalier, il les ramassa une à une, comme s'il pouvait réparer sa clarinette.

Il reprit sa place sous la lucarne et s'allongea par terre. Bientôt, le ciel allait s'éclaircir. Cette journée, à quoi ressemblerait-elle ?

La chambre s'éclaira d'une fragile lueur. Il l'entendit :

— Assure la paix dans notre maison et souviens-Toi de nous. Accorde Ta grâce à mon enfant. Donne-moi la force de l'élever sage et intelligent. Qu'il devienne un homme de vérité.

Sa mère n'avait jamais prié avec autant de ferveur. Elle resta un long moment devant les bougies, puis vint le retrouver. Elle semblait épuisée. Ils se blottirent l'un contre l'autre. Elle murmura :

— On est à bout, tous les deux.

Je vous déçois

Toi et papa

Je ne mérite pas tous vos efforts

— Ne dis pas de bêtises.

Elle le força à se relever et ils se mirent au lit pour ce qui restait de la nuit.

— Demain, nous avons mathématiques. C'est ta matière forte, tu vas remonter ta moyenne. Et après-demain, la bar-mitsvah. Il faut reprendre des forces.

Le lendemain matin, arrivé tôt devant les grilles du collège, Darius attendait. Les élèves entraient en riant, ils ne redoutaient pas le contrôle de mathématiques. Il alla s'asseoir sur les marches de l'immeuble d'en face.

Petit à petit, la cour se vidait. Lève-toi Darius, se répétait-il. La seconde cloche retentit. Lève-toi. Les retardataires couraient. Sur les tables, les élèves posaient leurs affaires. Le gardien refermait les grilles. Lève-toi. Il allait encore être le dernier à prendre place. Ils se jetaient sur le sujet, écrivaient déjà, noircissaient les feuilles.

Darius se leva et son petit déjeuner remonta, gicla sur le trottoir. Des poussées lui soulevèrent les tripes.

Le concierge l'observait. Il allait s'approcher. Darius s'éloigna, l'autre lança un regard vers l'horloge et ferma les grilles. Dans la cour, plus un bruit. Sa mère allait bientôt prendre son service. Darius s'éloigna un peu plus sans savoir où aller. Ses pas le ramenèrent au Passage et il grimpa dans le premier tram.

Il descendit au hasard et reconnut la petite ville de La Marsa. Il entra dans la cour d'un café. Les yeux bandés, un chameau tournait autour d'un puits pour remonter l'eau. Darius s'effondra sous le peuplier au milieu du patio, devant des Bédouins qui remplissaient leur gourde. Ils se penchèrent sur lui, dirent quelques mots en arabe, voulurent le relever et lui laissèrent des dattes. En partant, ils donnèrent une tape à l'animal.

Darius erra jusqu'à la plage. Il passa devant la grande synagogue blanc et bleu. Sa terrasse ouvrait sur le large. Son père affirmait qu'on y ressentait le souffle de l'Éternel. Darius longea la façade frappée des étoiles de David et poussa jusqu'à l'établissement des bains de mer. Des tas d'algues jonchaient le sable et dégageaient une odeur d'iode infecte. Le dancing des Dunes n'avait pas encore ouvert. Lou et ses amis y viendraient peut-être, là ou bien au Souffle du Zéphyr, dont les tentures battaient au vent. Il voulait l'attendre au bord de l'eau, à cette extrémité du monde, puis il changea d'avis. Chez elle, il était sûr de la trouver.

Lorsqu'elle le vit à sa grille, elle se précipita vers lui.

— Qu'est-ce qui se passe, Darius ?

Ils s'installèrent dans la salle à manger. Elle saisit leur carnet de conversation.

— Écris-moi quelque chose…

Le collège c'est fini

Elle haussa les sourcils, stupéfaite.

Je me suis enfui

— Comment ?

Je n'y arrive plus

Elle demeurait interdite. Darius attendait un sourire, un geste, Lou prenait toujours son parti.

Silencieuse, elle regardait le jardin.

— Et ta mère ?

Elle ne sait pas encore

Elle s'assit face à lui et prit un ton qui ne lui ressemblait pas :

— Tu ne peux pas arrêter le collège, Darius.

Je vais jouer du jazz

— Et après ?

Je gagnerai de l'argent

Maman ne fera plus le ménage

— C'est à elle de préparer ton avenir, pas l'inverse.

J'arrêterai de la décevoir

— Ce sera pire encore. Ses efforts n'auront servi à rien.

Sa légèreté avait disparu. Elle parlait comme les autres, comme tous ceux qui ne comprenaient rien au jazz. Elle ajouta :

— Je peux t'affirmer une chose, quitte le collège et tu arrêteras la clarinette aussi. Pourquoi ? Parce que tu seras si peu fier de toi que tu ne croiras plus en rien et ton talent s'éteindra.

Elle se releva. Son sourire était revenu.

— Fais-moi confiance, tu veux bien ?

Sans le laisser répondre, elle fouilla dans son sac, attrapa ses clés de voiture.

— Je te ramène au collège. Cet enseignant que tu aimes bien… Allons le voir.

Ils trouvèrent Leroy dans la salle des professeurs. Lou le prit à part, ils discutèrent un moment, puis elle s'éclipsa. Leroy s'approcha de Darius.

— Venez, mon garçon.

Il ne semblait pas le juger. Darius le suivit. Ils se dirigèrent vers la cour d'honneur et marchèrent sous les arcades. La voix de Leroy était douce. Il embrassa la cour du regard.

— J'enseigne ici depuis vingt ans. Tous les matins, je prends le train depuis La Soukra. Je suis venu tout jeune professeur, après la guerre. D'aucuns évoquent une autre à venir, vous savez, à cause de ce M. Hitler.

Il ôta sa veste et la laissa sur ses épaules. Jour après jour, un lien s'était tissé entre eux, de regards en silences.

— À votre âge, les cours ne m'intéressaient pas. Je préférais la bibliothèque où je pouvais rencontrer des filles. Devant elles, je faisais le joli cœur, cela vous étonne n'est-ce pas ? Pour leur plaire, j'apprenais des poèmes. J'ai commencé à ouvrir des livres et ce fut une révélation. Je suis tombé amoureux de la littérature. Comme vous du jazz. Vous jouez de la clarinette, je crois… Je suis sûr que vous le faites avec talent.

Darius s'immobilisa. Quand Leroy souriait, son autorité s'évanouissait. À travers ses lunettes perçait un regard de jeune homme.

— Nous avons donc un point commun : une passion à cultiver. Grâce à elle, vous verrez, tout devient plus léger à porter.

Ils s'assirent sur la dalle de marbre du monument aux morts. Ses paroles étaient un baume sur le chagrin. Son ton se fit plus grave :

— C'est à vous de décider, Zaken. Souhaitez-vous continuer à étudier ici ? S'instruire n'est pas donné à tout le monde. C'est une chance qui vous est offerte. Les gens de votre communauté l'ont bien compris.

Leroy s'éclaircit la gorge et sembla chercher ses mots :

— Nous… savons tous ici comment… vous avez perdu votre père.

Il paraissait ému.

— Et votre maman a beaucoup de courage.

Il se leva et s'accroupit devant lui.

— Écoutez, Zaken… Pour vous, ces études sont lourdes à porter. Vous essayez de vous montrer à la hauteur des attentes et des sacrifices de votre famille. Plus vous vous obligez à réussir, plus vous entravez votre réflexion, et plus vous vous en voulez. Alors, vous vous obligez de plus belle et plongez dans une tourmente sans fin. Je voudrais vous aider, m'y autorisez-vous ?

Darius s'en remit à lui. Il aurait voulu se laisser aller, tomber dans ses bras comme dans ceux d'un père.

Leroy le raccompagna. Darius le fit monter jusqu'au cinquième. Sa mère le guettait en compagnie de Max.

— Mon Dieu, Darius, j'ai eu si peur… À Carnot, ils m'ont dit que tu étais absent… Je t'ai cherché partout, même chez cette fille, Lou. Elle m'a tout raconté.

Elle l'étreignit un long moment, puis réalisa qu'un professeur de France se tenait parmi eux. Elle l'invita à entrer et lui proposa un verre, qu'il refusa. Il fallait qu'une sommité vienne ce jour-là, en plein désordre, et voie cette chambre de misère, ce visage ravagé par les larmes.

Leroy se posta devant elle.

— Madame, votre fils possède de grandes qualités.

— Je le sais, malgré l'agitation qui règne dans sa tête.

— Monsieur le proviseur est prêt à le maintenir dans ses effectifs si j'en deviens le tuteur. Je le garde deux heures chaque jour après la classe. On se donne l'année pour décider s'il poursuit sa scolarité.

— Je n'ai pas les moyens de vous rémunérer.

— Je ne demande rien.

— Je ne peux pas accepter.

— Et moi, je veux sauver ce garçon. Je sais qu'il en a les moyens. C'est pour des enfants comme lui que je fais ce métier. Éduqué, il rendra le monde meilleur.

— Vous êtes un saint homme, monsieur Leroy.

— J'y mets cependant deux conditions. La première : vous lui promettez une liberté totale. Qu'il joue de la clarinette autant qu'il veut.

— Elle le détourne de ses devoirs.

— Elle le fortifie, au contraire.

— La seconde ?

— Vous abandonnez votre travail au lycée. Pour lui comme pour vous, cela devient insupportable.

— Et Dieu nous nourrira de sa manne.

— L'un de mes amis occupe un poste de direction à la Banque d'escompte et de crédit. Il cherche un coursier.

— Un coursier ?

— Un livreur à bicyclette. Réfléchissez et Darius viendra me donner sa réponse demain.

Il prit congé.

Max se tourna vers Stella.

— Si maître Leroy te dit qu'il peut sauver ce garçon…

— Toi, de quoi te mêles-tu ? Et cesse de l'appeler maître, il n'est pas avocat.

Elle regagna la chambre. Darius lui emboîta le pas, Max l'arrêta.

— Pourquoi elle me maltraite comme ça ? Tu le sais, toi ? Moi qui étais venu lui parler du menu de ta bar-mitsvah. Je vous ai préparé un festin.

Il chuchota :

— Dis, mon fils, tu lui glisserais un mot pour moi ? Enfin, je veux dire… un petit geste, quelque chose d'élégant, tu le ferais ? Toi, dis-lui, moi, je ne sais pas.

Darius acquiesça et Max sembla soulagé.

— Parce que je m'approche d'elle et je flanche. J'ai un grand cœur, Darius, un grand cœur, je te jure, mais je voudrais être moins sensible, les femmes n'aiment pas les gens sensibles.

Sa mère réapparut, les mains sur les hanches.

— De la bicyclette à mon âge ?

6

J'étais très chic. Dans la synagogue, il y avait des fleurs partout.

Au premier rang, maman semblait heureuse. Je devenais un homme. Elle m'avait offert un nouveau châle de prière. Avant de quitter la chambre, elle avait accroché le petit poisson d'argent à ma chemise, juste au niveau du cœur.

Jacky m'avait déniché une clarinette. Je me suis assis par terre, aux pieds du rabbin, sur le velours rouge de l'estrade. Je ne sentais plus ma douleur au genou, je pouvais jouer des heures.

Dans les prières, j'ai injecté une bonne dose de swing. Le rythme en deux temps, je l'ai passé à quatre, l'accent sur le deuxième et le quatrième, c'était moins monotone. Dans chaque noire, j'ai mis trois croches plutôt que deux, et la mélodie s'est mise à traîner un peu des pieds comme je voulais. Et sur les trois croches, je ne jouais que la première et la troisième, ça secouait l'office, ça faisait doum, doum-doum, doum-doum, doum, et le roi Salomon s'est mis à danser sur des cantiques au milieu de ses servantes, et devant Jéricho Josué se lançait dans un solo de trompette, et après des siècles d'esclavage les Hébreux sortis d'Égypte chantaient presque aussi bien que les Noirs des plaines du Mississippi.

Alors, le rabbin a rajeuni de vingt ans. Emporté par ma musique, il a attrapé l'officiant et le chaouch par les épaules et, en s'enlaçant comme des frères, ils ont tourné autour de la Loi, tourné et chanté.

Le rabbin était essoufflé, j'ai cru qu'il faisait là son dernier office. Il m'a demandé :

— Alors, jeune Darius, cette bar-mitsvah… As-tu entendu la voix de Dieu ? As-tu ressenti sa présence ?

Sa présence ? Peut-être.

Peut-être même que Lui aussi, je L'avais fait danser.

TUNIS
1941

1

Où était cette banque ? À l'angle de la rue Lavigerie et de la rue de Bretagne, lui avait rappelé sa mère. Rendez-vous à dix-sept heures précises. Lavigerie ou Jean-Le-Vacher ? Il s'y était rendu plusieurs fois, alors pourquoi ne s'en souvenait-il pas ?

Il remonta la rue Thiers en courant. Le lycée l'avait lâché plus tôt pour ce rendez-vous. Le directeur l'attendait, il tenait à rencontrer le fils de Stella, et lui trouvait le moyen d'arriver en retard.

Là ! La Banque d'escompte et de crédit se dressait, le nom gravé dans la pierre blanche, l'entrée surélevée de quelques marches et encadrée de piliers de marbre. Il poussa une lourde porte de verre où s'entrelaçaient des motifs de fer forgé.

La dame à l'accueil lui sourit.

— Vous devez être Darius ? Votre mère vous attend.

Elle lui indiqua un bureau au fond d'un couloir, le seul encore ouvert. Sa mère se tenait debout entre des employés en bras de chemise. Crayon à la main, ils reprenaient des calculs et elle se penchait sur leurs chiffres. Elle jeta un œil à Darius sans faire attention à l'heure.

— Le directeur nous reçoit dans vingt minutes, assieds-toi là. Je termine…

Il prit place à une table voisine, sur une petite chaise en bois. Les bureaux semblaient déserts. Des fenêtres à croisillons donnaient sur la rue. Sa mère disait à l'un des hommes :

— Vous avez dû oublier la contrepartie d'une écriture.

— Mes débits correspondent toujours à mes crédits.

— Pas cette fois. Là, regardez, en date du 17 janvier. Vente de marchandises… 10 000. Encaissement banque… 12 000. Manquent 2 000 !

Le visage de l'homme s'éclaira.

— Les frais de transport !

— Exactement.

Ils semblaient soulagés. Darius tournait sur sa chaise. Un calendrier présentait le mois de juin. Les jours étaient barrés les uns après les autres. Sur la page précédente, un encart annonçait : *Journée des Mères le 25 mai. La famille est la cellule essentielle, elle est l'assise même de l'édifice social, c'est sur elle qu'il faut bâtir. Si elle fléchit, tout est perdu. Tant qu'elle tient, tout peut être sauvé. Philippe Pétain.*

Sa mère lisait par-dessus l'épaule d'un autre comptable :

— Ce minotier, il tient ses moulins de son grand-père. Il en a fait des usines.

— Son encours devient dangereux.

— J'ai confiance en lui, c'est un gentil garçon. Et il a de bonnes manières.

— Il demande un crédit supplémentaire sur six mois.

— On peut le lui accorder. Il faut bien leur donner leur chance, à ces jeunes gens.

Darius se risqua à soulever le sous-main en cuir tabac, griffé de toutes parts, et trouva des feuilles blanches marquées du nom et de l'adresse de la banque, des enveloppes et du papier buvard. Il saisit deux petits flacons à côté du calendrier. Sur le premier, un pharmacien avait écrit *Clous de girofle*. Il l'ouvrit et reconnut l'odeur du dentiste. Sur l'étiquette du second, il lut : *Os de cœur de cerf. Recommandé pour les maladies cardiaques. Diluer une demi-cuiller à café dans 20 ml d'eau.* La poudre blanche ne sentait rien.

— Sur combien de temps voulez-vous amortir cet investissement ?

— Quatre ans, peut-être cinq…

— Alors, calons l'emprunt sur la même durée.

Les financiers s'affairaient à enregistrer les ordres de sa mère. Deux ans auparavant, elle exécutait leurs commissions. À l'époque, entre deux courses, elle avait pris l'habitude de soulager les secrétaires, de relire leurs courriers, d'organiser les commandes de fournitures. La journée terminée, elle restait dans le dernier bureau allumé, celui des comptables. Elle avait dû passer des heures ainsi, penchée par-dessus leurs épaules, à leur poser toutes sortes de questions. Elle rentrait chargée de livres. Darius se souvenait des soirées dans leur petite chambre, lui devant ses cahiers de mathématiques, elle ses manuels de comptabilité. Ils travaillaient et s'encourageaient et, si l'un flanchait, l'autre tenait pour deux. Parfois, elle levait la tête : La règle de trois, je l'ai sue petite, apprends-la-moi à nouveau. Il lui avait enseigné les pourcentages et l'usage de la table à calculs.

Désormais, elle ouvrait les livres de comptes comme le ventre d'un malade, tirait une écriture qui lui paraissait maligne, diagnostiquait le mal, coupait la ligne, en greffait une autre, refermait le volume et passait au suivant. Elle les analysait comme elle lisait ses bulletins, attentive au moindre relâchement.

La dame de l'accueil entra et voulut s'adresser à sa mère, qui fit mine de ne pas la voir. Le nez dans les chiffres, elle tenait à conclure le dossier. L'hôtesse patienta. Elle semblait moins souriante, peut-être parce que ce dernier rendez-vous l'avait empêchée de rentrer chez elle. Elle finit par annoncer :

— Monsieur le directeur vous attend.

Sa mère referma le livre de comptes, laissant les questions en suspens, un rictus au coin des lèvres, celui qu'il surprenait lorsqu'il allait se coucher sans finir ses devoirs. Elle se souvint de sa présence, s'approcha, le scruta de la tête aux pieds.

— Tu aurais pu mettre un pantalon long. Ta chemise, ça va.

Il la suivit au dernier étage jusqu'à un petit salon. Une épaisse moquette mauve remplaçait le plancher des bureaux, des tableaux tapissaient les murs. Dans la salle voisine, les machines à écrire dormaient sous leur housse. Sa mère frappa à la porte du fond et quelqu'un lui répondit :

— Entrez, madame Zaken, entrez…

Le directeur se leva pour les accueillir. Il était souriant, presque jovial, avec sa veste croisée sur une chemise à rayures et son nœud papillon. Il les fit asseoir autour d'une table basse et leur proposa à boire. Sa mère refusa poliment. Darius aurait bien pris quelque chose de frais, ces gens-là ne buvaient que du bon. L'intérieur ressemblait au séjour d'un appartement. Des photographies de paquebots décoraient les murs. La maquette de l'un d'eux trônait au centre de la bibliothèque.

— Alors, voilà ce jeune prodige qui reçoit demain le premier prix du résident général !

Il se tourna vers sa mère.

— C'est un honneur que peu de familles connaissent ! Vous devez être fière de lui.

— Disons que nous venons de loin.

— Vous êtes en quelle classe, jeune homme ? Seconde ?

Il s'adressait à lui comme s'il pouvait parler, sa mère répondait à sa place :

— Seconde scientifique.

— Et après le bachot, que ferez-vous ?

— Il fera de grandes études. En Mathématiques supérieures…

— Ah, très bien ! Où donc ?

— Alger ou Paris.

— Paris, c'est… un peu difficile en ce moment. Mais dans deux ans, qui sait ? Je vous ferai une recommandation, le moment venu.

Il se leva, ouvrit un placard et se servit un whisky.

— Vous ne voulez rien, vraiment ?

Il déboutonna sa veste et se rassit, le verre à la main. Il portait une chevalière frappée d'un écusson à l'annulaire. Darius enfonçait ses pieds dans la moquette et ne les quittait pas des yeux. Le directeur l'observait comme s'il cherchait des sujets de conversation. Il avait encombré son bureau d'une mappemonde reliée à une prise, qui devait s'éclairer de l'intérieur. Une pile de documents l'attendait. Darius s'apprêtait à prendre congé. Sa mère semblait sur le point de dire quelque chose.

Elle s'avança sur son siège.

— Monsieur ?

— Oui, madame Zaken ?

— J'aurais sollicité cet entretien si vous ne m'aviez pas devancée.

— Comment cela ?

— Je voudrais vous demander de m'aider, une fois encore.

— Que se passe-t-il ?

— Pour ses études supérieures, il faudra que je sois à la hauteur.

— Je crois qu'il n'aura plus besoin de votre soutien scolaire.

— Il ne devra manquer de rien.

— Vous voulez parler d'argent ?

— Dans deux ans, il me faudra gagner davantage.

— C'est-à-dire ?

— Je n'ose vous le dire.

— Madame, de grâce, combien vous faudrait-il ?

— Un prêt fera l'affaire, le moment venu.

— Un prêt ?

— Je le rendrai sur cinq ou dix ans, le temps qu'il gagne sa vie.

— Écrivez-moi un chiffre, tenez…

Il se pencha vers son bureau, attrapa une de ses cartes de visite et un stylo, et les lui tendit. Elle réfléchit un instant, puis griffonna quelque chose.

— Voilà.

— Vous savez combien je vous tiens en estime. Votre travail est exemplaire.

— Alors, c'est d'accord ? Cet argent, vous me le prêterez ?

— Sans intérêt. À l'échéance qui vous conviendra.

Il se tourna vers Darius.

— Mon garçon, veux-tu nous attendre à côté ? J'ai encore un mot à dire à ta maman.

Darius les entendit derrière la porte.

— Madame Zaken…

— Oui, monsieur le directeur ?

— Ce statut des Juifs, vous savez, le nouveau…

— Eh bien ?

— Il vous interdirait d'exercer la profession de banquière.

— …

— Certains de vos collègues s'en réjouissent. Sachez que, moi vivant, je ne l'appliquerai jamais.

Sa mère ne semblait pas inquiète. Elle repassa par le bureau du rez-de-chaussée pour emporter le livre de comptes inachevé et ils rentrèrent chez eux.

Ils filèrent droit dans leur chambre, la plus grande de toutes. À part la cuisine où ils prenaient les repas, ils ne s'aventuraient pas dans les autres pièces.

Darius ne s'était pas encore habitué à cet appartement du cinquième. Sa mère gagnait suffisamment pour assumer la location d'un séjour et deux chambres, et ils venaient d'y emménager.

Il posa ses affaires sur le bureau qu'ils partageaient, à côté de leurs lits. Elle ouvrit son livre de comptes, lui, ses cahiers.

N'arrivant pas à fixer son attention, Darius finit par monter sa clarinette. Puis il chercha un autre cahier, l'ouvrit… Sur une photographie, un pianiste souriait à son clavier. Dans la marge : Count Basie.

Il voulut la lui montrer. Elle répondit sans lever les yeux :

— Je n'ai pas le temps, mon chéri.

Il insista, lui fit un signe :

Écoute

Elle soupira et posa le menton sur ses mains, sourcils froncés. Darius tourna la page de son cahier, relut une grille d'accords et entama *One o'clock jump* façon boogie-woogie.

Sa clarinette remplaçait tous les instruments. Il soufflait comme Coleman Hawkins, puissant en glissando, en vibrato plein, et il sentit sa mère se raidir. À chaque attaque sur les notes supérieures, elle grimaçait. À la douzième mesure, elle était debout.

— Il faut que je prépare le dîner.

Tu n'aimes pas

— C'est agressif.

Ça donne envie de danser

— Pas à moi, c'est trop… décousu.

Attends

Il reprit le cinquième chorus, oubliant la puissance de Hawkins pour la douceur de Lester Young, releva la tête.

Et là

— C'est pareil.

L'avait-elle écouté ? La croche pointée qui s'estompe, le tremblement sur les notes bleues, ce style de Lester Young qui rendait la musique légère et forte à la fois, le souffle et la caresse, l'avait-elle ressenti ?

Une sirène rugit. Son hurlement envahit l'appartement, l'avenue, la ville entière, et sa mère sursauta.

— Encore leurs exercices !

Darius se raidit. Cette sirène revenait de plus en plus souvent et faisait trembler les murs. Les gens dévalaient les escaliers, il fallait rejoindre l'immeuble voisin, les seules caves du pâté de maisons, s'entasser dans l'obscurité avec des dizaines de familles. Les forces alliées s'apprêtaient à bombarder Tunis et lui comme les autres devaient s'entraîner à se mettre à l'abri. Il suivit sa mère sans lâcher sa clarinette.

Il n'y avait plus de place dans ces caves. Ils trouvèrent un renfoncement où ils pouvaient à peine s'asseoir. Les autres familles étaient mieux préparées. Elles occupaient les espaces éclairés, étalaient des couvertures sur le sol, déballaient des gâteaux et des bouteilles de citronnade, entraînées à la guerre dans les règles de l'art.

Contre son dos, Darius sentait la pierre humide. Une faible lumière rouge clignotait au plafond. Les cailloux qui jonchaient le sol lui poinçonnaient les cuisses. Assise sur une brique, sa mère se bouchait les oreilles. La sirène hurlait, des bébés pleuraient, d'autres familles voulaient entrer et, comme personne ne leur faisait de la place, elles se frayaient un chemin en écrasant les mains, les jambes et les sandwichs des plus prévoyants.

La sirène se tut. Une autre devait annoncer la fin de l'exercice. Tous l'attendaient. Elle tardait à retentir.

Autour de Darius, les discussions s'espaçaient. On avait épuisé le sujet des enfants et de leurs études, du Maréchal et du gouvernement, du football et du championnat. Les gens, peu à peu, se taisaient.

Alors, quelqu'un au fond de la cave ânonna une prière. Un autre la reprit. Leurs murmures grossirent et emplirent le silence.

Les hommes se couvrirent la tête. Les femmes se cachaient les yeux et scandaient des versets avec leur époux. Dans les caves, les chants se propageaient.

Ils priaient comme si la petite ville de Tunis, jusque-là préservée, à son tour sombrait. Puisque aucune sirène n'autorisait le retour au grand jour, les bombes allaient pleuvoir. Darius sentait le danger envahir les recoins de cette cave, si dense qu'il pouvait le toucher. Sa mère se serrait contre lui.

Un titre lui vint, *Potato head blues*. Louis Armstrong savait redonner espoir comme personne. Il porta le bec à ses lèvres.

Les premières notes transformèrent la cave en fête foraine. Elles firent taire les prières.

Darius sentit tous les visages tournés vers lui, abasourdis par cette joie soudaine qui s'opposait aux bombes. Sa mère le fixait, bouche bée. Il venait de bousculer le culte, d'interrompre les sages… Penaud, il s'arrêta après huit mesures. Ses quelques accords avaient sidéré la communauté.

De l'autre côté de la cave, quelqu'un cria :

— Pourquoi tu t'arrêtes ?

Une autre :

— Joue, mon fils, joue !

Une autre encore :

— Joue plus fort que la guerre !

Darius se tourna vers sa mère, qui haussa les épaules.

— Si ça leur fait plaisir…

Alors, il fit jaillir de son cornet quelque chose d'étourdissant. Cette ambiance d'apocalypse l'inspirait, ce public qui le réclamait l'enflammait. Il lui servit son meilleur jazz, le seul, l'original, celui des pères fondateurs de La Nouvelle-Orléans qui éclaboussait toutes les villes d'Amérique, ce jazz qui, dans la désolation et la profondeur des ténèbres, savait faire naître un espoir, une lueur, un brin d'insouciance.

La trompette d'Armstrong trempait dans le blues et consolait. La clarinette de Johnny Dodds virevoltait. Darius enchaînait les deux rôles. Autour de lui, les enfants séchaient leurs larmes, les parents se regardaient, hébétés comme les rescapés d'un naufrage. Ils avaient refermé leurs livres car le swing, plus que les prières, avait réveillé la joie au fond des cœurs.

Des mélodies nouvelles naissaient par miracle à partir d'une simple grille d'accords. Mais d'où sors-tu toutes ces musiques ? demandait sa mère. Plus personne ne craignait le fracas des éboulements. Darius jouait.

Il poursuivit après la dernière bougie. Dans l'obscurité de la cave, dans sa promiscuité, léger et bondissant, il ravivait cette petite flamme malmenée mais jamais éteinte, la folle espérance face à la violence du monde.

Une autre sirène annonça la fin de l'exercice.

Les gens se précipitèrent dehors et levèrent le nez au ciel. La folie des hommes ne couvrait pas encore Tunis de son ombre. Aucun avion ne fendait l'air, aucune bombe ne s'abattait sur les maisons. La main de sa mère dans la sienne, Darius se faufila entre les voisins et ils regagnèrent leur appartement.

Réveillé tôt le lendemain, il prit ses affaires et s'habilla au salon. Clarinette à la main, il sortit sur la pointe des pieds. La veille, pour préserver les trésors qu'elle avait révélés, il n'avait pas osé la démonter.

Le jour se levait. Assis sur le trottoir de l'avenue Roustan, à deux pas du Passage, il reprit *Potato head blues*. Il voulait retrouver la magie de la cave.

Elle revint aussi vite qu'elle s'était enfuie.

Sa musique décrivait un coin du ciel, une façade éclaboussée de lumière, invisibles sans jazz. Il jouait et la joie se réveillait d'un rien et de partout.

Au loin, il vit sa mère sortir de leur immeuble en chemise de nuit, chercher à droite, à gauche, courir vers lui, pieds nus, affolée, comme s'il s'exposait aux bombes.

2

Darius peinait à la suivre. Son costume lui grattait les bras et les jambes, il se jura de ne plus jamais le porter. Sa mère se retourna.

— Tu gambades quand tu vas chez Lou. Il n'y a qu'avec moi que tu boites ?

Elle mit son bras sous le sien et il fit un effort pour se redresser. Les voisins s'étaient rassemblés sur le seuil de leur immeuble pour les voir partir. Pour l'occasion, elle avait essayé la raie sur le côté et une coupe qui tombait au bas du cou. Elle l'avait traîné des heures dans les boutiques pour choisir leur tenue. Pour lui, un costume de lin beige des Grands Magasins Sitbon, taillé sur mesure. Pour elle, une robe sari, confectionnée d'après un modèle d'Elsa Schiaparelli à partir d'une photo découpée dans une revue. Le couturier lui avait affirmé que sa silhouette serait mise en valeur et que le temps l'avait préservée. Elle avait rajeuni. La soie noire accentuait la blancheur de sa peau, découvrait un bras et tombait sur l'autre en drapé. Des motifs de fleurs, des épaules aux chevilles, l'habillaient de printemps. Sur son passage, les hommes se retournaient, les femmes murmuraient, les arbres inclinaient leurs branches.

Pour se rendre à la Résidence, à quinze minutes de chez eux, ils étaient partis avec une heure d'avance. Au coin de l'avenue de France, elle choisit un banc en plein soleil pour patienter. Darius lui montra celui d'à côté, sous un arbre, elle refusa :

— Ces oiseaux dans les feuilles… Ils profiteraient d'un jour comme aujourd'hui pour nous faire une mauvaise blague.

Darius offrait son visage à la brise légère qui venait du port, du bout de l'avenue Jules-Ferry, et qui rendait la chaleur supportable. Derrière lui se dressait le petit arc de triomphe de la porte de France. Il entendait les rumeurs du marché et des ruelles de la médina. Il n'y était plus entré depuis la mort de son père.

Stella ouvrit son sac. Elle tira un morceau de papier de son porte-monnaie, un entrefilet de *La Presse* qui titrait : « Son Excellence Esteva décerne le prix du résident général ».

Elle lut tout haut les quelques lignes : *Aujourd'hui à quatorze heures, Darius Zaken, élève de seconde au lycée Carnot, se verra remettre le prix du résident général 1941 des mains de Son Excellence l'amiral Esteva. Comme chaque année, ce prix récompense un élève choisi pour ses résultats autant que pour les efforts qu'il a fournis. Une fois encore, notre belle ville montre l'exemple. Elle donne à la France ses plus beaux enfants.*

À l'aube, elle avait attendu l'ouverture du kiosque pour acheter quatre exemplaires. Darius l'avait vue ranger les trois autres dans la caisse où s'empilaient ses photos de classe et ses bulletins chaque mois un peu meilleurs. Trois journaux, trois preuves plutôt qu'une, tant ce prix tenait du miracle.

Elle glissa l'article dans son porte-monnaie entre deux billets de cinquante francs et regarda sa montre.

— Il faudrait peut-être y aller…

Darius lui répondit en quelques gestes secs :

Je préfère attendre ici

— Et s'ils changeaient d'avis ?

Une Mercury décapotable passa devant eux, quatre personnes à son bord, on aurait dit Lou et ses amis… La voiture emporta les voix et les éclats de rire.

Il demanda :

Combien de temps ça va durer

— Qu'est-ce que ça peut bien faire ?

Ce prix

Ils auraient pu nous l'envoyer

Elle haussa les épaules.

Darius se tourna vers elle.

Le résident

— Quoi ?

C'est un ami de Pétain

— Et alors ?

On dit qu'il a tué la République

— La France survivra à ce vieillard.

Il n'aime pas les Juifs

— Ce n'est pas le premier.

Sa mère lui demandait de chanter ses louanges en classe, chaque matin, à l'unisson de ses camarades et sans faire d'histoire. *Maréchal, nous voilà…* Elle ajouta :

— C'est bien un enfant juif qu'ils fêtent aujourd'hui, que je sache. Mais qu'est-ce que tu as, enfin ?

Elle regarda sa montre.

— Il faut y aller.

Ils franchirent l'avenue de France et atteignirent le portail de fer et d'or, coiffé de palmiers. Devant le planton, elle murmura :

— Je viens pour mon fils…

On fit ouvrir les grilles, mais elle fut incapable d'avancer. Elle prit sa main.

— Mon chéri, tu es sûr qu'on nous attend ?

Le planton leur fit traverser la cour. Sacoches ouvertes, des motocyclettes étincelantes attendaient le courrier diplomatique. Les motards en uniforme sortirent du bâtiment principal, revolver à la ceinture. Titubant sur les pavés, Stella s'accrochait à son bras.

— Ça ne te dérange pas si on attend un peu avant d'entrer ? Ici, il y a de l'air. J'ai besoin de…

Elle respira profondément, la main sur la poitrine.

— Ça va aller, mon fils… Voilà, ça va passer.

Darius la prit contre lui. Il la serrait à peine et percevait chaque tressaillement de son corps.

Nous avons bien travaillé

Grâce à toi

Sois heureuse ma petite maman

— La France nous honore. C'est à elle que je t'ai confié.

Elle leva les yeux vers le drapeau qui flottait à l'extrémité du mât et lui envoya un baiser.

Sous la marquise en haut des marches, les huissiers leur tenaient la porte. Leur déférence les encouragea à entrer. Sa mère se retourna. Les grilles se refermaient sur le tumulte de la rue. À cet instant, peut-être, s'arrêtait le cours du malheur. Elle marchait sur la pointe des pieds pour ne pas le réveiller.

Les portraits des résidents généraux de Tunisie accueillaient les visiteurs. Darius reconnut Peyrouton. Un matin, au Cercle militaire, il l'avait supplié de sauver son père. La photographie avait fixé son regard tranchant, son mépris et, pour un instant, Darius redevint un petit garçon de la Hara. Cet endroit respirait l'autorité et le devoir, la sévérité sans bienveillance. Le lycée était son antichambre.

Un secrétaire les pria de le suivre. Ils gravirent l'escalier de marbre. Un brouhaha s'échappait du premier étage.

— Lève ta jambe, mon chéri. Maintenant, on nous regarde.

La première chose qu'ils virent fut la silhouette du proviseur découpée sur un écran de lumière. Par de grandes fenêtres, le soleil inondait la salle des fêtes.

— Madame, soyez la bienvenue.

Puis il se tourna vers lui.

— C'est un grand jour, Zaken !

Un pupitre avait été dressé devant les rangées de chaises occupées par le corps enseignant et les familles des lauréats. Leroy vint à leur rencontre et leur indiqua deux places au premier rang. Sa présence détendit Darius. Il aimait bien se confier à lui. Souvent, après la classe, ils s'engageaient dans de longs échanges, Leroy parlait et Darius répondait en griffonnant sur un cahier. Ils s'assirent l'un à côté de l'autre.

— Eh bien, mon garçon, tu n'as pas l'air dans ton assiette… Que se passe-t-il ?

Il sortit un calepin et le tendit à Darius, qui écrivit :

J'étouffe

— Un jour comme aujourd'hui ?

Ici rien ne me ressemble

— Tu as toute ta place.

Il faut me laisser rêver

Ce plafond avait la hauteur de deux étages. Des miroirs encadrés de dorures habillaient les murs. Sa mère fixait une petite porte à côté du pupitre. D'après Leroy, elle donnait sur le bureau du résident et allait s'ouvrir d'un instant à l'autre. Derrière, on murmurait. Les autres familles devaient se satisfaire des seconds rangs, des seconds prix.

Un huissier surgi d'un autre siècle, en redingote, bicorne sur la tête, annonça d'une voix solennelle : Monsieur le résident de France en Tunisie. D'un bond, l'assemblée se leva.

Le résident apparut dans un silence martial, l'uniforme bleu sombre, la casquette fleurie d'or. Son allocution s'ouvrait sur une adresse au proviseur :

— Une fois encore, votre établissement se distingue. Vous accomplissez ainsi votre devoir, celui de former les enfants de la Patrie. Ils sont la fierté de la France. Au nom du Maréchal et de son gouvernement, je vous en remercie.

Darius glissa un regard vers sa mère. Elle retenait son souffle et fixait le résident. Il conclut :

— J'appelle maintenant Darius Zaken, prix du résident général 1941.

À l'annonce de son nom, elle tressaillit. Darius se leva.

Sous les applaudissements, il se dirigea vers le représentant de la France en Tunisie, qui lui tendait son diplôme.

— Eh bien, mon garçon, la France vous honore, voulez-vous nous dire quelques mots ?

Leroy se précipita sur l'estrade.

— Votre Excellence, veuillez pardonner à un vieux professeur de lettres cette prise de parole intempestive, mais je ne peux résister à l'envie de m'adresser à ce jeune homme. À quelques années de la retraite, j'ai l'impudence de croire que je peux tout me permettre.

Le proviseur déclina l'identité de Leroy à l'oreille du résident qui hocha la tête. Leroy poursuivit en se tournant vers Darius :

— Mon cher enfant, un enseignant digne de son métier cherche toujours à connaître ses élèves. Au début, ce n'était pas facile car ton regard seul me permettait d'entrer dans tes pensées. J'ai vite oublié ta différence. C'est, je crois, le plus bel hommage que l'on puisse rendre à ta mère. Ce prix, si tu le veux bien, est avant tout le sien.

La salle applaudit Stella et le résident s'inclina vers elle. Cette fois, la force lui manqua. L'armure forgée au fil des ans céda et elle fondit en larmes. Le soleil inondait la salle des fêtes, les hauts miroirs étincelaient, et elle pleurait, pleurait sa joie et sa fatigue.

Leroy poursuivait :

— Darius, te souviens-tu de nos premiers échanges ? Je guettais tes réactions en classe, je fouillais dans tes rédactions pour découvrir ce qui t'animait. Je tentais d'éveiller ton intelligence sans la soumettre, obéissant ainsi à mon devoir le plus sacré, celui de préserver ta vérité.

Darius peinait à rester debout. Il s'agitait derrière le pupitre et dépassait d'une tête les officiels. Leroy fit une pause pour s'éponger le front. Quelques applaudissements retentirent, qu'il étouffa d'un geste timide.

— À présent, mon petit, tu vas poursuivre tes études. Tes capacités sont grandes, fais-en bon usage. Comme pour tous les êtres au-dessus de la moyenne, elles t'obligent. Dans la facilité, tu ne trouveras de toi qu'un visage décevant. Porte haut ton ambition. Et si tu juges rudes les efforts qu'elle exige, songe que, plus que l'intelligence et les connaissances, le talent ou la réussite, la vraie différence entre les hommes, c'est le courage.

Leroy étreignit Darius. Le proviseur les invita à regagner leurs places. Darius embrassa sa mère et elle conserva sa main dans la sienne.

Il devint spectateur. On ne lui demanderait plus rien. Le résident égrenait des noms, ceux des autres classes, les seconds prix. Ils venaient chercher leur diplôme, un regard vers leurs parents. Leroy avait un signe, un mot pour chacun. Darius trépignait. Il voulait retrouver Lou et le jazz. Là-bas, il se déferait de ses habits de lycéen.

Sa mère lui chuchota :

— On aurait dû inviter André.

Darius aimait bien André, le mari de Lou. Plusieurs fois par semaine depuis des années, celui-ci lui donnait des leçons particulières en mathématiques, en refusant de se faire payer. Grâce à lui, il avait atteint des sommets. André, c'était la gentillesse même. Si sa mère avait renoncé à le convier, c'était pour ne pas subir Lou.

— Elle ne mérite pas cet homme, mais il est trop mou pour la quitter.

La cérémonie s'éternisait. Le résident appelait les lauréats du concours général. Chacun recevait un diplôme, un livre et une poignée de main. Darius les observait. Ils regagnaient leur place l'air vainqueur, le livre sous le bras, et embrassaient leurs parents. Avec eux, il s'engagerait sur ce chemin de réussite, de Tunis à Paris, pavé de diplômes. Le seul chemin qui vaille. Avait-il jamais été question d'autre chose ?

Dans la salle, les gens commençaient à se lever. La cérémonie venait de prendre fin. Le résident général s'approcha.

— Mes hommages, madame. Je vous adresse, au nom du Maréchal et de la France, toutes mes félicitations. Et recevez, je vous prie, l'hommage d'un soldat à la beauté faite femme.

Une barbe blanche lui mangeait le visage. Sa mère fit une sorte de révérence.

— Votre Excellence, tout ce que je suis, c'est par la grâce de mon fils.

Autour d'eux, la salle se vidait. Prenant Darius par l'épaule, Leroy s'adressa à sa mère :

— Je suis très fier de lui.

— Je ne vais pas vous contredire.

— Vous allez pouvoir vous reposer. Ne faudrait-il pas vivre un peu pour vous-même ?

— Il occupe toutes mes pensées.

— Mais pour combien de temps encore ?

— De son enfant, nul ne guérit.

Leroy les raccompagna à l'escalier. Darius s'apprêtait à le saluer quand son professeur lui glissa à l'oreille :

— La vie m'a donné ce bonheur de connaître un garçon riche de promesses. Puisse l'homme que tu deviendras ne le trahir jamais.

Ils prirent congé puis descendirent l'avenue Jules-Ferry en direction du cimetière.

Ils attendaient le tram. Les hommes rentraient du bureau, se retournant encore vers celle qu'on nommait autrefois la petite fiancée de Tunis. De la foule de ses prétendants, il ne restait que Max, le restaurateur, les autres s'étaient découragés. Elle les ignorait, comme tout ce qui pouvait la détourner de son fils.

— Un jour, tu seras chic comme eux, tu conduiras une de ces automobiles et tu m'emmèneras dans les beaux quartiers faire le tour des jardins jusqu'à la deuxième porte du Belvédère.

Avant de monter dans le tram, il lui signifia qu'ensuite, il se rendrait chez Lou.

— Encore cette fille ?

C'est pour travailler avec André

Il n'y ferait que jouer. Ses mains venaient de mentir pour ne pas la torturer. Il grimpa sur la plate-forme arrière et l'aida à s'y hisser.

Le tram les conduisit au cimetière du Borgel, qui s'étendait au-delà du Belvédère, loin de la ville. Le temps s'y arrêtait à l'ombre des palmiers et d'autres arbres dont Darius ignorait le nom.

Ils franchirent le portail principal et traversèrent une allée bordée de tombes. Il savait que sa mère s'y rendait chaque semaine, mais elle ne lui en parlait jamais. Attentive, affairée, d'elle il ne devait connaître que ce joyeux visage. Elle cachait l'autre, tourné de ce côté-là de la ville, lorsque, dans le silence des morts, elle parlait à son époux.

Darius la suivait. Elle s'attardait entre les sépultures, déchiffrait leurs inscriptions, s'arrêtait devant un psaume, une date, un poème parfois, qui disait la brièveté des jours, et, par un étrange effet, ces disparus l'incitaient à vivre… Elle reprenait courage, l'avenir s'ouvrait, celui qu'elle lui offrait, la vie grondait à nouveau et dérangeait les morts comme l'herbe entre les pierres.

Ils pénétrèrent dans le carré juif des Tunisiens. Stella pointa la parcelle voisine, réservée aux Juifs d'origine italienne.

— On ne mélange pas les morts. Les convenances, ils tiennent à les préserver pour l'éternité.

Chargée des odeurs du large, la brise rendait la chaleur supportable. Les nuages s'effilochaient dans l'azur, la vie souriait entre les tombes. Agenouillés devant celle de Sauveur, ils la débarrassèrent de la terre, du sable et de quelques cailloux, puis ils se recueillirent. Dans le marbre, sa mère avait fait graver le dessin d'un arbre en fleur, coupé au sommet selon la coutume, lorsqu'une vie était fauchée avant l'heure. Darius se tenait droit, les yeux rivés sur la tombe. Elle lui prit le bras et ils resteraient à jamais soudés face au malheur, unis dans la mémoire.

Son père vivait toujours en lui. Il détourna le regard. Le savoir sous cette dalle, c'était la fin de tout.

Tu seras fière de moi maman

— Je le suis déjà, mon grand.

Elle se présentait à son époux le devoir accompli. Plus tard, les Français nommeraient son fils docteur Zaken, professeur Zaken, maître Zaken, alors elle pourrait se reposer. Darius l'entendit murmurer :

— Sauveur, mon amour, je crois que nous y sommes arrivés.

3

Darius arriva enfin chez Lou. Avant de regagner leur appartement, sa mère l'avait forcé à entrer dans une boutique, selon la coutume : défais-toi du cimetière ailleurs que chez toi. Il avait choisi la boulangerie, avait tourné autour des cigares au miel avant de ressortir penaud, les mains vides.

Le soleil se cachait déjà derrière les immeubles et la brise s'était endormie. Il avait attrapé ses cahiers et sa clarinette sans prendre le temps de tomber ce costume qui encombrait ses gestes et portait le poids de la cérémonie.

Lou apparut à la grille, une coupe de champagne dans chaque main.

— Le héros du jour ! On va fêter ça !

Elle souriait, le rouge aux lèvres. Sa robe dégageait la naissance de sa poitrine jusqu'à la ligne des épaules. Son visage était reposé et poudré, ses yeux maquillés. Depuis quelque temps, elle épaississait ses sourcils comme le faisaient les vedettes d'Hollywood.

— Entre, Darius chéri…

Elle le précédait. Serrée à la taille par une ceinture étroite, la robe tombait au-dessus des genoux en s'évasant. Ses espadrilles à talons étaient lacées autour de ses chevilles, des chevilles longues et fines comme Darius n'en voyait que sur les écrans, jamais sur les plages.

Il perçut d'abord le son des cuivres, puis les accents de Billie Holiday qui murmurait au salon, et déjà sa journée n'était plus la même. Le monde frétillait grâce à la clarinette d'Edmond Hall, la trompette de Buck Clayton, et la vie ne valait que pour frémir sous les caresses du saxophone ténor de Lester Young, qui offrait à Billie un écrin pour ses mots. *Born to love.*

Verres à la main, Lou esquissa quelques pas de danse. La pochette traînait à côté du tourne-disque. Young portait un chapeau plat et tenait son saxophone à l'horizontale, Billie Holiday lui faisait les yeux doux. Lou murmurait comme elle, s'approchait de lui, Darius, comme s'il était Lester.

Elle posa les deux verres.

— Installe-toi, je dois finir quelque chose. Je reviens de suite.

Darius laissa le disque tourner pendant qu'il montait sa clarinette. André devait être encore parmi ses élèves.

Dans les coupes, de petites bulles fines mouraient en attendant Lou. La bouteille trempait dans un seau à glace et Lester jouait. Billie Holiday aimait ce musicien comme un frère. Darius savait tout d'eux. Leurs cœurs s'étaient reconnus dans l'orchestre de Count Basie. Au sommet du jazz, ils s'étaient baptisés, lui la nommait *Lady Day*, elle l'appelait *President*.

Quand Lester se penchait sur son saxo, son ombre couvrait la moitié de l'Amérique. De La

Nouvelle-Orléans, il avait assimilé la ferveur du hot jazz d'Armstrong, de New York, l'élégance du swing de Duke Ellington, de Kansas City, la fulgurance des riffs de Count Basie, de Chicago, le timbre velouté de Bix Beiderbecke. Lui seul mêlait ainsi le rythme et la douceur.

Darius ferma les yeux pour tenter de percer ses secrets : une douleur traverse chacun de ses accords, une joie aussi, tout est peine et rien n'est triste, comment fait-il ? On ne sentait jamais l'effort, on ne soupçonnait jamais le travail derrière ses notes. Les autres musiciens paraissaient grossiers. Ils soufflaient dans leur cornet comme s'ils tapaient contre un mur. Quand ils s'arrêtaient, le mur était toujours là. Mais quand Lester s'y mettait, le mur tombait, l'horizon se découvrait, des lueurs pointaient dans l'obscurité.

Il entendit une porte s'ouvrir, des murmures, et pencha la tête vers le couloir. Une silhouette fila vers la sortie de service et Lou la suivit, chuchota quelques mots, puis ferma derrière elle.

Elle rejoignit Darius au salon et s'arrêta devant la glace pour arranger ses cheveux. On lui prêtait toutes sortes d'aventures, du fils du résident général à Bourguiba lui-même. Darius l'imaginait princesse ou contrebandière, égérie des révolutionnaires, femme fatale et amante insatiable, tout sauf l'épouse d'André.

Pieds nus sur les dalles de marbre, elle s'avançait vers lui. Comment Lou, le plus beau parti de Tunis, avait-elle fini par épouser André, le professeur de mathématiques, celui-là qui ne disait jamais rien, qui avait rôdé autour d'elle des années comme une ombre, ébloui par son charme, écrasé par son caractère, jusqu'à obtenir gain de cause à la surprise de tous ? À Tunis, André était un héros. Son exemple redonnait espoir à tous les timides.

Lou gardait ses aventures pour elle, mais, devant Darius, elle ne se cachait pas. Elle trempa ses lèvres dans le champagne et s'assit près de lui.

— Ne me juge pas, Darius chéri…

Elle vida son verre, se resservit, trinqua encore, puis alluma une cigarette.

— Je ne peux pas vivre sans aimer… Aimer un homme, un an, un mois, une heure. Avec ma tête, avec mon corps. Passer de l'un à l'autre, changer sans cesse, c'est mal ? Qu'est-ce que ça peut bien faire ? Chaque fois, je tombe amoureuse le temps que ça dure. Pour aimer autant, une vie ne suffit pas. Je veux plusieurs amants, j'en veux d'innombrables. Je veux aimer, aimer, tu entends ?

Elle s'allongea, la tête sur les cuisses de Darius, le visage vers lui.

— Aimer et jouir. Jouir de tout mon corps, tu peux comprendre ça, Darius chéri ? Je suis capable d'aimer un inconnu, l'aimer pour un regard, pour la beauté de son geste. L'aimer, mais l'aimer à peine, et ne jamais le revoir.

Ses joues étaient un peu plus rouges, irritées par les baisers. Elle avait donné à ses sourcils une légère pointe d'accent circonflexe effilé à l'extrémité. Darius ne savait quoi faire de ses mains. Lou plongeait son regard dans le sien et lui parlait d'amour.

Pour se donner une contenance, il allongea le bras, posa la pointe sur le sillon de *When you're smiling*, et, comme disait la chanson, le monde entier se mit à sourire. Billie s'offrait au saxo de Lester, à son élégance nonchalante, tout en mélodie et truffée de dissonances, de notes fantômes, traînant un peu sur le tempo. Lou remuait doucement les épaules au rythme de la contrebasse de Walter Page, la cigarette entre les doigts. Darius n'avait qu'une fine ceinture à défaire pour ouvrir sa robe. Ses boucles brunes éclaboussaient le lin de son costume. Les mains trop moites, il n'osait la toucher.

Billie Holiday enchaîna le morceau suivant. Sur le ton d'une confession, elle volait ses mots à Darius, *I can't believe that you're in love with me.* Lester, d'un accord, d'une caresse, l'encourageait à se dévoiler. Lou inspectait le vernis de ses ongles, elle tendait ses deux bras, à peine hâlés pour être élégants sans être vulgaires, rehaussés d'un duvet blondi par le soleil, un duvet de rien du tout qui les rendait uniques, qui faisait toute la différence et donnait envie d'y poser ses lèvres. Billie se lovait au creux des accords de Lester, sa voix tremblait un peu. Elle se livrait, s'exposait, la grâce à fleur de peau, ne demandant qu'à aimer corps et âme. Et par la magie des notes, elle semblait toucher ce point précis où bat le cœur du monde.

Du doigt, Darius effleura la joue de Lou et elle ne réagit pas. Elle aurait pu lui prendre la main, l'accompagner vers sa bouche, son cou, le haut de sa poitrine, l'encourager un peu… rien. Sa poitrine se soulevait doucement à chaque respiration sans laisser paraître le moindre émoi. Il fallait insister, mais comment ? Elle leva un pied, écarta les orteils, le vernis avait tenu là aussi. Le disque s'était arrêté. En changer exigeait trop de mouvement. Le remettre serait maladroit. Lester et Billie le laissaient se débrouiller. Entendait-elle son cœur cogner dans sa poitrine ? Sentait-elle son envie se tendre sous le lin des Grands Magasins Sitbon ? Il approcha sa bouche, effleura les lèvres de Lou qui se redressa.

— Qu'est-ce que tu fais, Darius ?

Il la regarda comme s'il venait de prendre un coup. Le sourire de Lou dissipa sa gêne.

— Pas toi, mon chéri ! On ne fait pas l'amour avec son petit frère.

Darius se sentait vidé. Elle l'embrassa sur le front.

— Je t'aime trop... Je te place au-dessus de tous. Il fallait bien que ça te prenne un jour, je me demandais bien quand.

Il ne ressentait aucune honte. Il était même plutôt satisfait, parce qu'il venait de franchir un pas, un faux pas peut-être, et avec Lou, il n'en commettrait pas un second. Une porte s'était ouverte, refermée aussitôt, mais il avait osé.

Lou regarda sa montre minuscule au poignet.

— André va bientôt rentrer.

André ? Que venait-il faire entre Billie et Lester ? Et Lou, qui lisait dans ses pensées, ajouta :

— Il m'apaise, mon André. Avec lui, la vie est tranquille. Mon père ne l'aime pas parce qu'il manque d'ambition, ma mère l'ignore et ça le grandit. Il prend soin de moi. Je voudrais lui faire un enfant, pour lui, pas pour moi, deux peut-être. André, c'est ma douceur, mon repos. Le reste, je le prends ailleurs, chez d'autres moins bons que lui. Maintenant, joue pour moi, tu veux bien ?

Darius reprit *When you're smiling* à la manière de Lester. Il s'échappait des barres de mesure, les effleurait de temps en temps entre deux dérives, lâchant un soupir ici, un sanglot là. Dans le silence qui suivit, pour ne pas le troubler, Lou demanda en langage des signes :

Là, décris-moi ce que tu as ressenti

Darius lui répondit :

Quand je joue
J'ai l'impression de soulever un voile
Et mille éclats de joie scintillent
Je voudrais toujours vivre dans cet instant
Quand mon cœur s'étonne

Elle hocha la tête et détourna les yeux. Ses mots étaient les siens quelques années plus tôt. Le théâtre, Paris, le fol amour… Depuis, Darius la voyait s'étioler, s'étourdir de fêtes et d'amourettes.

— Quand tu joues, Darius, tu sembles appeler quelqu'un.

Je n'appelle personne

— Alors, tu cherches quelque chose.

Je veux jouer comme Louis Armstrong
Comme Lester Young

— Tu joues mieux qu'eux, tu parles mieux que moi, tu dis ce que personne ne sait dire. Parfois, je t'écoute et je pleure.

Je ne suis pas triste

— C'est vrai, Darius chéri, ce n'est pas triste.

La douleur
Je la traverse
Au bout il y a tout un monde

— Ce monde, qu'est-ce que c'est ?

Je ne sais pas
Je m'y sens bien
À peine je le trouve
Il m'échappe

Une voiture s'arrêta près de la porte et éteignit son moteur. Lou se redressa, réajusta sa robe, se précipita vers la glace comme si elle venait de faire l'amour dix fois. Elle écrasa sa cigarette et se dirigea vers la porte pour accueillir son mari.

Elle ouvrit avant lui, saisit sa sacoche qu'elle jeta sur le côté, puis l'enlaça. André la dévorait de ses yeux noirs enfoncés dans les orbites. Les bras autour de son cou, son front contre le sien, elle lui chuchota :

— T'as un gentil sourire, mon André…

Et lui n'en revenait pas, écrasé par sa chance, les mains un peu gauches sur ce corps inespéré.

Darius s'installa à la table de la salle à manger et sortit ses livres. André s'assit à côté de lui.

— Pour demain, qu'est-ce que tu as ?

Darius lui montra le premier énoncé de mathématiques sur lequel il butait. André réfléchit un moment, puis écrivit des équations de sa main fine. Pour le second, il traça des axes, des cercles et des triangles, lentement, sans ratures. Il hésitait sur le troisième, alors il inscrivit les données du problème en haut de la feuille, plus bas le résultat à atteindre, et finit par relier le début à la fin comme il vivait du matin au soir, avec logique, sans surprise, un homme simple. Du regard, il interrogeait Darius qui acquiesçait, alors André lui souriait de plaisir. Ils auraient dû l'inviter à la cérémonie.

Lou proposa à Darius de rester dîner, il refusa. Sa mère l'attendait.

La nuit était tombée. Il rejoignit l'avenue de Paris et dépassa les grilles du Belvédère, abandonnant le jazz et ses promesses. Il boitait davantage, quelque chose dans sa poitrine entravait sa respiration.

Il arriva au pied de son immeuble. Le cinquième était éclairé, sa mère devait être assise devant leur dîner. La lumière du hall ne fonctionnait plus. Il chercha les premières marches à tâtons, gravit l'escalier… Peut-être plus tard, après ses études, après les journées de bureau, il réussirait à jouer dans ces caves de Saint-Germain-des-Prés dont Lou ne cessait de lui parler.

TUNIS
1943

1

Darius n'avait pas dormi. Assis sur son lit, torse nu, il fixait les persiennes noyées dans l'obscurité et guettait le jour. Depuis des heures, il se tenait immobile, le regard vers la fenêtre, le cœur battant. Même sous les bombes, jamais la nuit n'avait été si longue.

Dans la chambre voisine, sa mère dormait. Du Passage, pas un bruit. Ils en avaient terminé avec les publics faciles, ignares. Ils allaient se produire pour de bon, dans cette salle immense… Le Colisée, il n'en revenait pas. Lui à la clarinette, Cecil au saxophone alto, Dex à la contrebasse, Keith à la batterie et Al au piano, ses copains du 2e corps d'armée américain qui venait de vaincre le désert et les troupes allemandes.

Ces gars-là, il les adorait. Il les retrouvait chaque jour chez Lou qui les hébergeait dans sa villa du Belvédère. Tunis libéré, ils allaient poursuivre le combat, peut-être en Italie. Et puis il y avait John, un autre Américain, civil celui-là, ténébreux et hautain, un Noir débarqué de New York entre deux tournées, sans valise, une trompette sous le bras.

Ils jouaient ensemble depuis des semaines, de café en restaurant, un morceau ici, deux là, devant des marins, des filles de joie, des ivrognes, pour deux sous, un repas, rien d'autre que le plaisir de jouer. C'était comme s'ils n'avaient rien fait. Au Colisée, tout commençait. La première partie du spectacle de Jean Sablon... La chance de leur vie.

Face à eux, ils seraient combien ? Des centaines, un millier peut-être... Darius ne se sentait pas prêt. Sablon leur avait accordé cinq morceaux, trente minutes. Dans la salle avant le lever de rideau, combien d'heures pourraient-ils répéter ? Ses compagnons s'y trouvaient déjà, ils y avaient passé la nuit, et lui restait là, sur son lit, à n'oser sortir si tôt.

Répéter, répéter encore jusqu'à l'entrée en scène... Aux premières lueurs de l'aube, il les rejoindrait. Cinq morceaux, trente minutes à peine. Armstrong d'abord, *Fireworks*, les premiers accords, comment c'était déjà ? Il fallait jouer pour se rassurer, jouer jusqu'au soir sans s'arrêter. Une fois lancé, tout serait plus facile, mais entrer sur scène, prendre place sous les regards, lui, le boiteux de dix-huit ans, il affronterait les murmures dans la salle, l'étonnement puis le silence, ces quelques secondes suspendues à ses premières notes, l'instant qui le ferait artiste ou imposteur. Tenir sa clarinette, ne serait-ce que la maintenir entre ses mains moites... Comment faire taire cette peur ?

Cent fois cette nuit le rideau s'était levé. Il ne regarderait pas le public. Pas de faux départ. Ta joie, tu dois la libérer, petit, lui disait John, le meneur de la troupe, l'habitué des galas. Il faudra oublier la foule, ne penser qu'à tes partenaires, t'agripper à leurs premiers accords, plonger sans réfléchir dans leur torrent de notes. Je vais t'apprendre à t'envoler, mec, ajoutait John, oublie le Colisée. Tu nous imagines dans un bar de Kansas City. Là-bas, le jazz appartient encore aux Noirs. On fout le piano au milieu des tables, on boit des bières, on cause avec les clients, et le swing, il vient tout seul.

Darius frissonnait. Cinq morceaux, trente minutes à peine. L'artiste, le vrai, au moment crucial, ça se reconnaît. Il sait éteindre sa peur, à la seconde entrer dans son art, l'exprimer, le sublimer, lâcher prise aux premières mesures et laisser les doigts mener la danse.

John avait les mots, il le rassurait : Kansas City, petit… Deux notes de Count Basie et le sang se met à bouillonner. Rien n'est écrit, les riffs, les arrangements, rien. On enchaîne six ou sept solos si ça nous chante. On joue naturel. On file de la joie aux gens, au reste de l'univers, on devient l'essence même du cosmos. C'est ça que tu dois ressentir. Ton Colisée, c'est un bar de Kansas City. Et toi mec, t'es juste un nègre au milieu de tes potes.

Répéter, répéter encore, chaque minute comptait. À travers les persiennes, le ciel restait noir. Darius alluma sa lampe de chevet et s'habilla.

John, il voulait quoi ? Devant lui, il fallait défendre sa place. Darius ouvrit la mallette. Il étala les éléments de sa clarinette sur le lit. Les lièges d'assemblage des corps étaient secs et rétractés. La veille, ils avaient provoqué des fuites et faussé l'émission. Il attrapa la petite boîte de cirage dans laquelle il conservait sa mixture, du beurre mélangé à du suif, en prit beaucoup trop, en remit un peu et graissa l'emboîture du bout du doigt. Il redoutait John autant qu'il l'admirait.

Instrument à l'oreille, Darius écouta chacune des clés. À la pipette, il voulut déposer sur l'une d'elles une goutte d'huile de moteur et la manqua plusieurs fois. John l'affolait, il ne cessait de le bousculer. Sous le tempo qu'il imposait, sa clarinette finissait par lui brûler les doigts. Les autres disaient : Doucement, Darry, si tu le sens pas, laisse John conduire.

Cinq morceaux. Darius en maîtrisait trois, les premiers, ceux d'Armstrong. John avait choisi les deux suivants, Ellington puis Basie. Deux tampons n'étaient plus étanches. Sans feutre de rechange ni baudruche, Darius essayait de les élargir un peu d'une pression du pouce. Il aurait dû les remplacer plus tôt.

S'il avait pu, il n'aurait joué qu'Armstrong, mais John vénérait Ellington. Il l'appelait le Duke : Tu aimes Louis à ce point, petit ? Je suis d'accord. En Amérique, c'est grâce à lui que le blues sort par toutes les fenêtres, depuis La Nouvelle-Orléans jusqu'à Chicago. Mais c'était il y a quinze ans, mec. Tu entendrais le Duke à Harlem… Sa musique est aussi pure que du classique. Ce type nous a donné un répertoire, on n'a plus besoin de reprendre les morceaux des Blancs. Il va falloir t'y mettre, petit. Avec moi, tu entres dans le nouveau monde.

Avec la pointe de son mouchoir, Darius frotta la paroi intérieure de chaque orifice, puis il souffla plusieurs fois dans la perce avant d'y introduire l'écouvillon. Pour Ellington, ce serait *Caravan*. Il connaissait les interprétations de Barney Bigard et de Bunny Berigan, des Mills Brothers, celle du Duke lui-même, qu'il savait charger de mystère et faire gronder comme la jungle. Pour rendre le morceau plus sensuel encore, Darius modulait son souffle, estompait les sons, jouait tout en nuances un peu au-dessous du ton juste, combinait ses effets de silence en murmure, usait du glissando sans excès de trémolos. Au début des répétitions, John l'avait encouragé : Tu me parles, mec, ton *Caravan* raconte un truc... Je vois une fille qui s'avance vers moi, elle dandine sur les dunes, elle s'allonge, elle s'offre... Merde, petit, j'ai une érection. Tu joues et c'est comme si la fille me disait oui. Darius sentait son style s'affirmer. Dès les premières notes, on reconnaissait sa voix, chaleureuse et veloutée. Son phrasé savait mourir dans la douceur de son vibrato et renaître à plein coffre sur des sons saturés. John s'interrompait souvent pour l'entendre. Il faisait cesser les autres instruments pour n'écouter que lui : D'où tu sors, petit ? T'as le swing de Bix. C'est clair, fragile même, peut-être un peu trop lyrique... Les Blancs, ils peuvent pas s'empêcher d'être lyriques. Mais ce jeu, quand même... Les yeux fermés, on te reconnaît. T'as reçu ce cadeau du ciel. Maintenant que tu maîtrises tes classiques, faut oublier tout ce que tu sais, tout ce à quoi tu crois, ta façon de jouer, tout... Faut tout réapprendre.

Ils s'étaient mis d'accord. Keith lancerait *Caravan* à la batterie sur un rythme frénétique. À la trompette, John se limiterait au chorus. Al ferait de même au piano pour offrir à Darius le premier rôle.

Il essuya la sueur de son front et commença par assembler les corps. Il s'y reprit à deux fois, puis fixa le barillet et le pavillon, les mêmes gestes que la veille, dans le même ordre, si précis d'habitude, si mal assurés ce matin-là. Il vérifia la souplesse de ses anches, en choisit une, hésita, la reposa pour une autre qu'il humecta avant de la plaquer sur le bec en serrant la ligature. Il inspecta l'instrument. Avec le temps, la salive et la chaleur avaient fendu l'ébène à plusieurs endroits. Darius le porta à la bouche et joua le départ de chaque titre avec les doigts, sans souffler pour ne pas réveiller sa mère. Les trois premiers, Armstrong, impeccables. Mais le suivant, *Caravan*, se refusait à lui à cause du tempo que lui imposait John.

Il arracha la page d'un cahier et écrivit les accords, l'armure en *fa* majeur, les septièmes mineures sur *mi*, *la* et *si* qui donnaient au blues les accents de l'Orient. Il reprit dans sa tête. John lui demandait de s'échapper de la ligne mélodique dès les premières mesures, avant même de poser le thème : Altère le *do* septième, le *ré* bémol septième aussi. Tente une quarte, *fa* mineur *si* bémol… Non, elle sonne pas, j'en veux d'autres, envoie, mec, envoie… Pourquoi tu restes collé au *fa* mineur ?

Darius savait s'émanciper des grilles harmoniques, mais, sur le rythme fou de Keith, ses doigts se crispaient, son imagination se figeait. Où John voulait-il l'emmener ? Il lui répétait : Visualise une balle de ping-pong et un ventilo en marche enfermés dans une boîte. Ton jeu, c'est le mouvement de la balle. Et de ce foutoir de notes, tu me sors un truc précis. Propre. Je te montre… Aux premiers coups de cymbales,

John entrait en transe. Sa trompette s'affolait autour du thème. À partir du chorus d'Ellington servi par le saxophone de Cecil, quelques notes à peine, John tissait une tout autre trame, nerveuse, impertinente, étourdissante. Darius n'avait jamais rien entendu de pareil. Les classiques qu'il croyait maîtriser, John les rendait méconnaissables.

Il recommença, les yeux rivés sur son papier, le pied cherchant le rythme. Le mur était toujours là. Il butait, reprenait, butait encore. Sa musique restait clouée à la grille. Darius glissa le papier dans sa poche, démonta sa clarinette et la rangea dans la mallette.

Sur la pointe des pieds, il passa devant la chambre de sa mère et s'enferma dans la cuisine. Préparés la veille, le café attendait sur le réchaud, le pot de lait dans le réfrigérateur, le bocal de croquants en évidence sur le tabouret. Un mot sur le couvercle :

Mange, prends des forces pour réviser.
Plus que trois jours avant le bachot, courage !
Maman

Darius se versa un demi-bol de café sans le réchauffer. Sa mère ne savait rien du concert.

Il devait concentrer ses efforts sur sa musique. *Caravan*… *Do* septième, *mi* bémol septième, *fa* mineur… Peut-être fallait-il changer de gamme, pourquoi pas la mineure harmonique en *do* avec une quarte augmentée ? Prends des forces pour réviser.

Darius rabattit la planche de bois fixée au mur sur laquelle ils prenaient les repas, rangea les biscuits et s'assit sur le tabouret. Il posa sa grille harmonique devant lui. Il fallait revenir à la mineure en *fa*, qui sonnait mieux avec une sixième majeure. Prends des forces pour réviser. Il étouffait dans cette cuisine et ouvrit la fenêtre. Dans sa tête, les accords ne bondissaient plus. La voix de sa mère se mêlait aux notes. Il ne pouvait s'enfermer dans sa musique sans qu'un mot d'elle, un geste, un soupir le ramènent à ses devoirs.

La veille, John avait semblé satisfait. De retour des répétitions, Darius s'était assis à côté de sa mère au coin du lit. Elle avait posé son livre.

— Tu as vu l'heure ?

Pour toute réponse, il avait joué l'introduction de *Caravan*, imparfaite encore, laborieuse mais presque surmontée. Il lui offrait sa petite victoire, le meilleur de lui-même.

— Quelle cacophonie ! Tu as fini tes révisions ?

Il n'avait pas insisté.

À l'approche de l'examen, elle réagissait à son jazz dès les premières notes et s'exclamait : Encore ? Mais qu'est-ce qu'il a avec cette musique ? Si au moins elle signifiait quelque chose… Darius l'entendait approcher. Elle s'arrêtait sur le seuil de sa chambre, se ravisait, sortait fumer sur le balcon, rôdait dans le couloir, allait et venait, trépignait pour enfin entrer : Il paraît qu'en maths, vous n'avez pas fini le programme, c'est vrai ? Son regard interrogeait les cahiers et les livres, revenait sur la clarinette : Peut-être pourrais-tu la lâcher quelques jours, c'est trop demander ? Elle t'aspire la cervelle… Et lui, en quelques gestes, tentait de la rassurer :

Je suis prêt maman
J'aurai mon bac
Avec les honneurs

L'anxiété de sa mère rejaillissait sur lui, asséchait son inspiration et éteignait ses notes. À la maison, rien de bon ne sortait de sa clarinette. Pour vivre sa musique, il rejoignait ses compagnons, il s'était fait une autre famille.

La septième, *si* bémol… La tête entre les mains, Darius tentait d'imaginer une ouverture. *Sol* en renversement du *mi*, ou *do* septième à la place du *sol*. La structure du morceau se délitait. Prends des forces pour réviser. La magie avait disparu.

À l'étage du dessous, une fenêtre s'ouvrit. Charlie… Sa mère parlait à voix haute par-dessus un bruit de casseroles et de couverts :

— Charlie, mange, ça va te faire du bien.

Darius se raidit. Dans chaque coin du quartier moderne, une cuisine s'allumait, une mère s'affairait, attentive, déterminée. Les foyers se préparaient au baccalauréat autour de leur candidat, le petit héros de la famille.

Charlie ne bronchait pas.

— On va recommencer les exercices comme a dit ton professeur.

Qui tournait les pages du livre, lui ou sa mère ?

— On est prêts, non ? On en refait quelques-uns pour être tranquilles.

Les mères s'étaient entendues. Après l'été, Darius prendrait avec Charlie une chambre à Alger. Ils suivraient les classes préparatoires au lycée Bugeaud pour intégrer une grande école, à Paris, dès la paix revenue. Ils choisiraient un de ces métiers d'avenir au nom abscons, ingénieur des Postes, Télégraphes et Téléphones, ou des Ponts et Chaussées, professeur agrégé, fonctionnaire dans la Haute Administration.

Trois jours encore avant la première épreuve, les mathématiques. Darius se savait attendu. On commenterait ses résultats. Le bac à Tunis, c'était toute une histoire. On analyserait les scores selon des évidences généalogiques puisque le père déjà, puisque avec une mère comme ça, et ce grand-père surtout, la grand-mère peut-être, car, comme il est dit, les chiens ne font pas des chats. On envierait les mentions, mais à peine, pour ne pas réveiller le mauvais œil. Les journaux publieraient le nom des lauréats. Ceux des plus méritants allaient circuler de maison en maison, occuper les conversations dans les files d'attente du marché ou au hammam, dans les offices religieux pendant les prières, sur le seuil des immeubles, au bord de l'eau durant l'été, sous les parasols de La Goulette à Carthage. À la lumière des résultats, les potentiels allaient s'affirmer, des couples s'imaginer, et les mariages s'organiseraient, un jour, si Dieu le voulait bien, mais seulement après les études à Alger, puis Paris, dès que les Allemands et les antisémites iraient voir ailleurs. Et même si le mariage venait plus tard, les mères prévoiraient une rencontre dès l'été, sans attendre, au moins pour prendre date et se rêver grand-mère. Celle de Charlie voulait sa part. Pour rien au monde, elle n'aurait lâché l'affaire :

— Tiens, j'ai rempli les cartouches d'encre, au moins c'est fait.

Trois jours avant le bac. Il faudrait oublier ces dernières semaines qui avaient été les plus belles. Dans les rues, Darius avait vu la joie revenir, la paix retrouvée dans les foyers. La guerre s'était portée vers d'autres rivages. Le nouveau monde déferlait sur la ville. On y parlait de jazz et de filles. Elles te dévorent des yeux, mec, lui chuchotait Cecil. T'as l'air de découvrir le pouvoir de ta clarinette... Moi, c'est pour lever ces demoiselles que je joue, juste pour ça, tu peux le croire ? Darius n'avait plus quitté ses compagnons. Dans leur sillage, tout semblait facile. Sous ses doigts, le jazz naissait comme une évidence, il ne jouait pas, il rêvait, et il avait encore des millions de rêves. Au milieu des foules, entre deux solos, John lui criait : Les gens, après une crise, il faut les faire danser. Libérer tout ce qu'ils ont en eux. Le plaisir physique. Du sexe orchestré. Le swing a sauvé l'Amérique, pas Roosevelt. Avec les soldats américains, pendant quelques semaines, un monde s'était ouvert. Joue, gamin, lui répétait John, joue sans te frapper, c'est ça... Joue comme un gosse. Tous ces gens ont besoin de t'entendre. Reste un gosse, petit, c'est la meilleure façon de réaliser tes rêves. Des millions de rêves.

Bientôt les soldats partiraient. Bientôt plus de musique. Prends des forces pour réviser. Darius chiffonna le mot et le jeta par la fenêtre. Il fallait filer. La matinée ne suffirait pas. L'après-midi, il volerait quelques heures à ses révisions. Filer avant le réveil de sa mère, avant qu'elle ne lui parle du bac, ne pas voir ses traits tendus, ne pas entendre sa voix étranglée par l'enjeu ni ses questions cent fois posées.

Sur le réfrigérateur, son père le fixait depuis son cadre, entre deux bougies à demi consumées. Le bac, c'était le rêve jamais atteint des générations précédentes, le fruit d'un labeur acharné, de privations pour le moindre livre, le fol espoir des prières murmurées. C'était une terre promise après des siècles d'esclavage, lorsque, la France encore absente, les Juifs courbaient l'échine sous les impôts arabes, les lois arbitraires et les coups de bâton, portant une calotte distinctive comme d'autres en Europe, avaient-ils lu, portaient l'étoile jaune. Le diplôme, lui disait sa mère, c'était une assurance sur l'avenir, une richesse transportable au gré des vents mauvais. Dans la tête de Darius, la musique s'était tue. Le baccalauréat à Tunis, c'était toute une affaire, mais ce combat n'était pas le sien.

Le ciel tournait au bleu sombre. Dans la cour, les fenêtres s'allumaient une à une, les enfants se penchaient sur leurs révisions, leurs mères sur eux, et rien ne calmait celle de Charlie.

— Les fautes d'orthographe, tu me les cherches même dans ton nom.

Darius ferma la fenêtre. À côté, dans la chambre, le plancher craqua. Il était temps de fuir. À la porte, il la trouva, pieds nus, en chemise de nuit.

— Où tu vas à cette heure-ci ?

Darius se figea devant sa mère.

Elle alluma le palier pour comprendre ses gestes, la main en visière. Le sommeil voilait son regard, sombre au matin, et, dans ce vert comme dans celui de la mer, Darius savait lire le calme ou la colère.

Il baissa la tête et mentit :

Je vais chez Lou
Pour réviser
Avec André

Il mentait comme chaque jour depuis l'arrivée des Américains. Les dernières semaines, sa mère l'avait cru en révision chez Lou ou à la bibliothèque, au lycée, dans une salle d'étude. Il inventait des endroits pour la rassurer. Le soir, elle demandait : Où étais-tu encore caché ? As-tu bien travaillé ? Que pouvait-il répondre ? Dans la rue, maman, dans un café avec mes compagnons, à traîner, à jouer pour deux sous… Dans quelle panique serait-elle entrée ? N'ayant ni la force de s'opposer à elle ni le cœur à l'affoler, il mentait, par lâcheté, par amour, sans l'orgueil des adolescents de son âge, avec une tristesse infinie.

Il lui avait menti toute l'année. Du temps des Allemands, le lycée fermait souvent. Sous la menace des bombes, elle le préférait chez Lou, dans un abri en béton plutôt que dans la cave d'un immeuble. Pendant des mois, elle l'avait imaginé aux côtés d'André devant une table couverte de livres. Délaissant André, les cahiers et les bombes, Darius s'installait au pied du tourne-disque, les soixante-dix-huit tours rabâchés jusqu'à l'usure, et il s'efforçait pour un temps d'oublier sa mère et ses vies incompatibles.

Elle jeta un œil au cartable, puis fixa la mallette de la clarinette.

— Tu ne peux pas la laisser ici pour une fois ?

Ne t'inquiète pas

Je suis prêt

C'est André qui le dit

— Tant mieux. Pour les sciences, c'est un as.

Darius hocha la tête, le pied dans l'escalier. Le mensonge se dressait désormais entre eux, haut comme leur amour qu'il voulait protéger, irrésistible comme son talent qui s'épanouissait. Darius l'avait laissé pousser comme une mauvaise herbe, jour après jour, enfant monstrueux de l'amour et du talent.

Sa mère le rattrapa et l'embrassa sur le front, elle lui donna un baiser de veille d'examen, un peu plus fort que d'habitude. Darius fuyait ce regard qui l'enveloppait, le fouillait, devinait tout. Il fallait filer. Elle ajouta, la gorge nouée :

— Ce soir, on se couchera de bonne heure.

2

Du balcon, elle m'a regardé partir.

Moi, j'agitais la main. D'en bas, elle paraissait si petite, un point blanc dans la nuit. Elle frissonnait, les bras sur sa poitrine, j'aurais dû la serrer contre moi, l'embrasser, lui dire que j'allais vite revenir.

Elle avait mis ses lunettes. Elle ne les portait que pour me voir, même dans la nuit, le plus loin possible : Les rues sont folles et, quand tu traverses, je ne peux pas m'empêcher de regarder.

Je me retournais tous les dix pas, c'était une habitude entre nous. Un signe tous les dix pas. Je faisais semblant d'aller chez Lou. Je remontais l'avenue au lieu de la descendre, la clarinette dans la mallette, le cartable et tous ces livres inutiles, lourds, lourds, lourds. Le Colisée, c'était de l'autre côté.

John m'attendait, et elle restait là, sur le balcon. Il devait s'impatienter. Impossible de courir. Courir vers ses révisions, ça sonnait faux. Je traînais ma jambe comme un boulet. Ils jouaient déjà, je le savais. Je devais faire demi-tour, les rejoindre, pourquoi elle ne rentrait pas ?

Le Bédouin venait vers moi, tranquille. Il fouettait sa vache avec une branche d'olivier. Il lui avait accroché sur le dos des grappes de bidons de lait qui tintaient comme les cloches de Saint-Vincent. À son passage, des fenêtres s'allumaient, mais lui se moquait du bruit. Il semblait se moquer de tout.

Once in a while, le troisième morceau du récital, celui que je savais le mieux, joue-le dans la tête, voilà ce que je me répétais. Je voulais que la musique revienne, le swing et Armstrong, qu'elle inonde les rues, joue. Devant moi, le ciel était noir. Derrière, il devenait orange, presque jaune, là-bas vers la mer et le Colisée. Joue. Ils s'y trouvaient déjà. Ils travaillaient les ouvertures sans moi.

Le Bédouin m'a salué, la main sur le cœur, sur la bouche et le front. Il descendait vers le Passage, un tabouret ficelé au cul. Là-haut, le regard de maman pesait, et John sur scène devait me maudire. Joue, joue pour ne pas devenir fou.

Au croisement avec la rue Duranton, maman ne pouvait plus me voir. Je me suis retourné pour vérifier quand même, comme si les immeubles se déplaçaient la nuit. Je me suis mis à courir, rue Curie, rue Alexandre-Dumas, et ma jambe s'est prise dans une barrière du chantier des Salines. J'ai tapé le sol, le genou d'abord, et le front.

Combien de temps suis-je resté par terre ? J'avais du sang dans les yeux, sur la joue, dans le cou, le bras écorché. Les doigts de la main droite, j'arrivais à les bouger. La gauche était plus douloureuse. J'ai pu me relever, remettre les livres dans le cartable. Autour de moi, tout flottait. J'ai vérifié la clarinette dans la mallette, intacte.

J'ai débouché avenue de Londres, au-delà du Passage. Après le parc et la rue des Tanneurs, l'avenue de Paris, à l'angle avec Jules-Ferry. J'ai vu le Colisée, enfin. En sang, en sueur, le souffle coupé, j'ai dû m'asseoir au pied de la cathédrale.

Au loin vers le lac, le ciel devenait blanc. Devant moi, le Café de Paris sortait ses tables. Des gens s'installaient et dépliaient le journal. L'un d'eux m'a vu, il s'est approché avec une serviette et une carafe d'eau. Je saignais encore, il a fait ce qu'il a pu.

Un matin, avec les Américains, on avait joué devant cette terrasse. La foule grossissait. Croyant voir maman, je m'étais enfui sans prévenir. John était furieux. Quand je m'étais excusé, il n'avait rien voulu entendre.

Depuis, je voyais maman partout. Sur le trottoir au milieu des gens qui nous lançaient des pièces, aux tables des restaurants, dans les fêtes quand on jouait parmi les invités, et même au Colisée, dans un fauteuil au fond de la salle, pendant qu'on répétait. Partout.

Au Belvédère : elle. À la sortie du lycée : elle. Le long du lac : elle. Devant chez Lou : elle. Dans les yeux des filles qui me souriaient : elle.

Et le soir dans l'appartement, dans notre petite vie, dans notre silence, cette question, toujours : Où étais-tu ?

Aux répétitions. Oui, même à trois jours du bachot.

Comment pouvait-on s'aimer et se cacher autant ? En dehors des études, on s'était habitués à ne plus rien se dire. Ça n'enlevait rien à notre amour. On se taisait, voilà tout.

Le Colisée m'attendait. J'ai quitté les marches de la cathédrale. Au bout de l'avenue, le soleil est apparu, rouge, immense, il a avalé les palmiers et la statue de Jules Ferry. Jean Sablon souriait sur l'affiche.

Où te caches-tu ?

Là-bas.

Dans ces villes d'Amérique.

Pendant les pauses, John nous parlait de celles qu'il avait traversées.

3

— Mon Dieu, Darius ! Tu as du sang partout !

Lou se précipita vers lui. Les musiciens le dévisageaient, John ne se retourna pas.

— Jouez, jouez… Personne ne s'arrête.

Elle examina le bras de Darius, son visage et son cuir chevelu.

— Je t'emmène chez un docteur.

Il refusa.

Il ne voulait qu'une chose, les rejoindre sur scène.

Lou insistait, il se laissa entraîner aux toilettes. Avec des serviettes humides, elle lui nettoya le visage et le cou, le torse et les bras pendant qu'il montait sa clarinette.

— Je reviens. Je vais chercher du désinfectant et des pansements. Et un tricot propre. André fait à peu près ta taille.

Ses compagnons en avaient déjà fini avec *Fireworks*, Darius courut jusqu'à la scène. Il attendit.

Les musiciens jouaient sans un regard pour lui. Ils attaquaient *Hotter than hot*. Darius était prêt. Au saxophone, Cecil lui volait son solo d'ouverture. Stupéfait, Darius le fixait, le bec de sa clarinette aux lèvres. Les autres enchaînaient, le clouant au silence. Les yeux rivés sur sa grille d'accords, John finit par maugréer :

— Tes examens, c'est ton affaire. On a tous nos démons.

Ils finirent le morceau. John le regarda enfin.

— Je vais te dire ton problème, mon pote… T'es pas à ta musique. Je vois quoi devant moi ? Un mec en lambeaux. Qu'est-ce que tu peux lui donner à la musique dans cet état ? Et à nous, tu donnes quoi ?

John rejoignit les autres, se posta devant eux à la manière d'un chef d'orchestre, se tourna vers lui.

— T'es pas un mec fiable. T'es même très décevant.

Ils reprirent les premières mesures. Darius restait figé sur scène. Son solo, celui qu'il avait tant travaillé, jaillissait du saxophone de Cecil. Dex à la contrebasse, Keith à la batterie et Al au piano fuyaient son regard. John cria par-dessus la musique :

— Lou m'a dit pour ta mère. Elle se rend compte de ce qui se passe ? Elle est banquière chez les rupins. Et son fils, il sera banquier aussi. Le pouvoir, ça se conserve en famille. Va croupir dans tes rêves de Blanc.

Il fulminait et s'interrompit encore :

— T'es le seul à étudier, tu crois ? Ellington aussi, il allait à l'école à Washington, avec le pognon de sa famille. Mais sa mère à lui, elle avait pas de la merde dans les oreilles. Elle a compris tout de suite. Le fric, elle le dépensait dans les cours de piano. Pourquoi ? Parce que son rejeton avait plus qu'un don, il était l'Élu. Alors, toute la sainte journée, elle lui faisait recommencer ses gammes. Son fils, c'était le messie du peuple noir, rien de moins. S'il a arrêté ses études, c'est parce que sa vieille a décidé un jour qu'il avait mieux à faire. Elle s'est mise à son service. Et lui, avec une force pareille, avec ce putain de sentiment de supériorité que ça lui donnait, qu'est-ce qui pouvait l'arrêter ?

Il finit par poser sa trompette. Darius le vit s'approcher comme s'il voulait se battre.

— Ta vieille, elle est où ? Au premier rang, je la vois pas. C'est là qu'elle aurait dû être, tu crois pas ? C'est ça le grand amour ?

Darius serrait la mâchoire. John appuyait sur sa plaie, front contre front.

— Dis-moi que t'as mal. J'appuie et tu bronches pas. Dis-moi que tu me hais. Dis-le, bon Dieu !

Darius lâcha sa clarinette et l'attrapa par le gilet. John eut un méchant sourire.

— Frappe. Allez, frappe-moi, qu'est-ce que t'attends ?

John lui donna une tape au menton.

— Eh bien ? Ça se passe comme ça avec ta mère ? Elle insulte ta musique et tu laisses faire ?

Un deuxième coup au menton.

— Nous, on vendrait la nôtre pour un bon accord.

Darius le projeta sur la contrebasse qui s'écroula dans un bruit sourd.

Il ramassa son instrument. Le concert, ce jazz inouï, ces musiciens et leurs cornets magiques, Broadway à Tunis, il en avait fini. Il voulait retrouver sa mère, qui voyait si juste. Ces types l'avaient assez salie. Il entendit John dans son dos :

— T'aimes ta mère ? Eh bien, aime-la mieux, de tout ton talent. Le grand amour, on le vit pas en se mutilant.

Trompette au bec, il continuait :

— Le grand amour, je l'ai vu de mes yeux. Quand sa mère est morte, le Duke était inconsolable. Deux mille fleurs dans l'église. Il lui a écrit des concertos. Je l'ai vu, je te dis, il pleure sur toutes les scènes d'Amérique chaque fois qu'il les joue.

Ils se remirent en position, mais aucun son ne s'éleva. John s'impatientait :

— Cecil, qu'est-ce que tu fous, bon Dieu ?

Cecil posa son saxophone, un coup de menton vers Darius.

— Ce solo, c'est le sien.

Darius ne démonta pas sa clarinette. Il s'assit par terre, une jambe pliée, l'autre droite. *Hotter than hot.* Son solo de velours tourbillonna entre les murs du Colisée, il jouait à la manière de Johnny Dodds, bien mieux que lui, parce qu'il savait que ces accords seraient les derniers.

Al sourit. Il hocha la tête. De son piano, il lança quelques notes. Darius le laissa venir. Ils s'observaient comme deux escrimeurs.

Darius se mit à attraper ce qu'Al lui envoyait. Il improvisa sur ses accords. Excité, Al releva le défi. Il cherchait ses réponses de plus en plus loin sur son clavier.

Les doigts accrochés à ses cordes, Dex comptait les points. Keith s'en mêla. Sa batterie marquait les temps comme un banjo. Alors, le saxo de Cecil invita la clarinette à danser et les instruments s'envolèrent.

John s'assit pour écouter. Il esquissait un sourire, un vrai sourire de musicien. Darius le vit hocher la tête. Ils reprirent, la bande au complet, comme si rien ne s'était produit.

La trompette de John se mit à leur service. Devant la bonne musique, son autorité diminuait. Darius sentit pour la première fois la sienne s'imposer.

Ce soir-là, ce serait d'abord Storyville et La Nouvelle-Orléans, la fanfare et le cuivre, loin du swing aseptisé dont les radios abreuvaient les populations libérées, loin des big bands de salles de bal, loin des arrangements écrits à l'avance et des mélodies figées. Ils laissaient cette mécanique à Sablon. À lui les refrains mielleux et les sourires de circonstance. Eux jouaient pour faire la révolution. Ils feraient trembler le Colisée, ce temple de la musique sage, et John répétait : Ce public, on va le bousculer. Regardez comme je suis excité, on dirait une pute dans une église. Ils auraient pu tenir la scène deux jours sans s'arrêter.

Quel âge avait John ? Dandy et désinvolte, le béret vissé sur le crâne, il portait une fine moustache doublée d'une mouche sous la lèvre inférieure. Ses lunettes en écaille lui donnaient un air d'étudiant. Il remit Darius au centre du jeu. Avec *Fireworks*, l'énergie concentrée dans la dispute explosa. Tous les instruments s'allumèrent en même temps. De l'un à l'autre, la musique bondissait, une musique d'enragés, celle des années 1920, avant que le jazz ne s'assoupisse. Elle devait saisir la salle aux premières notes, d'une décharge électrique exciter les corps et vider les esprits, célébrer la liberté à gorge déployée. Darius enjambait les mesures sans prévenir, les autres lui répondaient, ils s'émerveillaient et s'emmenaient toujours plus loin. Quelques mois auparavant, les Allemands avaient raflé des Juifs, des hommes valides, et même quelques adolescents, pour creuser des tranchées dans le désert. Darius les avait vus partir un matin depuis le balcon, en rangs silencieux, pelle sur l'épaule, et les malheureux levaient la tête, agitaient le bras pour qu'on prévienne leurs proches. Ce jour-là, les rues de Tunis s'étaient tues. On ne riait plus, on ne criait plus, on ne se disputait plus, on murmurait. Libérés par les Alliés, les prisonniers étaient presque tous revenus. Certains seraient dans la salle. Darius et ses amis allaient jouer pour eux, leur dire de ne jamais plus s'en faire, et il suffisait d'écouter la musique du grand Louis pour se convaincre que tout finit toujours bien.

Ils pimentaient la sauce avec *Hotter than hot*, Armstrong encore. Personne ne savait ce que l'autre allait jouer. Les garçons se guettaient comme des courtisans autour de la même femme. Darius voulait son chorus, le plus long possible, il fallait s'imposer, même dans ce jazz qui n'était que partage. Instrument en main, il se sentait devenir un compétiteur acharné. À la basse, Dex plaçait un quatre-temps un peu traînant, mais Keith à la batterie le tournait en syncope pour porter l'improvisation des camarades jusqu'à l'extase. Assis par terre, le buste droit, Darius tenait sa part de conversation. *Hotter than hot*, puis *Once in a while*. Sourire aux lèvres et tête balancée, John l'observait. Intrigués, les musiciens de Jean Sablon émergèrent des coulisses. Les uns après les autres, ils s'installèrent dans les rangées pour l'écouter lui, Darius, au milieu de ces cinq Noirs à peine plus âgés, cette bande d'insolents impatients et sûrs de leur talent, qui se moquaient des mélodies, envoyaient des riffs à tout-va, cultivaient les dissonances et sacrifiaient toutes les règles au swing. Dès leurs premiers accords, les jambes tressaillaient, les visages s'éclairaient, voilà ce qu'il fallait au public libéré de l'occupation allemande, après le bruit des bottes, des pieds joyeux.

Après *Once in a while*, ils attaquèrent *Caravan*. La trompette de John était insaisissable. La mélodie se perdait dès le premier chorus. Il mélangeait les gammes, ajoutait au riff des dizaines de notes. Quand Darius croyait comprendre, John multipliait les dissonances et transformait le thème pour le perdre davantage, le semait dans un tempo affolant.

— T'écoutes pas ma grammaire, petit, comment tu veux qu'on se comprenne ? T'as pas l'habitude de converser, ça s'entend, peut-être parce que t'es muet. Moi, quand je joue, j'argumente avec Al. À Cecil, je fais la courte échelle. La batterie de Keith m'excite, la contrebasse de Dex me bouscule. Chacun veut décoiffer l'autre. Alors, fais-moi une faveur, cause avec nous.

Sa musique était nerveuse, fragmentée, et jaillissait de son cornet comme d'un volcan. Darius tentait de se raccrocher à un thème connu, un chemin familier, et s'égarait à nouveau. Sablon surgit des coulisses et John murmura, comme chaque fois qu'un Blanc l'approchait :

— Les gars, je sens comme un courant d'air...

Sablon se racla la gorge.

— C'est quoi, cher ami, une musique d'Afrique ?

— Du be-bop, monsieur. On fait exploser les gammes, on brise les mélodies. Du son, du rythme, c'est tout ce qui compte. Une vraie musique de Noirs.

John se tenait devant Sablon, sûr de son art. Darius non plus ne comprenait pas grand-chose à sa musique, mais assez pour savoir qu'elle se situait au-dessus de toutes les autres. Il se sentait proche de John, un lien étrange les unissait, tissé d'admiration, de respect et de compétition. Il l'avait jaugé à la première seconde, quand Lou les avait présentés : Voici John Birks Gillespie. À New York, on l'appelle Dizzy.

En fin d'après-midi, ils firent une pause. Keith, Al, Cecil et Dex fumaient sur scène et leurs rires résonnaient dans la salle. Lou et John discutaient au premier rang, elle debout, lui affalé dans un fauteuil, une bouteille de whisky à la main. Darius s'installa près d'eux. André absent, Lou s'enfermait avec John, dans le dortoir aménagé pour les soldats à côté de la lingerie. Un jour, l'oreille à la porte, il avait entendu leurs murmures, leurs rires et leur plaisir.

John était éméché. Il refusait de se lever.

— C'est pour dénicher des filles comme toi que je cours le monde. Épouse-moi, Lou, laisse tomber ce prof de maths, c'est un pauvre type.

— Tu ne sais rien de lui.

— Viens à New York. J'ai jamais dit ça à personne.

— Pour trimer ? Servir dans les bars pour payer le loyer ?

— Tu seras mon manager. Avec ta tête et mon talent, on mettra le monde à nos pieds.

— J'ai tout ce qu'il me faut ici.

— Une fille comme toi n'a rien à faire dans ce trou.

— Mon père me paie pour que je me tienne tranquille et ça me va bien.

— Son fric pue. Il te rabaisse. Viens avec moi. Merde, Lou, c'est l'Amérique que je t'offre.

— Ton Amérique, je préfère la voir d'ici, sur l'écran du Paris ou de l'ABC. Je m'allonge au soleil, je déjeune au Yacht Club, je fais l'amour avec des types de ton espèce. J'ai trente ans, John. Tu ne ferais rien de bon, là-bas, avec une vieille, ou presque.

— Fais gaffe, chérie. Le train vient pas deux fois, surtout dans ce cul du monde.

— Les rêves de midinette, j'ai passé l'âge. Et puis tu m'emmerdes à la fin.

Gillespie finit par se lever. Il tituba jusqu'à la scène.

— Les gars, on oublie Basie. Le cinquième morceau après Armstrong et Ellington, ce sera le mien.

Il désigna Lou.

— Cette nuit, j'ai bu, beaucoup, j'ai pleuré aussi… J'ai composé quelque chose pour cette lady.

Il saisit sa trompette et ajouta, l'embouchure aux lèvres :

— *A night in Tunisia*. Écoutez bien, parce qu'on a une heure à peine pour être au point.

Darius fut saisi par l'attaque diabolique. Un thème bref, tonitruant, une charge de cavalerie lancée trois fois, trois fusées d'une sonorité sèche, mais claire, les mystères de l'Orient secoués par un rythme afro-cubain. Dex le premier suivit, puis Al et Keith. Lorsque Darius tenta un *la* mineur, John frappa le bec de sa clarinette.

— *Mi* bémol, ça sonne mieux. Eh oui, mon pote, alterne les modes, lydien, mélodique… Tiens bon le rythme.

Il s'accroupit devant lui. Darius peinait. Les accords balançaient d'une gamme à l'autre sur un tempo impossible. John frappa encore.

— Non, mec, *ré* mineur harmonique, t'y es pas.

Il reprit.

— Non, je te dis. Substitue. *Mi* locrien bécarre 2, *la* altéré.

John l'arrêtait à toutes les mesures. Darius n'arrivait plus à suivre les changements d'accord. Il tenta encore et John frappa plus fort. Lou se redressa dans son fauteuil.

— John, arrête ça.

— La ferme. Il va y arriver.

Ils reprirent.

— Je vais te donner un truc, mec… Pars du chemin qui te semble le plus logique et, lorsque tu l'as trouvé, fais tout le contraire. Tu vas t'étonner toi-même. Tes réflexes, oublie-les. Exprime ce qui se cache dessous. Rends visible l'invisible, tu comprends ce que j'essaie de te dire ? Ce jour-là, t'auras gagné, mon pote. Vas-y, reprends.

Darius retomba dans des chromatiques qui accentuaient la platitude de son jeu.

— Arrête. Improviser, c'est peut-être jouer n'importe quoi, n'importe quand pourquoi pas, mais pas n'importe comment. Pour te mettre en place, joue moins de notes, mais joue solide. Là, tu tournes autour du thème pour ne rien dire. Comme ma logeuse dans l'East Side, un déluge de mots sans idée.

Darius s'acharnait comme s'il déchiffrait une langue étrangère. Lou retenait son souffle. Dizzy ne lâchait rien :

— Je vais te dire pourquoi t'y arrives pas. T'as peur. Peur de te tromper, peur de jouer faux. Mais comment tu peux savoir ? Une note mauvaise, ça n'existe pas, c'est la suivante qui la rend juste. Alors n'aie pas peur. Recommence. Raté. Encore… Raté, mais mieux, c'est ça, rate encore, mais rate mieux. Voilà ! Vas-y, échappe-toi… Perds-moi… Ouais… Voilà… Là, je sais plus où tu veux en venir… Si… Je commence à comprendre… Tu me surprends… J'ai envie de te répondre… Maintenant on peut causer.

Porté par la trompette de Dizzy, Darius conclut la séquence. Son jazz s'était débridé. Tous les gars applaudirent et Lou avec eux.

Il restait peu de temps pour répéter. Ils reprirent ce dernier morceau. Darius se laissait griser par la musique de Dizzy. Il adoptait ses effets sonores, son tempo effréné, le changement intempestif des modes et des accords. Les improvisations jaillissaient de sa clarinette, des trésors jetés en l'air, inédits, à jamais perdus et réinventés. Le be-bop s'apprivoisait, il n'aurait pas assez de sa vie pour en explorer les possibles. Il y retrouvait le blues de Louis et le swing de Basie, l'élégance d'Ellington... Le corps vibrait tout autant, la voix pouvait s'y fondre. Personne ne jouait ainsi, et lui ferait peut-être aussi bien que Dizzy. Après cette *Nuit en Tunisie* naîtrait un jour nouveau, il le pressentait, déjà rien n'était plus comme avant.

4

Un gars est entré. On répétait encore.

Il portait une tenue militaire. Un Américain. Il semblait paniqué.

Il a traversé la salle en courant, un papier bleu dans la main. Il l'a tendu à Dex, puis a disparu.

Ils l'ont lu, Dex le premier, puis Al, Keith, Cecil, et ils se sont regardés sans rien dire. John fixait ses chaussures.

Cecil a glissé le billet dans sa poche. J'ai repris *A night in Tunisia*. Il restait une heure avant le spectacle, on n'était pas prêts. Ils m'ont écouté sans réagir.

À la batterie, Keith s'est décidé à frapper les premiers coups pour m'accompagner. Un à un, les autres ont suivi, comme s'ils se réveillaient d'un mauvais rêve.

De temps en temps, Cecil glissait la main dans sa poche. Le papier était là, il grimaçait, mais jouait quand même. La musique, c'était trop sérieux pour se laisser aller.

Dex a conclu sur sa contrebasse. Son riff, le dernier, a résonné dans l'obscurité de cette salle immense, et après, le silence. On a posé les instruments. C'était comme si quelqu'un venait de mourir.

Cecil s'est tourné vers moi.

— C'est pour demain, Darry… La guerre reprend. On embarque à six heures.

Il restait vingt minutes. On devait encore se changer et personne ne bougeait. Le régisseur est venu nous secouer. Sablon et ses musiciens se préparaient dans leurs loges.

Dex a demandé à John :

— Tu comptes faire quoi ?

Il a haussé les épaules.

— Je rentre à la maison. Si je trouve un bateau cette semaine, je peux encore attraper la tournée d'Earl Hines. De toute façon, ils m'ont déclaré inapte à la guerre.

Et puis John s'est tourné vers moi.

— Pars avec eux, petit. Si la guerre te fait pas trop peur, pars avec eux. T'as un talent fou. Joue avec ce groupe chaque heure du jour, ce sera ta meilleure école, il peut rien t'arriver de mieux.

Je n'ai pas réagi.

— Tu veux jouer, oui ou non ?

Ils me fixaient comme s'ils attendaient une réponse.

On s'est habillés en coulisses. Le Colisée prêtait les tenues. Pour la première fois, j'enfilais un costume de scène. Mes chaussures étincelaient. Je n'arrivais pas à réfléchir. Partir… Absurde. Il ne fallait pas y penser.

Al s'est approché de moi.

— C'est sérieux, Darry. Tu peux t'engager, tu sais ? À titre temporaire, comme ils disent. T'as dix-huit ans, non ? On a des gosses de ton âge avec nous, des Français libres. Ils sont pas regardants. Faut juste faire signer le document d'incorporation à ta mère.

Keith a ajouté :

— Et puis les musiciens ne se battent pas. Ils jouent pour les soldats, à l'arrière, avant ou après les combats. On sera une petite troupe itinérante, on se quittera plus.

Sablon est venu nous dire un mot gentil. Dix minutes encore.

Mille personnes nous attendaient. Lou me tenait la main. Je lui ai demandé d'accrocher mon poisson d'argent sur ma chemise.

On a traversé un couloir, puis un autre jusqu'à la scène. J'allais m'asseoir là, au milieu des professionnels. Ils m'acceptaient comme un des leurs.

On a patienté entre les coulisses et la scène. *Fireworks*, j'attaquais comment ? Je devais me lancer sans réfléchir. Dans ma tête, les accords se formaient, la musique montait, plus forte que tout, les notes venaient, elles allaient jaillir, me submerger et inonder la salle.

La guerre, je m'en moquais, je ne savais pas ce que c'était. La fin du monde, elle m'attendait à Tunis, les soldats partis, à la table du baccalauréat.

À nous.

On a fait un cercle et Cecil a prié.

John souriait. Avant d'entrer en scène, il a pointé son doigt vers moi.

5

Dix fois. Ils nous ont rappelés dix fois. On a tenu la scène plus d'une heure. On aurait pu rester bien plus longtemps.

Dans les coulisses, ils m'ont soulevé et porté sur leurs épaules. Lou pleurait de joie. On a refait le spectacle, on a joué encore trois heures dans les sous-sols. Je ne savais plus où j'étais, rien ne comptait, à part jouer avec eux. C'était dans leur monde que tout se passait.

Lou s'accrochait à mon bras.

— Jamais je ne t'ai vu comme ça, Darius chéri. Ce soir, je te jure, tu étais… je ne sais pas…

John a fini sa phrase :

— Un musicien. Pour de bon. Un vrai de vrai. Et tu peux devenir le meilleur d'entre nous.

Lou me couvrait de baisers.

— Tu vas partir, Darius, je le sais.

John hochait la tête.

— Prends ce bateau, petit. Avec eux, tu vas grandir.

Il m'a attrapé par les épaules.

— Tu joues comme tu respires. Un don pareil, ne le garde pas pour toi. Fais-le connaître au monde entier. Pense aux millions de gens qui vont t'écouter, au bonheur que tu vas leur donner. Pense à toi. Vis. Vis pour toi, pour qui d'autre, enfin ?

Il est apparu. M. Leroy se tenait devant moi, en costume sombre, radieux. Lou l'avait invité au concert. Lui aussi m'a pris dans ses bras. Au lycée, on parlait de jazz et des études. Et quand je me plaignais de ne plus pouvoir jouer bientôt, il répondait simplement : Mais cette petite voix en toi, Darius, que te dit-elle ? Il m'a étreint comme s'il me voyait pour la dernière fois.

Vers deux heures du matin, Lou m'a raccompagné. Mes compagnons sont allés préparer leurs affaires. Ils partaient à six heures. Un bateau les attendait pour les emmener et me laisser sans musique.

Dans l'immeuble, les seules lumières venaient de notre appartement. Lou m'a serré contre elle.

— Pars, Darius. Pars comme j'aurais dû partir. Moi, je n'avais ni courage ni talent.

Dans la nuit, on se voyait à peine.

— La guerre finira bientôt. Suis-les en Amérique. Le jazz, c'est là-bas qu'il s'invente. Tu nous reviendras plus tard, lorsque tu auras réussi.

Elle s'est arrachée à moi, a fait quelques pas, s'est retournée une dernière fois, des larmes dans la voix.

— Si ce bateau part sans toi, n'essaie plus de me voir. Si tu frappes à ma porte, je ne t'ouvrirai pas. Si tu restes, j'oublierai qui tu es, puisque tu ne seras personne.

Maman m'attendait. Elle m'avait cherché partout, au lycée, à la bibliothèque, chez Lou… Elle avait les yeux rouges.

— André m'a dit que tu jouais quelque part avec des Américains. Il n'a pas voulu me dire où, cette garce a dû lui faire peur. On parlera de tout ça après le bachot. Maintenant, va te coucher. C'est moi qui te réveillerai.

Elle s'est enfermée dans sa chambre. Je me suis approché de sa porte. J'allais entrer. Un mot d'elle et tout s'arrêtait. Le filet de lumière s'est éteint et je me suis assis par terre.

Je n'ai pas bougé. Je m'interdisais de réfléchir. Un autre en moi dictait ma conduite, il avait surgi pendant le concert, il avait pris les commandes et ne pensait qu'à ce bateau qui allait emporter mon rêve. La guerre, qu'est-ce que j'en savais ?

Ils attendaient en bas, moteur allumé, on venait à peine de se quitter. Eux non plus ne voulaient pas dormir.

Dans un sac, j'ai fourré ma clarinette et mes papiers, mon poisson d'argent et une photo de maman et moi.

J'ai tiré la porte. Je suis parti comme si j'allais au lycée, comme si j'allais revenir bientôt.

Dans la jeep, les gars étaient silencieux. Al m'a tendu un formulaire et j'ai signé pour mes parents.

On a pris le chemin du port. Il faisait chaud, déjà.

Les rues dormaient encore. Depuis des semaines, on y riait à nouveau. À Tunis, la guerre était finie. Pour moi, elle commençait.

TUNIS, GELA
1943

1

Stella ouvrit les yeux. Un écran blanc, une lumière… Elle n'arrivait pas à remuer la tête. Le rectangle de la fenêtre se précisa. Elle était sur le sol, dans le salon, et le jour se levait.

Elle remua les pieds, les bras, s'appuya sur les coudes pour se redresser. Le mot dans sa main… Elle le lut encore :

Je suis parti maman
Avec les Américains
Je ferai attention je t'assure
Ne crains rien
Les musiciens restent à l'abri
Je veux jouer du jazz
Ici ce n'est plus possible
Je t'écris dès que je peux
Je reviens bientôt
Pardonne-moi maman

Dans l'escalier, elle entendit des voix. Elle se traîna jusqu'à la porte. Charlie, le fils du quatrième, partait au lycée. Elle chercha ses lunettes, atteignit le balcon, s'agrippa à la balustrade et scruta la rue aussi loin que possible. Des camions militaires remontaient vers L'Ariana. Le carrefour avait été évacué. Des lycéens couraient vers Carnot, cartable sur le dos. Les premières lueurs du jour l'aveuglaient. S'il se trouvait encore au port ?

Ces Américains, jamais ils n'emmèneraient un gosse. En chemise de nuit, pieds nus, agrippée à la rampe de l'escalier, elle réussit à descendre les étages, puis traversa la rue. Lorsqu'elle entra chez Max, il poussa un cri.

— Stella, mon Dieu !

Il l'aida à s'asseoir.

— Un malheur est arrivé ? D'où tu sors ? Parle, je t'en supplie !

Il la dévisageait comme s'il cherchait le sortilège qui l'avait fait vieillir en un jour comme en dix ans.

— Mon Dieu, Stella, dis quelque chose. Tu dois avoir de la fièvre. J'appelle le docteur…

Elle lui attrapa le bras et le fit sursauter. Elle réussit à articuler :

— Le port… Emmène-moi.

Un taxi les déposa sur les quais. Aucun bâtiment n'y mouillait. Ils filèrent à la Résidence générale. D'une voix à peine audible, Stella demanda à rencontrer quelqu'un de l'état-major. On les fit entrer dans un bureau. Un aide de camp les accueillit, elle murmura :

— Les Américains… Ils sont encore ici ?

— Ils ont quitté Tunis cette nuit.

— Où sont-ils allés ?

— Je ne suis pas autorisé à vous le dire.

— Ils se battent ?

— Vous aurez bientôt des nouvelles. Il s'agit d'un proche ?

Ils regagnèrent le restaurant de Max. Il l'obligea à avaler un bouillon de viande et monta chez elle chercher des vêtements. Il lui proposa de rester, elle refusa. Elle devait rassembler ses esprits, trouver un moyen de faire revenir son fils. Elle rentra à l'appartement.

Dans la chambre de Darius, des musiciens affichés au mur souriaient. Elle les observait en se demandant comment lui, il les regardait. Dans le silence de cette chambre, elle le cherchait et le trouvait encore. Elle se pencha sur les billets de spectacle épinglés au-dessus du bureau, les prit un par un. Elle s'accrochait à tout, à rien, au creux laissé dans la chaise, à la marque des dents au bout des crayons, à un cheveu, des miettes de biscuit, une trace de doigt, et s'empêchait de penser que, peut-être, il ne reviendrait pas.

Elle ouvrit son placard, tira les vêtements qu'il aimait porter, que son âme habitait encore, et les pressa contre elle. Au pied de l'armoire traînait un maillot de corps jeté en boule. Elle le prit et s'assit sur le lit, y enfouit son visage.

Ses draps n'étaient pas défaits. Sur l'oreiller, elle respirait son odeur. La veille, il était là, près d'elle, et elle pouvait le tenir, le toucher, l'embrasser. Elle s'allongea. Le sommeil la gagnait, il fallait lui résister, veiller, le malheur à tout moment pouvait frapper. Elle s'assoupit.

Le plancher craqua, elle se précipita au salon. Elle aurait juré qu'il se trouvait là, derrière la porte, il avait joué dans son sommeil, mais, d'une pièce à l'autre, le vide. Un air de clarinette la harcelait. Entre ces murs se brisait la moindre pensée. La guerre était un gouffre dont nul ne remontait. Elle venait de perdre son fils.

L'après-midi, elle retourna avec Max à la Résidence. À l'approche des grilles, elle perdit l'équilibre. Il l'aida à se relever.

— Je t'ai dit de te nourrir. Tu attends quoi ? De mourir de faim ?

— Max, vas-y sans moi, je n'ai pas le courage. Je reste ici, sur le banc. Demande-leur la liste.

— Quelle liste ?

— Les morts…

— Mais il vient d'embarquer !

Elle l'attendit. Des militaires passèrent devant les grilles, elle se jeta sur eux.

— Cette guerre, est-ce qu'elle finira vite ?

— Qui peut savoir ?

— En face, il y a qui ? Des Allemands ? Leur armée, qu'est-ce qu'il en reste ?

— Ils n'ont pas dit leur dernier mot.

— Mais les gosses, on les laisse à l'arrière, n'est-ce pas ?

— Là-bas, il n'y a que des gosses.

Max tardait. Stella le guettait. Elle le vit sortir enfin.

— Qu'est-ce qu'ils ont dit ?

— Ils ne savent rien.

— Ils l'ont retrouvé dans leurs fichiers ?

— Aucune trace. Il faut attendre les nouvelles des Américains.

— Pourquoi tu es resté tout ce temps ?

— Ils parlent de la Sicile. Mais la météo là-bas est effroyable. Les côtes sont très défendues depuis les montagnes, et la mer est peu profonde, alors ils n'y croient pas vraiment.

— Ils vont renoncer ?

Elle rentra chez elle et s'installa sur le balcon.

Lorsque des militaires passaient au loin, elle se redressait. À chaque ronflement de moteur, elle sursautait.

Qu'aurait-elle dû faire pour le retenir ? La veille, la fureur s'était emparée d'elle et l'avait privée de lui. Elle tentait de se rappeler ce dernier regard dont elle s'était détournée. Il aurait suffi de le prendre dans ses bras et de le rassurer, de le ramener à la raison comme elle le faisait après ses cauchemars, comme elle l'avait fait chaque fois lorsqu'il abusait de sa musique, avec douceur et fermeté. De rage, elle lui avait tourné le dos. Leur avenir, en un soir, s'était brisé.

Elle avait toujours été insuffisante. Elle n'avait jamais su protéger ceux qu'elle aimait.

Elle regardait le soir tomber. Sous d'autres toits, les enfants dormaient près de leurs parents. Le sien, par sa faute, dans quel froid veillait-il, sous quelle pluie ?

Au Passage, les bruits, un à un, s'éteignaient.

Pour son fils, elle s'était battue au-delà de ses forces. Elle lui avait tout sacrifié, sa santé, son confort et ses désirs. Peut-être aurait-elle pu mieux faire, mais pas l'aimer davantage. Alors, qu'avait-elle à se reprocher ?

Lou, cette traînée, et ces musiciens d'Amérique lui avaient tourné la tête. Darius était un enfant sage, il adorait sa mère et honorait la mémoire de son père. Son geste, rien ne pouvait l'expliquer. C'était un coup du sort. Un accident. Une injustice, rien d'autre. Après tout, la victime, c'était elle.

Oui, il fallait considérer son départ comme un accident. Un revers de fortune. Elle ne pouvait s'en vouloir. Mais alors, ce qu'un caprice du ciel avait commis, un autre pourrait le défaire. Peut-être demain reviendrait-il ?

Derrière les fenêtres, les voisines se préparaient à leur déménagement. Comme chaque été, elles partiraient en famille s'installer pour trois mois sur les côtes, de La Goulette à Gammarth. De temps en temps, une charrette tirée par des mulets annonçait le proche exode. Encombrée de lits, de tables et de chaises, d'une glacière, d'une cuisinière, elle remontait l'avenue de Paris vers Jules-Ferry en direction des plages.

On allait retrouver la chaleur du sable sous le pied nu, l'eau tiède de la Méditerranée, les apéritifs en terrasse, on pourrait même y passer les fêtes du nouvel an juif et le jour du Grand Pardon. Dès le lendemain, elle verrait défiler la joie des autres, ce flot impatient de carrioles qui viderait le cœur de Tunis et s'écoulerait vers les plages, grossi par les jurons des cochers arabes et les rires des enfants.

Elle prit un bain, puis revint sur le balcon en chemise de nuit, les cheveux mouillés. Elle se versa un peu d'alcool de figues. Elle but d'un trait. Les autres mères, qu'avaient-elles qui lui manquait ? Elle se versa un second verre.

Sous le ciel noir, pas un souffle de vent. Un verre encore. La ville s'endormait. Les voisines l'abandonneraient dès l'aube, quitteraient ces rues pour se rapprocher du soleil, récolter leur part de bonheur. Elle voulut se lever, rafraîchir son visage, et fut prise de vertiges. Elle attendit un moment, essuya la sueur de son front, finit son verre et s'en servit un autre.

Le rabbin lui avait dit un jour : Dieu vous met à l'épreuve et mesure la force de votre foi. De malheur en malheur, aimez-Le davantage et ne doutez pas de Lui. Un fils à la guerre, mort peut-être, voilà le dernier prix à payer. Étourdie par l'alcool et le visage en feu, elle voulait répondre au rabbin et à Dieu : Demain, les enfants de ces femmes danseront sur les plages. Le mien, où est-il ? Que la mort vienne à présent.

Elle saisit le verre, but encore. Elle entendait sa clarinette. Le verre lui glissa des mains et se brisa sur le sol. Elle voulut ramasser les morceaux, mais ne put allonger le bras.

Elle mit un moment à retrouver ses esprits.

Elle réussit à se lever, enjamba les débris et tituba jusqu'à la chambre de Darius. La tête lourde, elle se coucha sans défaire le drap, la lumière allumée, le regard accroché au bureau, aux étagères, au cartable, à tout ce qui fut lui. Combien de chambres comme celle-là avaient perdu leur enfant ?

Elle ferma les yeux et vit Darius sur un champ de bataille. À ses côtés, elle imaginait un général et l'interpellait : Les musiciens restent à l'arrière, n'est-ce pas ? Dites-moi qu'ils jouent quand les autres rentrent du combat. Mon fils ne peut pas se battre. Je vous en supplie, ne lui donnez pas de fusil.

2

Casqué, sac au pied, Darius attendait. Il se tenait sur le pont de l'USS *Monrovia* parmi les soldats de la 7ᵉ armée américaine.

Au loin, il devinait la côte, quelques points lumineux. À côté de lui, Cecil la fixait aussi.

— Tu crois qu'ils dorment, là-bas ?

Ils avaient reçu l'ordre d'enfiler leur gilet de sauvetage et d'armer les fusils. Le navire n'avançait plus. Il n'irait pas plus loin à cause des hauts-fonds.

En pleine nuit, une sirène avait déchiré le silence. Les dortoirs s'étaient allumés : Tenue de combat, immédiatement ! Sans avoir pu fermer l'œil, Darius venait à peine de terminer sa lettre.

Ma petite maman,

C'est pour aujourd'hui. La Sicile.

Je ne sais pas comment t'envoyer cette lettre ni les précédentes, alors je les garde sur moi. Je trouverai un moyen.

Il faut que tu saches que je vais bien.

Les Américains mettent le paquet. Ils disent que les Italiens sont des lâches. Cette guerre va vite finir.

Et moi, je resterai à l'arrière, il n'y a rien à craindre. Je ferai attention, je te jure.

Cecil, avec qui je jouais à Tunis, veille sur moi.

Hier, on s'est produits au réfectoire, devant des centaines de soldats qui ne voulaient pas dormir.

J'ai des partenaires incroyables. Ils transforment tous les standards. Les possibilités de ce be-bop sont infinies. J'ai plus appris en une semaine que pendant des années.

Je joue et je suis heureux, alors ne sois pas trop triste, ma petite maman, je t'en supplie.

Je t'écris dès que je peux.

Darius

Au réfectoire, devant un repas plus copieux que d'habitude, ses camarades s'étaient un peu forcés à plaisanter et à rire. Lui n'avait rien pu avaler. Petit à petit, ils s'étaient tus. Depuis, ils attendaient.

Le vent balayait le pont et fouettait son visage. Darius sentait le froid pénétrer jusqu'aux os à cause de l'humidité qui trempait sa tenue. Mâchoire serrée, Cecil fermait les yeux. Il priait. Le général Patton venait de s'adresser à eux. Le plus gros débarquement jamais tenté : 160 000 hommes, 4 000 avions, 3 200 navires. Pour les nazis et les Italiens, le début de la fin. La victoire du monde libre.

Ces paroles ne lui étaient pas destinées. Il était musicien. Il fallait prendre le port de Gela. Nettoyer jusqu'à Messine. Espérance de survie : 50 %.

Patton inspectait les troupes en compagnie du lieutenant Reese. Au garde-à-vous, Darius les entendait approcher. Le général était de mauvaise humeur :

— Quel silence, bon sang de bon Dieu. On ne s'entend plus dans ce silence.

Il s'arrêta devant lui.

— Le muet, joue quelque chose… Quelque chose d'entraînant.

À Cecil :

— Toi, accompagne-le.

Ils défirent leur paquetage et sortirent leur mallette à instrument. Ils l'avaient enveloppée dans des toiles étanches rembourrées de mousse. Son lieutenant haussa la voix :

— Mon général, le gosse est handicapé. Je vous demande une dernière fois de le laisser à bord.

— Reese, je vous l'ai déjà dit, on a besoin de tout le monde.

— Il boite et va ralentir les autres.

— Il les suivra dans le véhicule du toubib.

— Il ne parle pas.

— Oui, mais quand il joue, il réveille les morts.

Ils s'éloignèrent. Darius croisa le regard de Reese. La veille, il avait surgi dans son dortoir.

— Zaken, les musiciens iront au combat, Patton est intraitable. Il se fout des consignes de l'état-major.

Il avait fait examiner son genou. Le médecin avait hoché la tête.

— Je peux l'exempter.

Darius avait refusé. Il voulait jouer avec Cecil et les autres, suivre l'avancée des troupes. Les plages seraient nettoyées en quelques heures. Il circulerait avec les médecins, à l'abri, et d'un air de jazz panserait les plaies des camarades. On ne lui demandait pas de se battre, même si, pour la forme, on lui avait appris à tenir un fusil, le nettoyer, le charger, tirer…

On approcha un micro. Avec Cecil, ils réveillèrent les haut-parleurs. *Sing, sing, sing*, à la manière de Benny Goodman, la joie au cœur, instantanée…

Darius tremblait tant qu'il dut s'arrêter de jouer. Cecil continua seul. Son saxo ténor couvrit la prière de milliers de gamins.

Le signal. Darius se fit emporter par les soldats qui se ruèrent vers le bastingage. Les sifflets tentaient de faire respecter l'ordre des sections, mais les rangs se défirent dans l'affolement général.

Il réussit à attraper le filet de corde fixé au flanc du navire, enjamba la rampe, entama la descente. On lui marchait sur la tête, les épaules et les mains. Malmenées par la houle, des barges attendaient au bas du vaisseau. Impossible de les maintenir. Il allongeait le pied, cherchait la corde, on l'insultait, il fallait sauter. Des hommes tombaient à l'eau.

Son embarcation s'élevait sur les vagues et s'écrasait dans les creux, recouverte par les flots. Les remous l'empêchaient de filer droit. Darius s'agrippait à son fusil. Il baignait dans l'eau, suffoquait… Cecil criait des jurons, d'autres appelaient leurs parents. Le lieutenant Reese hurla :

— Là-bas, avancez sans vous retourner. Ne secourez personne. Filez vers la falaise, trouvez un abri et attendez les ordres.

Coup de tonnerre. Devant eux, l'explosion projeta une barge en l'air. Le port était miné. Reese pointa la plage… C'était là qu'ils allaient débarquer ?

Une seconde détonation souleva la mer et manqua de les faire chavirer. En face, les falaises crachaient du feu :

— DCA allemande !

Derrière, le navire américain répondait. Darius jeta un regard par-dessus bord. Le jour se levait et dévoilait les cibles. Un déluge de tirs s'abattit sur eux. Reese scrutait le ciel.

— Mais qu'est-ce qu'ils foutent, bon Dieu ?

Tout autour, des barges explosaient.

— Baisse-toi, petit !

Quelqu'un le força à se coucher.

Dans un fracas d'épouvante, des avions fondirent sur les défenses ennemies.

— La 82e US Airborne, enfin !

Darius ne bougeait plus. Cecil le gardait contre lui. Les appareils s'écrasaient contre les montagnes, leurs moteurs en flammes. Au-dessus des côtes, de gros-porteurs lâchaient des troupes de parachutistes. Le vent les dispersait en petits groupes et les déportait à des kilomètres. Au-dessus des falaises, d'autres avions surgirent.

— Luftwaffe !

La bataille s'installait dans les airs.

À l'avant de la barge, la paroi s'abaissa.

— Maintenant ! *Go, go !*…

Darius fut poussé vers la rampe et la mer l'engloutit. Il sortit la tête de l'eau, cracha ses poumons, voulut garder le bras en l'air, le fusil au sec, mais le sac sur son dos l'emmenait vers le fond. Il sentit qu'on le soulevait. Cecil le tirait par le bras. On hurlait, les canons cognaient. Bouche ouverte, les barges dégueulaient les hommes.

Il fallait avancer. La côte s'approchait. Installées à l'aplomb des plages, les mitrailleuses arrosaient les soldats. Autour de Darius, l'eau crépitait. Cecil poussa un cri et lâcha son bras. Les yeux fixes, la bouche ouverte, il se renversa sur le dos et s'enfonça dans l'eau. Quelqu'un cria :

— T'occupe pas de lui, continue !

Darius nageait au milieu de corps immobiles. Il sentit le sol sous ses pieds, se mit à marcher, mais chaque pas résistait. Autour de lui, les balles frappaient les jambes, les poitrines et les casques. Cueillis par les batteries antiaériennes, les parachutistes tombaient au sol comme des sacs de marchandises. Les morts jonchaient la plage.

Il réussit à s'extraire de l'eau et se mit à courir. Les balles sifflaient. Les mines soulevaient les soldats comme des pantins. Il courut au milieu des explosions, à travers les gerbes de sable, contourna les cratères creusés par les bombes et se blottit sous un rocher contre la falaise.

Des camarades se précipitaient vers lui et tombaient à quelques mètres, l'appelaient et se tordaient de douleur. Le navire au loin crachait des flammes. Depuis les hauteurs, les défenses allemandes se défoulaient. Les hommes hurlaient. Darius se terra. Pour ne plus les voir, il enfouit la tête dans ses bras.

Chargé de poudre, l'air devenait irrespirable. Darius entendit d'autres canons. Quatre cuirassés britanniques se plaçaient en renfort. Ils pilonnaient les nids d'artillerie. L'aviation américaine semblait disperser les escadrilles de la Luftwaffe. Des soldats arrivaient encore et tombaient sur les plages. À l'abri au pied des falaises, des unités se reconstituaient, les sections se reformaient, les hommes se comptaient.

Un groupe d'infanterie le rejoignit. Il fallait prendre le port à revers, le déminer pour décharger les tanks et le matériel. Un capitaine l'attrapa par la manche.

— Petit, c'est maintenant. Fonce…

Darius ne réagissait pas. Il s'était recroquevillé par terre, et tous ces hommes, sur la plage, allaient se relever et le cauchemar prendre fin. On le frappa du pied.

— Hé, mec !…

On le laissa pour mort et le groupe s'élança sans lui. Ils approchèrent du port. Au pied des fortifications, ils se heurtèrent à un peloton italien. Darius les vit tomber un à un.

À leur tour, des camions amphibies atteignirent les plages, libérant des canons légers. Sous leur feu, l'enceinte du port céda. Des fantassins y pénétrèrent et attaquèrent au corps à corps. Les Italiens se rendirent et le port tomba.

Les Alliés voulurent accoster et la jetée explosa en plusieurs endroits. Le sabotage la rendait impraticable. On acheminait des ponts flottants. Les mines en détruisirent plusieurs. Les bateaux pouvaient enfin livrer leurs armes et leurs troupes. Quelqu'un hurla :

— Les paras de Gavin ! Ils prennent les Allemands à revers !

Les canons finirent par se taire. Les troupes italiennes se décomposaient, les détonations s'espaçaient, et Darius entendit des cris de joie : ils avaient débarqué.

Darius tremblait, incapable de bouger. Les fumées se dissipaient. Sur la plage, des hommes se redressaient au milieu des cadavres. Les véhicules commençaient à circuler, des dizaines d'autres arrivaient. On organisait les premières bases de ravitaillement. Les Italiens tiraient encore depuis les villages nichés au flanc de la montagne.

Asphyxié par la poudre, Darius claquait des dents. Des hommes s'approchèrent. Il reconnut le colt à la ceinture et les bottes jusqu'aux genoux. Patton se posta devant lui, jambes écartées, bras croisés.

— Garçon, où est ton fusil ?

— Il est choqué, mon général…

— Garçon, je te cause. Où est ton fusil ?

— C'est un des musiciens…

— Ici, il n'y a que des soldats.

Darius leva la tête. Patton l'attrapa par le col et le redressa.

— On fait comment sans fusil ? On ne se bat plus ? On laisse les autres crever à sa place ?

Les étoiles sur son casque dansaient. Darius se sentait partir… Patton le gifla, le lieutenant Reese protesta :

— Mon général !

Patton le gifla encore.

— Les post-traumatiques, je m'en occupe personnellement. Chez moi, y en a pas un qui se la coule douce.

Il traîna Darius sur la plage et le fit s'agenouiller devant un cadavre.

— Regarde-le, petit. Regarde-le bien dans les yeux.

Le mort n'avait plus qu'un œil, son visage était en sang, le front tuméfié.

— Laissez-le, mon général…

— Tu te crois où, le musicien ? Dans un club de New York ? Tu nous livres tes états d'âme ? Quand tu flanches, tu mets les autres en danger. Pleure encore une fois, fais autre chose que la guerre, et je te passe par les armes.

D'un geste, il fit voler le casque de Darius, le prit par la nuque et plaqua son visage contre le cadavre.

— Ce gars-là est mort pour toi. Il venait du Kansas ou du Wisconsin. Ce matin, il riait, il avait des projets, on l'attendait quelque part… Prends son fusil. Prends-le, je te dis. Sois digne de ce héros.

Darius resta prostré contre le corps. Le groupe s'éloigna. Sur la plage, on s'activait.

Le soir tombait. On fit des feux ici et là. Peu à peu, les conversations reprenaient. Darius n'avait pas quitté son rocher. Au fond de son sac, la mallette était bien protégée. Il sortit un à un les morceaux de sa clarinette et se mit à les frotter avec son mouchoir, partout où il croyait voir des taches de sang. Puis il s'enfouit dans sa couverture. Elle était humide et infectée de poudre. Il fouilla dans sa poche, trouva le poisson d'argent et finit par s'endormir.

Dans son rêve, sa mère se penchait sur lui. Il demandait :

— Maman, où sommes-nous ?

— Là d'où nul ne revient.

— La musique, je ne l'entends plus.

— Il n'y a pas de musique.

— Qu'est-ce que j'ai fait, maman ?
— Fallait-il que tu nous fasses mourir ?

Panzerdivisions ! Autour de Darius, on s'agitait. Les canons se réveillaient. Les Allemands contre-attaquaient. Au large, le soleil se levait.

Les soldats bouclèrent leur paquetage et vinrent aux ordres. Engourdi, Darius rejoignit les rangs du lieutenant Reese et reconnut quelques visages. Cecil manquait à l'appel. Ils s'étaient fait le serment de tenir jusqu'à New York.

Darius écoutait à peine les consignes. Il capta quelques nouvelles. Les défenses italiennes avaient réussi à les contenir sur la bande côtière. Les troupes mobiles allemandes fondaient sur eux pour les rejeter à la mer. Les tanks américains se mettaient en route pour les contrer. Pendant ce temps, il fallait prendre chacun des villages nichés dans les falaises, éteindre toute résistance.

Darius se mit en marche avec sa section. Reese le gardait près de lui, en queue de troupe.

Ils empruntèrent des sentiers sinueux à flanc de montagne. La roche était friable, les chemins défoncés. Darius progressait à côté du poste radio, juste derrière le lieutenant.

Il avançait, s'immobilisait, se planquait. Son genou le torturait et avait doublé de volume. Heureusement, la troupe s'arrêtait souvent.

Le gars du génie marchait devant. Il repérait une mine, s'approchait en levant la main et la désamorçait. Les ponts ayant été détruits, ils descendaient par les ravins, puis escaladaient de fortes pentes. À côté de lui, Darius croyait entendre Cecil marmonner. Sur le navire, ils jouaient comme deux frères.

Reese s'arrêta pour communiquer avec d'autres unités. À côté du poste radio, Darius reprit son souffle. Les nouvelles étaient mauvaises, le vent balayait les planeurs qui ne les renseignaient plus, ils devaient progresser à l'aveugle. Les autres groupes peinaient à avancer. Les sapeurs italiens multipliaient les guets-apens.

Il fallait repartir. Le soleil se levait sur les terrasses d'oliveraies et la chaleur l'accablait. À côté de lui, Reese et le radio discutaient. À l'est, les Anglais avaient percé jusqu'à Syracuse après un débarquement facile, pris Avola et Cassibile sans combat. Les Canadiens progressaient bien depuis la presqu'île de Pachino. À l'ouest, la 3e division américaine avait posé le pied à Licata, la 45e à Scoglitti, et toutes atteignaient leurs objectifs. Au sud, c'était différent. Les forces de l'Axe concentraient leurs défenses sur Gela et la 1re division. Cette division maudite entre toutes, Darius comprit que c'était la sienne.

Ils approchaient du premier village, une éruption de pierres sur la montagne. Derrière eux, des centaines de navires de guerre alliés et des milliers d'embarcations mouillaient sur la Méditerranée étincelante. Darius cherchait Tunis au loin. Là-bas, il n'y avait pas de canons, pas de cadavres, et sa mère l'attendait.

Il s'éloignait. Il s'enfonçait en Sicile. La guerre allait le dévorer, lui comme les autres.

Les égouts empestaient. Les maisons s'élevaient sur quatre ou cinq étages. Les rues étaient étroites. Ils progressaient en file indienne dans cet entassement de masures grises et sales, cet enchevêtrement de passages. Darius sentait une présence dans chaque recoin. Volets fermés, les habitants restaient muets derrière les murs de pierre. Des gosses en guenilles surgissaient, escortaient la troupe sur quelques mètres puis disparaissaient.

Il fallait regarder partout, le fusil prêt à tirer. Darius chargea le sien comme s'il était capable de s'en servir. Ils se dirigeaient vers l'église au sommet du village. Des tuiles tombaient, des mouvements se devinaient sur les toits. Ils se divisèrent en groupes de six, l'arme braquée sur les maisons. Devant un café, des chaises étaient renversées, des bouteilles consommées, des verres à moitié remplis. Darius observa la terrasse un instant. Quelque chose roula à ses pieds et quelqu'un cria :

— Grenade !

Le radio le poussa dans une cour, derrière le muret de pierre. L'engin s'immobilisa entre deux pavés sans exploser. Revenu sur ses pas, le groupe mitrailla le café sans savoir d'où l'agression venait. Ils attendirent... Pas de réaction. Ils reprirent leur marche.

Darius hâta le pas, les suivit sans se retourner. La section se reconstitua sur la place de l'église.

Le village paraissait calme, comme ceux des collines, en face, écrasés de chaleur. Tous surplombaient le port. Les soldats firent halte et remplirent les gourdes à la fontaine. Ils semblaient confiants. Ces villages nettoyés, Gela serait à eux.

Au sud s'étalaient des champs de vignes. Plus loin, des coups de feu répondaient aux tirs de canon. Assis sur la margelle, Reese interrogea le poste radio :

— Les autres ?

— Résistance italienne dans deux villages à l'ouest.

— Les Allemands ?

— Repliés, mon lieutenant.

— Gavin ?

— En renfort sur les deux villages.

— C'est calme ici.

— Oui. Les Italiens sont vraiment des lâches.

Une explosion souffla le portail de l'église.

— Mortier !

Darius se jeta derrière le puits. Reese et le radio s'étaient accroupis derrière le mur du transept. Un guet-apens. On cria :

— Comptez-vous !

Aucun mort, un blessé léger.

— D'où ça venait ?

— La terrasse d'en face, mon lieutenant. Sur le toit.

Un commando fut désigné. Couvert par la mitrailleuse, il traversa la place et s'engouffra dans l'immeuble. Darius n'avait pas bougé. On lui cria de surveiller les terrasses voisines. Le commando réapparut avec quatre prisonniers, des soldats italiens qui confirmèrent l'évacuation du village.

La troupe reprit sa marche. À côté de Darius, Reese scrutait l'horizon. Les Allemands avaient abandonné des panzers sur la pente des champs d'oliviers. Des avions fendirent l'azur vers l'intérieur des terres.

— Les bombardiers Douglas !

Il désigna le village d'en face :

— Celui-là aussi a dû être évacué. Allons voir…

Un viaduc en pierre y menait, un vestige de l'époque romaine dressé devant eux comme si la guerre ne le concernait pas. Au moment de s'y engager, ils furent rejoints par des jeeps d'état-major et des camions de troupe. Les véhicules stationnaient, le temps de déminer la voie.

Reese emmena le gars du génie. Rien à signaler. La section les rejoignit. À mi-chemin, deux mulets bloquaient le passage, impossible de les faire bouger. Ils s'y mirent à plusieurs, tirèrent, poussèrent, gueulèrent, en vain. Derrière, le convoi s'impatientait. Le lieutenant dit à Darius :

— Abats-les.

…

— Abats-les. Tu es sourd aussi ? Les autres attendent.

Darius mit un mulet en joue. La pointe de son fusil tremblait. Le premier coup se perdit en l'air et le projeta en arrière. Une douleur lui déchira l'épaule.

— Recommence.

Un soldat l'aida à maintenir son fusil. Darius tira une nouvelle fois, le mulet chancela dans un braiment atroce. L'autre s'enfuit.

— Encore.

À la troisième balle, le mulet s'effondra dans une flaque de sang. Les soldats l'attrapèrent par les pattes et le balancèrent dans le vide. Le corps tomba en silence. Les autres riaient :

— *Lucky guy…* Ton premier mort !

Reese lui tapa sur le casque.

— OK, mec.

Au village, nulle résistance. Tous les abords du port semblaient sécurisés, ils avaient pris Gela. Les soldats s'embrassaient. Darius se laissait étreindre, il passait de bras en bras. Cecil n'était plus là pour se rejouir avec eux.

Ils poursuivirent leur marche, direction Piano Lupo. Là-bas, ils devaient rejoindre les parachutistes de Gavin et prendre l'aéroport de Ponte Olivo. La pluie se mit à tomber. Les routes se transformaient en coulées de boue. Reese restait à sa hauteur. Darius peinait à soulever la jambe et ses souliers pesaient comme du plomb.

Le soir, ils s'arrêtèrent dans un bois et se groupèrent autour d'un feu. Darius demanda au radio une feuille de son carnet et un crayon :

Je n'ai rien, maman. Aucune blessure.

Autour de moi, c'est la forêt. Elle est si épaisse que les combats n'entrent pas ici.

Les soldats sont satisfaits. On a pris Gela. C'était très important. La guerre va finir plus vite.

Depuis le débarquement, on ne se bat presque pas. Alors ne t'inquiète plus.

Ce matin, on surplombait la mer. Je me suis dit qu'on pourrait apercevoir jusqu'à chez nous. Tunis est si proche. Tu vas voir, on va empêcher les Allemands de revenir.

Les soldats parlaient de lapins et de sangliers, mais personne ne trouvait la force de partir à la chasse. Darius s'effondra sans dîner et sombra dans un sommeil profond. En robe blanche près du tourne-disque, Lou lui réclamait des airs. Elle dansait mais aucun son ne sortait de sa clarinette. Alors, elle demandait à Cecil de jouer. Darius essayait de suivre son tempo et les secousses qui résonnaient dans son corps l'en empêchaient.

Il se réveilla au creux d'un fossé, de l'eau jusqu'à la taille. Il faisait encore nuit. À côté de lui, Reese dormait, le radio aussi, les écouteurs sur les oreilles. Le feu était éteint. Darius enleva ses souliers et étendit son pantalon sur une branche, puis il ouvrit une boîte de pâté. Il fallait briser les biscottes à deux mains. Il lui restait une barre de chocolat pour la pause du matin.

Le radio se dressa d'un bond. Il cala les écouteurs sur ses oreilles et attrapa son carnet, nota à la hâte, puis réveilla Reese.

— Mon lieutenant, les nouvelles sont bonnes !

— La 3ᵉ division ?

— Elle fond sur Palerme ; 160 kilomètres en trois jours !

— Et à l'est ?

— Les Anglais filent depuis Syracuse vers Catane. Ils prennent l'aéroport.

Reese déplia une carte et prit la lampe de Darius.

— Cette pointe nord-est, tu la vois, petit ? C'est Messine. La 3ᵉ division va l'attaquer depuis Palerme par la corniche nord, les Anglais par la côte est depuis Syracuse, et nous par le centre. Lorsqu'on s'y retrouvera, la campagne de Sicile sera terminée.

Darius ne savait rien de Messine, mais les soldats parlaient de cette ville comme d'une femme désirable et inaccessible.

L'air s'était rafraîchi et le ciel restait gris. Il remit son pantalon qui lui glaça les jambes. Les autres se réveillaient. Ils lui réclamaient des airs joyeux, alors il sortit sa mallette du fond du sac, la libéra de sa mousse et des toiles imperméables. Il ne trouva pas la force d'assembler ses morceaux. On n'insista pas.

Il tendit à Reese un bout de papier.

Je dois envoyer des lettres

— Il faut attendre le courrier.

Il griffonna encore :

C'est très urgent

— À Messine sûrement. Peut-être Enna.

La radio

— Eh bien ?

Un message

À la Résidence générale de Tunis

— Tu plaisantes ?

Pour ma mère

Reese le dévisagea.

— Ça va, petit ?

Darius acquiesça.

— Aujourd'hui, on fait une pause.

Il lui sourit.

— Joue un peu, tu veux bien ?

Darius se força à monter sa clarinette. L'humidité l'avait faussée, mais il put en sortir un chorus, quelques riffs, de quoi faire oublier la guerre. Il erra entre le hot jazz de La Nouvelle-Orléans et le swing romantique des big bands, choisit Duke Ellington et son *Take the A train*, un morceau économe qu'il savait rendre entraînant sans s'épuiser. Les soldats tapaient du pied, certains dansaient, ils semblaient s'en satisfaire. Tenir le plus longtemps possible le bec aux lèvres, c'était son combat à lui. Vingt minutes plus tard, il rendit les armes.

La plupart des camarades partirent en chasse d'un déjeuner digne de ce nom. Reese vint s'asseoir à côté de lui.

— À cause de cette pluie, les chemins sont devenus des coulées de boue… Avec ta jambe, tu ne pourras pas suivre. Tu nous retarderais, on ne peut pas se permettre.

Il pointa la clairière voisine.

— Patton veut installer un hôpital de campagne, qui suivra l'avancée des troupes vers le nord. Tu resteras ici, avec les blessés. À partir de maintenant, tu ne quittes plus les toubibs.

Reese ajouta :

— Vous déménagerez à Enna une fois la ville tombée. On se retrouve à Messine.

Après le déjeuner, on réclama sa musique. Les soldats voulaient s'étourdir de jazz. Alors des airs lui revinrent, qu'il avait crus perdus à jamais. Ses doigts réinventaient un tempo. Il jouait pour ceux qui, au petit matin, repartiraient au combat.

À la tombée du jour, il termina sa lettre :

Je reste à l'arrière, avec les médecins. Je n'entrerai que dans des villes libérées. Il n'y a plus aucun danger. Je n'aurai rien à faire d'autre que du jazz.

À Enna, mes lettres pourront partir. Enfin. Mon lieutenant me l'a promis. Alors, tu sauras que tout va bien.

Sur ma musique, les soldats dansent. Ils ont l'air heureux, grâce à ma clarinette. Tu les verrais, maman…

Les combattants ne voulaient pas dormir. Ils en redemandaient. Reese laissait faire. Sous peu, ils lèveraient le camp pour Ponte Olivo. Pour un soir, on oubliait cette division Hermann Göring qui les hantait. Armstrong avait toujours les notes qu'il fallait. Après, il y aurait Mazzarino, Biscari et Niscemi, et puis Enna. Cette ville était le point de passage principal des forces de l'Axe. Elle serait ardemment défendue. Darius jouait et le ciel de Sicile se dégageait un peu. Les soldats riaient et se prenaient par la taille comme des demoiselles. Combien d'entre eux danseraient encore après Enna ? Darius jouait et les larmes montaient, ces larmes qu'il pensait taries, asséchées par tant d'horreurs, le jazz les lui avait rendues. Il jouait à une lieue des canons, ses camarades dansaient et la forêt frémissait sous ses notes.

3

Le coup de sonnette la réveilla. La lumière du jour inondait l'appartement. Stella crut au pire et se précipita à la porte.

— Qui est-ce ?

— Lou.

Stella se remit de sa frayeur.

— Partez, mademoiselle.

— Je voudrais avoir des nouvelles de Darius.

— Je n'en ai toujours pas. De toute façon, je n'ai rien à vous dire.

Après un silence, Lou ajouta :

— Je vous ai apporté une photographie.

— Je n'en veux pas. Partez.

— Je suis sûre que Darius aurait été heureux de vous la donner.

— Lui aussi, laissez-le tranquille. Vous nous avez fait assez de mal.

Stella l'entendit descendre l'escalier. Elle finit par ouvrir. Là, posée sur le paillasson, la photo… Darius, hilare, en costume de scène, porté en triomphe par ses compagnons. Après le concert, sans doute. Stella le regardait brandir sa clarinette et sa joie lui éclata à la figure.

Elle ne quitta plus la photo des yeux. Darius souriait souvent, mais jamais ainsi. Il rayonnait au milieu des autres. À elle, il n'avait laissé que des pleurs.

Le soir venu, elle s'installa dans la chambre de son fils. Elle posa la photo contre la lampe de chevet. Allongée sur le lit, elle ne cessait de scruter son visage. Elle éteignait sans trouver le sommeil, rallumait pour le voir encore. Jamais il ne lui avait offert un tel regard. À quoi ressemblait son rire de muet ? Elle ne s'en souvenait pas. Ils riaient. Comment ignorait-elle ce bonheur-là ?

Elle bondit hors du lit et alluma la lampe du bureau. Elle ouvrit les tiroirs qui regorgeaient de cahiers, attrapa le premier… Les pages se dégrafaient, froissées, cornées, usées à force d'être lues et annotées, couvertes de grilles, de commentaires, de renvois, de signes abscons. Elle en saisit un deuxième, puis un troisième, et chercha les secrets qu'ils renfermaient. Dans ses cahiers de classe, l'écriture de Darius était sage, mais dans ceux-là, elle était vivante. Elle tournait les pages, revenait en arrière, lisait sans rien comprendre.

Elle ouvrit un gros classeur dont elle sortit des fiches cartonnées intitulées *Pops*, *Duke*, *Count*… Les noms figuraient entre parenthèses, *Armstrong*, *Ellington*, *Basie*, les discographies dessous, ainsi que les épisodes de leur vie recopiés dans des livres, parfois illustrés d'une photo découpée dans une revue, et puis leurs morceaux, des séries d'accords, des titres en anglais, le nom de villes, tout était renseigné, ordonné, souligné. Alors voilà où son fils investissait son temps, son ardeur et son intelligence, voilà comment le jazz lui vidait la cervelle et le détournait de sa mère, comment cette musique, ce démon venu d'Amérique, le menait à la mort.

Le lendemain à la première heure, Stella descendit chez le coiffeur. Elle rendit forme et couleur à ses cheveux. Elle fit ensuite une longue toilette, essaya plusieurs tenues, interrogeant le miroir, puis, crayons à la main devant sa petite coiffeuse, redonna vie à son regard.

D'un pas décidé, elle remonta l'avenue de Paris vers la seconde porte du Belvédère et s'enfonça dans les rues calmes et rectilignes. Elle traversa le petit square en se demandant sur quel banc Darius aimait s'arrêter. Arrivée devant la villa de Lou, elle faillit rebrousser chemin. Elle vérifia le tombé de sa robe et l'état de ses chaussures, rassembla ses forces et sonna. Lou vint ouvrir. Elles demeurèrent un instant face à face. Lou voulut lui prendre les mains, elle les lui refusa.

— Entrez…

— Je ne reste pas.

— Vous paraissez épuisée.

— Cela vous étonne ?

— Mais toujours si belle… Darius vous comparait à une vedette de cinéma.

— Vous parlez de lui comme s'il était mort.

En maillot de bain et sandales, Lou cachait ses cuisses avec son chapeau de paille. Elle semblait s'être assoupie au bord de la piscine.

— Je vais me mettre quelque chose sur le dos. Vous ne voulez pas entrer, vraiment ?

— Je viens vous racheter ses disques.

— Ses disques ?

— Ceux qu'il écoutait, ceux qu'il aimait, ceux sur lesquels il travaillait. J'imagine que c'est vous qui les lui avez payés.

— Je les ai achetés pour moi autant que pour lui.

— Je veux les reprendre. Tous. Combien je vous dois ?

— Ils ne sont pas à vendre.

— C'est à moi qu'ils reviennent. Comme tout ce qui était important pour lui.

— Je vous les prête bien volontiers. Les vendre, sûrement pas. Ils ont trop de valeur pour moi.

Stella la quitta sans insister. Elle traversa le square, hésita à prendre le tram et poursuivit à pied. Cette garce continuait à lui voler son fils.

Stella ne toucha pas au déjeuner que Max lui avait préparé. Lou gardait pour elle une part de Darius, la plus belle, la plus souriante, et qu'avait-elle fait pour la mériter ? Lorsqu'elle sortit un peu plus tard pour se rendre à la Résidence, elle trouva sur son palier une pile de soixante-dix-huit tours et un petit tourne-disque, avec ce mot :

Ce sont les morceaux qu'il préfère.
Il les joue bien mieux encore.

Elle s'assit dans la chambre de Darius, les disques devant elle. Elle en tira un au hasard. Celui-là avait une étiquette bleue, barrée de la marque Decca :

ONE O'CLOCK JUMP
COUNT BASIE and his orchestra

La biographie du musicien figurait dans le classeur. Darius l'avait rédigée d'une écriture soignée. L'homme avait le visage souriant, et portait une moustache de jeune premier. Elle le reconnut sur une affiche au mur, assis à son piano. Stella parcourut le texte : « 1937, année exceptionnelle, dix merveilles dont *Honeysuckle rose, Roseland shuffle, Time out, Swingin' the blues*… » et chaque titre renvoyait à un autre cahier.

Stella plaça le soixante-dix-huit tours sur l'appareil et posa la pointe sur le sillon. Elle fut insensible à la première écoute, à part, peut-être, au rythme léger et entraînant du piano. La deuxième fois, elle chercha en vain la mélodie. La troisième, elle trouva les cuivres agressifs, les motifs répétitifs et lassants, le tout dénué de charme. *One o'clock jump*, le classeur renvoyait au cahier 25. Elle lut le commentaire de Darius :

Chorus 5 saxo ténor : Lester Young. LE SOMMET ! Croche pointée / double croche qui s'estompe. Tremblement sur notes bleues. Léger et puissant à la fois. GÉNIE ABSOLU ! Voir surtout Swingin' the blues – cahier 27.

Cahier 27… Stella chercha le titre page après page, avec la précaution des amateurs de livres anciens. Perdue dans cette langue étrangère, elle trouva enfin : *SWINGIN' THE BLUES, 1938 (COUNT BASIE. LESTER YOUNG).* Il figurait parmi les soixante-dix-huit tours de Lou. Cahier ouvert, elle posa le disque sur l'appareil et l'écouta en lisant :

Basie. Équilibre parfait. Swing absolu. Piano aérien + rebond des chorus + éclat des cuivres + riffs électrisants.

Pour Stella, ce morceau ressemblait au précédent. Même cacophonie de fanfare, aucune mélodie, cuivres assourdissants. Darius avait écrit : *55e seconde, le saxo de Lester Young : C'EST ÇA !!*

Stella attrapa le réveil sur la table de chevet. Les yeux rivés sur la trotteuse, elle réécouta le morceau. Après les riffs lancés par les cuivres, après le solo de trompette rattrapé par l'orchestre à l'unisson, elle manqua le saxo. C'était comment, le son d'un saxo ? Elle recommença en guettant la 55e seconde. À peine eut-elle le temps de distinguer les différents timbres que Young avait fini son solo. Au quatrième essai, elle identifia le musicien, saisit le début et la fin de son chorus, et revint au sillon précédent pour l'entendre encore. Stella reprit l'épais classeur pour y lire la biographie de Lester Young. Pas un seul Blanc décidément, son fils n'avait aucune chance. Elle réécouta son solo plusieurs fois, puis revint à la page où Darius avait conclu : *Subtil, intense, délicat. Sincérité totale. Comment fait-il ??*

À Max venu lui apporter le dîner, elle dit en montrant les cahiers, le classeur et les disques :

— Il est là.

— Qui ?

— Darius. Dans ces lignes, ces accords, partout. Je n'y comprends rien, mais je ressens ce qui fait battre son cœur.

— Tu vas te rendre malade.

— Sa musique, je ne voulais pas l'entendre. Il jouait et je me bouchais les oreilles.

— Depuis quand c'est sérieux, la musique ?

— Darius parlait. Et moi, je voulais qu'il se taise.

Elle éclata en sanglots. Max s'assit à côté d'elle.

— Quand il reviendra, tu pourras l'écouter autant que tu voudras.

— Il ne reviendra pas. Même s'il survit à cette guerre, il ne reviendra pas. Le jazz, il le suivra jusqu'en Amérique.

— Il n'abandonnera jamais sa mère.

— C'est plus important que sa propre vie ? Je l'ai perdu, maintenant je le sais.

Dans la soirée, à l'heure où la chaleur devenait supportable, Stella s'installa au balcon. Que se passait-il là-bas, en Sicile ? On recensait les morts, les listes s'allongeaient. Elle approcha le tourne-disque. Tant que les accords de jazz envahissaient l'appartement et la rue, son fils était vivant.

Elle chaussa ses lunettes pour regarder Max rentrer les tables et fermer son restaurant. Il lui fit un signe. Cet homme devenait son ange gardien, tendre et mesuré, prêt à la servir sans retour, attendant son heure ou n'attendant rien, ne vivant que pour ce moment où ils marchaient ensemble vers la Résidence, la suivant comme une ombre et mettant son cœur dans ses pas, un cœur gros de cet amour, un cœur retenu, un cœur à le rendre beau.

La veille, il lui avait déclaré :

— Un jour, tu voudras bien de moi. Je chérirai ton corps brisé par le chagrin et tu finiras par me regarder. S'il faut attendre que tu vieillisses encore, j'attendrai. Avec l'âge, tu t'accommoderas de moi. Alors, chaque jour sera un instant volé au ciel.

Elle lui avait répondu :

— Cesse d'espérer ce qui ne peut être.

— Stella, ton cœur est sec.

— Je suis trop vieille pour toi.

— Tu es toujours la plus belle.

— Vas-y, mens.

— S'il faut maigrir, je maigrirai.

— Continue à mentir.

— Peut-être en t'habituant, tu pourras m'aimer un peu.

— Les hommes que j'ai aimés ont pris tout mon amour. Mes souvenirs me suffisent.

— Tu parles comme une vieille femme.

— Enfin, tu as compris.

— Combien de malheurs doivent dépeupler ta vie pour que j'apparaisse enfin ? Imagine si Darius ne revenait pas ?

— C'est ce que tu veux ?

Elle l'avait vu se décomposer et bondir au fond du restaurant, se couvrir la tête et chasser cette pensée d'une prière.

Stella prit un cahier au hasard et le fouilla. D'un mot parfois, un verrou cédait. Elle captait un élan et s'émouvait non des notes, mais de l'effet produit sur son enfant. Un peu plus tôt dans l'après-midi, elle avait revu Leroy. Un rendez-vous sur l'avenue Jules-Ferry, à la terrasse du Capitole. Le café avait poussé ses tables jusque sur le terre-plein central. Il l'attendait en costume d'été, installé à l'ombre des ficus. Très vite, ils avaient parlé de Darius, ils ne s'étaient revus que pour lui :

— Darius vous aime, madame. Entre vous, il y a cet amour magnifique.

— Alors, pourquoi il m'a fait ça ? Je ne compte pas ?

— Plus que quiconque. Mais c'est pour lui qu'il doit vivre, non pour vous. Je lui parlais beaucoup de cela.

— Que lui disiez-vous ?

— De s'aimer plus qu'il ne vous aime.

— C'est l'effort de toute une vie qu'il a saccagé. La mienne, celle de son pauvre père…

— À part le respect, madame, Darius ne vous doit rien. Les sacrifices que vous avez consentis sont sans retour.

— Alors, je le laisse se détruire ?

— Sans musique, Darius cessait d'être. Et s'il a eu le courage de s'écouter, c'est grâce à la force que vous lui avez transmise.

— Cette décision, on aurait dû la prendre ensemble.

— Madame, sa vie ne vous appartient pas.

Leroy lui avait offert son bras et ils avaient poussé la promenade jusqu'au lac. Stella n'y était pas retournée depuis le départ de Darius.

— Mon fils adorait cet endroit, malgré les odeurs. De là, il regardait le tramway filer vers les plages. Le grand large, déjà…

— Ces façades blanches, ces balcons de fer forgé, cet émerveillement de fleurs… Cette belle petite ville me manquera.

— Alors, c'est décidé, monsieur Leroy, vous nous quittez ?

— Je ne devais travailler ici que le temps d'un remplacement, j'y serai resté jusqu'à la retraite.

— Vous retournez là-bas, en France ?

— Après la guerre, oui. À Marseille sans doute, ou Nice, à un plongeon de la Méditerranée.

Le lendemain, Stella se rendit à la Résidence. Assise face à l'entrée, elle patienta. Comme chaque jour sur ce banc, sa vie se figeait. Max sortit l'air vainqueur.

— Messine est tombée ! L'Italie est foutue !

Pour fêter la nouvelle, il l'invita dans son restaurant. Pour la première fois, elle s'y attarda, puis elle regagna son appartement. Sur le palier, elle sursauta : une enveloppe l'attendait contre sa porte. L'écriture de son fils sous le tampon de l'armée… Il était vivant.

Elle s'installa sur le balcon, scruta l'écriture qui semblait ferme, devina plusieurs lettres par transparence, se laissa envahir par ce bonheur. Elle commença par la plus récente :

Ma petite maman,

Je peux enfin te faire parvenir mes lettres, il a fallu attendre Enna.

Nous avons traversé la Sicile du sud au nord, d'abord Gela, Piano Lupo et Mazzarino. Nous partons demain pour Nicosia, puis Troina jusqu'à Messine. L'île sera bientôt libérée. Je te raconterai tout dans ma prochaine lettre.

Je vis avec l'hôpital de campagne. Je ne manque de rien. Je joue pour les blessés. Certains sont de bons musiciens et m'accompagnent. Ils me parlent de l'Amérique. Il paraît qu'à New York, il s'ouvre un club chaque jour !

Une fois que les canons se taisent, nous prenons le commandement. On s'installe dans le village. Les habitants sont épuisés. On y reste le temps qu'il faut pour qu'ils retrouvent l'envie de danser.

On nous surnomme les soldats du swing. Tu verrais, maman... Le jazz est devenu l'hymne des Alliés. D'ailleurs, les nazis le détestent.

Ici, on nous fête. Ce que je peux écrire ne suffira jamais à exprimer cette sensation. Une fille m'a dit : Grâce à vous, notre jeunesse peut refleurir au milieu des ruines. J'ai trouvé ça si joli que je l'ai noté pour toi.

Est-ce que tu es en bonne santé ? Écris-moi, raconte-moi ce que tu fais, comment tu es, je veux tout savoir. 7e armée américaine, 1re division, section du lieutenant Reese. À la Résidence, ils te donneront les coordonnées.

Je joue tout le temps. À l'arrière, je ne risque rien, sois tranquille, ma petite maman. Je vais les suivre en Italie. Je t'écrirai autant que je pourrai.

Darius

Elle lut encore. Elle cherchait dans cette écriture chérie, ces ratures, ces taches, tout ce que son enfant ne disait pas. Elle finit par connaître ses phrases par cœur. Elle attendrait la lettre suivante, elle ne vivrait dès lors que pour le lire.

Le soir, elle se coucha dans le lit de Darius. Elle glissa la dernière lettre dans un cahier, celui où il avait écrit : *Le jazz, c'est la vie. Elle est là, dans ces accords, belle, calme, souriante.* Elle ne connaissait pas ces villages de Sicile. Dans ses pas désormais, elle mettrait les siens.

Cette nuit-là, Darius lui apparut. Il se trouvait quelque part en Italie et le ciel versait une pluie d'or sur les collines. Il lui parlait avec les mots de ses cahiers : Je cherche une lueur dans la noirceur du monde, c'est pour ça que je joue, maman, pour rien d'autre.

En ouvrant les yeux le lendemain, elle imagina son fils heureux.

NEW YORK

1948

Il renifla sa chemise. Elle sentait la transpiration, mais elle n'était pas tachée. La crasse avait imprégné le haut du col et les poignets. Il les dégrafa, fouilla dans le tiroir. Il devrait les garder un soir encore, en les retournant, peut-être.

Sous sa chemise, il avait enfilé deux épaisseurs de laine. Dinah nouait sa cravate.

— Je te laverai tes poignets demain, mon chéri.

Elle le voulait chic comme si le Carnegie Hall lui ouvrait ses portes.

— Ce soir, Darry, j'en suis sûre, ils vont t'écouter.

Vingt heures. Il fallait y retourner. Complet noir, chemise blanche et fine cravate. Dinah tourna autour de lui.

— Voyons les semelles ?

Elle sortit deux sacs de toile, dont elle se servait pour transporter le linge sale.

— Enveloppe tes pieds quand tu marches dans la neige. Il va te falloir de nouvelles chaussures.

Il savait où s'en procurer et se tourna vers elle.

À l'hôtel Alvin

Un musicien vend les siennes

— Pour de l'héroïne ?

Oui
Ce manteau
C'est lui aussi

— Les chaussures, il en veut combien ?

Je ne sais pas
Deux ou trois dollars

— Alors, attends un peu. Plus il sera en manque, moins elles vaudront cher.

Elle enfila un pull en laine à grosses mailles et il l'aida à l'ajuster aux épaules. Dinah portait des pantalons d'homme, vendus sur les marchés et retaillés pour elle, s'habillait de peu, mais choisissait ce qu'il fallait pour mettre en valeur sa poitrine, la finesse de ses hanches, la longueur de ses jambes. Sa garde-robe aussi tenait dans un tiroir. Elle regarda sa montre.

— Je dois filer.

Encore

— Cette fois, c'est une famille de l'Upper East Side.

Ils veulent quoi

— Des cours particuliers pour leur fils. Il est nul dans presque toutes les matières. Pour son avenir, ils vont jusqu'à tolérer la couleur de ma peau. Avec eux, je peux faire dix dollars la semaine.

Elle mit son bonnet et ses gants, ouvrit la porte et s'arrêta net.

— Le type en manque, à l'hôtel… C'est quoi, son instrument ?

Saxophone soprano

Elle désigna la mallette posée sur le lit.

— Comme celui-là ?

Oui

— On doit l'acheter aussi. Le tien ne tiendra plus longtemps.

Je ne peux pas

— On utilisera l'argent de mes cours particuliers.

Si je prends son instrument

Il ne fera plus de musique

— Et alors ?

Il mourra

— Il mourra de toute façon.

Elle lui sourit et revint vers lui.

— Darius Zaken, il faut t'endurcir un peu…

Ces mots revenaient de plus en plus souvent. Il les recevait comme un reproche.

Mon prénom

Tu n'as jamais su le prononcer

— Tu es à New York ! Pour survivre, il faut savoir ce qu'on veut.

Elle l'enlaça et chercha sa bouche.

— Par exemple, à l'instant même, je sais très bien ce que je veux.

Il se laissa embrasser. Cette ville, il la connaissait peut-être mieux qu'elle. Au bordel, il avait observé les clients par les trous aux murs, des ouvriers épuisés, des directeurs dépressifs, des employés asservis… Il avait ressenti l'usure de ces corps en survie, la sécheresse de ces âmes seules, la brutalité des regards indifférents. À travers eux lui parvenaient les rumeurs de New York, son tumulte, le souffle de son implacable respiration. Il avait appris à connaître la ville sans la voir jamais.

Elle murmura :

— L'homme que j'aime a un timbre miraculeux. Lorsqu'il joue, il redevient un enfant.

À l'époque, il rentrait du front, et il avait trouvé l'Amérique plus violente que la guerre. Il s'y déroulait un combat sans canon, logé dans chaque instant du quotidien.

Du bout de sa langue, Dinah effleurait ses joues.

— Sa voix est vive comme un torrent, caressante comme du velours, et il suffit qu'elle s'élève pour me rendre heureuse... J'aime cet homme, parce que personne ne mêle comme lui la force et la douceur.

À New York, il fallait être fort comme Dinah pour tenir son rôle. Elle promenait les mains sur son torse, ses cuisses, son entrejambe.

— Tu n'as pas envie ?

Elle s'agenouilla pour déboutonner son pantalon, il la releva doucement.

Ce type-là
Grâce à son saxophone
Il reste encore un homme

Elle se recula.

— Mais enfin ? S'il décide de le vendre ? Après tout, c'est son choix !

C'est comme si je lui arrachais son âme

Elle haussa les épaules. Son regard s'était durci.

J'étais comme ce type
Quand tu m'as rencontré

— Depuis, tu ne touches plus à la drogue. Et tu ne bois pas.

J'aurais trop peur de toi

— Tes efforts finiront par porter leurs fruits. Il existe une justice sur cette terre, Darry. Pour les plus méritants.

Il n'a pas eu ma chance

— C'est une question de volonté.

Elle le scruta un moment et soupira. Elle voulut lui sourire et sa moue fit apparaître deux petites fossettes au coin des joues.

— Jamais je ne pourrais vivre avec un homme sans courage.

Elle déposa un dernier baiser sur sa bouche, celui-là était sec, et elle tourna les talons. Elle courait presque dans le couloir, dévala les escaliers, à l'assaut de cette ville rugissante qu'elle s'apprêtait à dompter, quand lui s'étourdissait de notes pour ne pas s'y noyer.

Chaque jour, elle le faisait retourner au combat. Il desserra sa cravate et s'assit sur la chaise, juste un instant… Dinah occupait tous les rôles, elle était sa muse autant que son agent. Il goûta au silence.

Sur le lit, les mallettes étaient ouvertes. Comme chaque soir, il inspecta ses instruments. La salive et le froid avaient fissuré le bec du soprano. Son liège était usé, quelques tampons aussi. Une clé réagissait moins, mais les tringles fonctionnaient. Sa clarinette n'avait pas fière allure non plus. Elle arrivait encore à chanter le swing. Le saxophone soprano s'épuisait dans le chaos du be-bop. Le remplacer coûterait une fortune.

Il pourrait l'abandonner, se contenter de la clarinette… Après tout, le public voulait du swing. Peut-être devrait-il chercher une place dans un big band, un orchestre sage. Ces formations enregistraient des disques, passaient sur les ondes, envahissaient les juke-box. Pour elles, des clubs s'ouvraient et l'argent circulait. Un big band… Des musiciens interchangeables, une brochette de croque-morts. Il ferma ses mallettes. La mélodie était faite pour être déconstruite, à peine dévoilée au début d'un morceau, puis sublimée. Pour honorer la promesse du be-bop, le saxophone s'imposait.

Il s'agenouilla devant la pile de boîtes à chaussures, ouvrit 1948 et sortit un paquet de lettres… Cette année, sa mère lui avait écrit plus d'une fois par semaine. Il voulait relire un passage de la plus récente :

Ne cherche pas à leur plaire. Ne te renie pas. Ils finiront par te remarquer. Je m'inquiète pour toi, bien sûr, et jusqu'à mon dernier souffle, mais j'ai confiance. Tu deviendras un grand artiste. Je ressens ce que tu ne peux pas voir.

Tu parles de plus en plus de rentrer à Tunis. Je t'attends. Je ne vis que pour te revoir. Mais seulement lorsque tu auras réussi. Si tu revenais demain, tu ne repartirais plus. Et alors, on aura échoué tous les deux.

Quant à venir moi-même en Amérique pour les vacances… En bateau, c'est trop long. En avion, trop dangereux. Il faudrait que tu construises un pont sur l'océan.

Il glissa la lettre dans sa poche et rangea la boîte.

Il jeta un coup d'œil par la fenêtre. Il ne neigeait plus. Dès qu'il mettait un pied dehors, l'hiver plantait ses griffes. Le Lower East Side était plongé dans l'obscurité. La nuit semblait tomber plus tôt qu'ailleurs et s'y attarder au matin. Il remit du charbon dans le poêle, juste un peu, le reste pour Dinah, quand elle rentrerait. À New York, il n'avait jamais cessé d'avoir froid.

Dans la chambre voisine, il entendait des cris d'enfants. La mère haussait le ton en yiddish, ils répondaient en anglais. Ces murs interdisaient toute intimité. Parfois, la nuit, il avait l'impression que le vent les traversait.

Ce que gagnait Dinah avec ses cours particuliers, le peu qu'il gagnait lui-même suffisait à peine à payer le loyer. Il haïssait cette chambre. Après le bordel, c'était là que Dinah l'avait enfermé pour le sevrer. Pendant trois mois, tremblant et gisant sur son lit, la douleur enfoncée dans le corps, il s'était laissé mourir, et elle avait tenu bon, forte, si forte déjà, et deux ans plus tard cette douleur flottait encore entre les murs.

Les rires se répandirent dans le couloir. La mère ramena ses enfants à la table des devoirs. Son ton ressemblait à celui de la sienne autrefois.

Il restait près du poêle. Cinq minutes encore… Il serait un peu en retard.

Les locataires rentraient chez eux. Ils en avaient fini avec cette ville, quand lui devait encore la traverser. Il mit son manteau et chercha dans le tiroir sa paire de chaussettes en laine. Une fois arrivé, il les enfilerait pour ne pas garder les pieds trempés. Il attrapa ses mallettes, releva son col et sortit.

Des embouteillages se formaient. Il franchit la rue entre les automobilistes qui s'impatientaient. Les commerçants liquidaient les produits frais et servaient les clients en courant jusqu'à leurs voitures. Il tira sur son bonnet et se frictionna les joues.

La neige collait à l'asphalte. Instruments sous le bras, mains dans les poches, il accéléra le pas. Dans le froid, il boitait davantage et soufflait une épaisse buée blanche. Il fallait éviter les rues exposées au vent.

Après Washington Square, il remonta la Cinquième Avenue. La foule était plus dense à l'approche des théâtres. Il sentait son cœur se réchauffer. Là, au début du siècle, Gershwin rencontrait Ravel et syncopait les airs venus d'Europe. Plus loin, vers les salles de concert, le public commençait à frétiller et consommait de tout, du classique et du swing, des tubes de Broadway, du be-bop et de la sweet music.

Il atteignit la 52e Rue. Les files de Lincoln et de Chevrolet encombraient la voie. Des hommes en costume croisé entraient dans les clubs de jazz au bras de femmes du monde, de starlettes et de putains chic. Darry s'arrêtait devant les pancartes posées sur les trottoirs. De nouveaux musiciens arrivaient chaque jour de La Nouvelle-Orléans, Chicago, Kansas City ou Los Angeles. Sur les murs, les affiches s'électrifiaient comme à Times Square. C'était réveillon tous les soirs.

Il se dirigea vers le Bop City. À l'entrée, un panneau indiquait :

Centre mondial du jazz
Prix unique 75 cents
Consommation facultative

Un autre :

Qu'est-ce que le bop ?
Réponse à l'intérieur !

Il poussa la porte et attendit dans le vestibule. Un quartet finissait sa session. Musiciens noirs, public blanc. John « Jimbo » Taylor vint à sa rencontre.

— Qu'est-ce que tu foutais, bon Dieu ?

Darry prépara ses instruments à la hâte.

— Une heure seulement, et puis tu dégages. On attend des vedettes après toi.

Jimbo lui mit trois dollars dans la poche.

— Ta copine n'est pas là ? Je ne veux plus négocier avec elle.

Darry monta sur scène. La salle était presque vide. Assises à quelques tables, de petites frappes se vautraient devant un verre dans des fauteuils crevés. Le seul à dîner était un homme en bras de chemise, un stylo accroché à la poche, attablé avec une fille aux airs de prostituée. Il avait gardé son feutre et portait des lunettes à monture discrète, pointue aux extrémités. Darry avait appris à distinguer un New-Yorkais d'un provincial. Celui-là ressemblait à un représentant de commerce en tournée.

Il entama *Love is here to stay*. Sur le navire qui le ramenait du front, c'était ce titre qu'il avait choisi. Cette chanson disait l'espérance bien mieux que le *Star-Spangled Banner*. Mille soldats l'avaient reprise à l'unisson. New York se dressait devant eux. La statue de la Liberté les accueillait, plus petite que dans son imagination. Ils arrivaient en vainqueurs. Son rêve se réalisait. Les salles de concert allaient lui ouvrir leurs portes, les plus grands artistes l'attendaient, il y était, enfin…

Les quelques spectateurs discutaient sans se soucier de lui. Il voulait les embarquer dans une mélodie facile, langoureuse, à leur portée. Ils levèrent un œil.

Une fois l'attention collée à ses notes, il se mit à déborder sur les octaves supérieures et les emmena vers le grand large. Il montait sur les chromatiques, lançait des riffs en rafales… Chaque instant, son jeu se réinventait et renaissait des accords qu'il déformait, intervertissait, transposait sur n'importe quelle clé, d'un temps à l'autre, imprévisible. Il enjambait les mesures et s'envolait.

Sous ses doigts, les accords jaillissaient. Les clients le regardaient, bouche bée. Ils avaient perdu tout repère, et lui les avait quittés pour rejoindre son monde, hors de l'abîme où cette ville le plongeait, et, de là, leur envoyait ses fulgurances.

Un couple entra, la femme vêtue de rouge, et Darry enchaîna sur *The lady in red*, repris dix fois sans jamais se répéter. Puis il s'approcha du représentant de commerce. Ce gars-là, tant pis pour lui, il allait se le payer. Il se pencha sur la fille qui l'accompagnait et lui susurra *A pretty girl is like a melody*. La putain voulait danser, elle balançait les épaules et se frottait contre lui. Darry lui souriait. Son cornet effleurait la ligne de ses seins. Puis il s'approcha de l'autre, le provincial, pour lui souffler dans l'oreille des notes saturées.

Il remonta sur l'estrade et leur donna le coup de grâce. Il noya le rythme dans une avalanche d'accords. Le morceau ? Un phrasé chaotique. La scène ? Un ring. Et chaque progression harmonique leur retournait le cerveau.

Une heure pile, Jimbo grimpa sur scène et le remercia.

Darry s'installa au bar. Il s'était bien dépensé, on lui servit un jus de tomate. Cadeau de la maison.

Derrière lui, les conversations reprenaient. D'autres clients arrivaient, la salle se remplissait. C'était qui après ? Un inconnu, plus attendu que lui.

Des clients quittaient leur table. Il prit le bol d'olives et les cacahuètes. Sur une autre, il ramassa les morceaux de crackers qui jonchaient la nappe, ainsi que ce qui restait de la motte de beurre. Les bonnes semaines, il assurait son loyer sans mourir de faim. Celle-là serait mauvaise.

Jimbo vint le trouver.

— Je te chasse pas, mais il faut pas encombrer le bar.

Il se fit raccompagner à la porte. Jimbo ajouta :

— Reviens demain. Vas-y doucement quand même... Sur la fin, tu les as un peu perdus.

Darry se retrouva sur la 52e. Le vent s'engouffrait depuis l'East River et balayait la rue jusqu'à l'Hudson. Peut-être pouvait-il décrocher un contrat pour le soir ? Chaque porte qui s'ouvrait lâchait un air de jazz.

Il s'approcha du Famous Door. Le portier fit mine de ne pas le voir. Planté devant lui, Darry brandissait ses instruments, rien à faire.

Il tenta alors le Downbeat, à deux pas. À l'entrée, le gars lui dit :

— Tu veux jouer ? Sans blague ! Toi ? Un Blanc ? Sur scène parmi des nègres ? Tu veux vider la salle ?

Il n'insista pas et poussa jusqu'à l'Onyx, puis attendit devant le Jimmy Ryan's, et repartit vers le Three Deuces, le Carousel, le Samoa.

Il revint au Downbeat.

— Encore toi ? Tire-toi.

Darry rôdait autour du Downbeat, il finirait bien par entrer.

— Tu comprends pas, mec ? T'as rien à foutre ici. Un Blanc, ça joue pas en public avec des nègres. Ordre de la direction. Tu veux déclencher une putain d'émeute ?

Il contourna l'immeuble et frappa à la porte de service, celle des colorés, comme le signifiait la pancarte. Un Noir lui ouvrit, plus nerveux qu'un Blanc.

— Reste pas ici, tu gênes le service. Tu comprends ce que je dis ? Dégage, laisse-moi faire mon boulot, je veux pas d'histoires.

Darry se remit à arpenter la rue. Il piétinait sous les enseignes lumineuses. Il croisait des gars qui lui ressemblaient, qui erraient des nuits entières, l'instrument au bord des lèvres. La neige fondue faisait scintiller le bitume. Les Blancs lui interdisaient les orchestres noirs, les Noirs se méfiaient du jazz blanc, il tremblait de froid devant les portes closes. Autour de lui se dressaient les tours du quartier des affaires, allumées la nuit comme pour rappeler la puissance de l'Amérique et la place de chacun.

Impossible de tenir dehors plus longtemps. Il poussa la porte de l'hôtel Alvin.

Des airs de jazz s'échappaient du premier. Il monta. Une chambre était ouverte, elle chantait, il s'approcha. Le garni ressemblait à un bar, des bouteilles sur les tables, des chaises renversées, de la musique partout. Quatre Noirs s'acharnaient sur leurs instruments. Ils l'invitèrent à entrer.

— Tu tâtes de quoi ?

Il ouvrit ses mallettes, ils hochèrent la tête.

— Ton soprano, mec.

Ils étaient encore en tenue de gala. Où venaient-ils de se produire ? Ils reprenaient leur jam-session, rejouaient le combat. Darry arma son soprano.

Le trompettiste s'approcha et souffla quelques accords, *I got rhythm*.

Ré bémol, quatre notes pentatoniques sur cinq, le gars connaissait ses classiques et le provoquait en duel.

Sur l'anatole, il dériva en *si* bémol. Au troisième groupe de huit mesures, Darry saisit la balle au bond. Le type voulait souffler un brin, il était son homme.

Les autres firent cercle autour d'eux. Darry l'emmena sur une lydienne dominante. L'autre riposta en multipliant les substitutions tritoniques.

À tour de rôle, ils reproduisaient le chorus, trente-quatre fois sans jamais revenir à la mélodie. À peine l'effleuraient-ils, pour ne pas se laisser aller à de triviales séquences.

Ils finirent en maillot de corps, on ouvrit les fenêtres. Darry inventait de nouveaux effets, améliorait le son qu'il produisait et qui ne reflétait jamais assez les élans de son âme. L'autre ne lâchait pas. Il mêlait des accents de Cuba et de Californie.

Darry martyrisait son saxophone, soufflait à faire éclater son cornet, il tint bon et l'autre abandonna. Il leur fallut plus d'une heure pour se remettre.

Les gars finissaient leurs bouteilles. Darry refusa quelques verres et s'éclipsa quand ils reprirent leurs instruments.

Il poussa au bout du couloir. Le musicien en manque d'héroïne dormait là, derrière la dernière porte.

Il frappa quelques coups timides… Pas de réponse. Le gars devait y être, il ne quittait plus sa chambre. Ou bien il était mort. Darry ouvrit la porte, se risqua à l'intérieur. Une odeur de pourriture le saisit. Il entendit un souffle rauque, un léger ronflement. Une lumière blafarde baignait le fond de la chambre. Contre la fenêtre, le lit changeait de couleur sous l'effet d'une enseigne. Le type dormait sur le dos, la bouche ouverte. Le soprano était posé près de lui, droit sur son cornet. Sur la table de nuit, une seringue moisissait dans un cendrier en fer.

Darry s'assit sur une chaise encombrée de guenilles. Il n'osait pas le réveiller. Les tringles du saxophone étincelaient. Combien pouvait-il en donner ? Il se contenta de prendre ses chaussures. Elles faisaient à peu près sa taille. Il les garda aux pieds et les enveloppa des sacs de linge qu'il ficela aux chevilles. Il lui laissa les siennes et posa sur la table les trois dollars qu'il venait de gagner.

Il replongea dans l'hiver pour remonter vers Harlem. En longeant Central Park, il lui fallait une heure pour atteindre la 118e. L'été, quand la force lui manquait, il s'étendait sur un banc, au pied des vieux immeubles en pierre qui donnaient sur le parc, et dormait jusqu'à l'aube. L'hiver, il marchait pour ne pas mourir de froid.

Le 210 West de la 118e Rue était encore loin. Darry progressait vers le nord, le long des grillages de ce parc qui n'en finissait pas. Il rejoignait son Amérique, elle était noire et l'attendait là-bas, vers les hauteurs du Morningside.

Passé Central Park, il remonta le boulevard Frederick-Douglass. 110e, 111e, la neige fraîche grinçait sous ses pas. Elle rendait les trottoirs fluorescents et absorbait les bruits de la nuit. 114e, 115e… Ses mallettes sous les aisselles, il gardait les poings dans ses poches, enfouis dans les chaussettes de laine. Son cœur s'accélérait, ses jambes ne le portaient plus, il savait ce qui l'attendait.

Il arriva. Penchées les unes contre les autres, les lettres multicolores du Minton's clignotaient dans la nuit. Des dizaines de musiciens s'agglutinaient sous l'enseigne. Darry se pressa contre eux pour se réchauffer. Ces Blancs, ces Noirs arrivaient de toutes les provinces par les trains de marchandises et lui rappelaient ces chômeurs de 1929 photographiés devant l'entrée des usines. Comme lui, ils tremblaient de froid. Instrument sous le bras, personne ne bronchait.

La porte s'ouvrit et tout le monde se mit à crier. Poussé par ceux de derrière, écrasé contre ceux de devant, Darry reconnut la voix de Teddy Hill, le chef d'orchestre :

— Toi, toi et toi, vous entrez.

La porte se referma.

Trop loin dans la file, Darry n'avait aucune chance. Il aurait dû venir plus tôt.

Ce Teddy Hill, on n'en disait que du bien. Chaque soir, il tendait la main aux débutants. Il ouvrait son club à quelques-uns, leur autorisait la scène pour un morceau ou deux, aux côtés des plus grandes vedettes. Darry avait toute la nuit. Il reviendrait un jour. Il pénétrerait dans ce temple du be-bop. Deux minutes lui suffiraient pour faire la différence.

Un frisson parcourut la foule. Elle se tut comme un seul homme pour s'ouvrir sur Bud Powell. Il arrivait en compagnie de Thelonious « Melodious » Monk. Darry reconnut aussi le trompettiste Roy « Little Jazz » Eldridge et le batteur Kenny Clarke. Les géants du be-bop. Ses maîtres. C'était avec eux qu'il rêvait de jouer. Il profita de leur passage pour se coller à leurs pas et gagner un mètre. On l'attrapa par le bras, on le tira par les manches, on lui enfonça les coudes dans l'estomac et il ne recula pas. La porte se referma devant lui.

Darry guettait Dizzy Gillespie. Un soir, il l'avait reconnu et s'était jeté sur lui sans réussir à attirer son attention. Une autre fois, il avait pu lui glisser un mot dans la main :

Je suis Darry, vous vous rappelez ? Tunis, le Colisée, 1943. A night in Tunisia.

J'attends tous les soirs devant le Minton's. Prenez-moi avec vous.

Il avait imaginé Dizzy le chercher dans la foule. À New York, c'était devenu une légende. Mais Gillespie l'ignorait. Son silence était sans appel. Y avait-il plus égoïste qu'un artiste ?

Il patienta une heure encore. Hill réapparut.

— C'est fini pour cette nuit, les gars, on n'appellera plus personne. Rentrez chez vous.

La foule protesta un peu avant de se disperser.

Darry se dirigea vers la gare. Autour de lui, les musiciens grognaient. Ils regagnaient la banlieue par le train du matin et déjà, ils changeaient d'expression, d'attitude, redevenaient postiers, livreurs ou chauffeurs de tram. Le quai vers *downtown* était désert. Sur son banc, Darry sentait le sommeil le gagner par-dessus le froid et la faim.

Dinah était couchée. Elle avait laissé la porte entrouverte sur la lumière du couloir. Il mit ce qui restait de charbon dans le poêle. Darry avait trop froid pour se déshabiller. Il se glissa dans le lit et se blottit contre elle. Le front contre son épaule, il voulait oublier le Minton's et tous ces novices, sous cette enseigne, qui lui ressemblaient.

Dinah se retourna, il déposa ses lèvres sur des lèvres immobiles. Il embrassa sa joue, son cou… Sous les chandails, il chercha la chaleur de sa peau. Elle posa sa main sur la sienne. Il caressa ses seins, son ventre, et elle l'embrassa à son tour, le couvrit de baisers.

Le lendemain, Darry se réveilla vers midi, des douleurs au diaphragme. Il les redoutait, les guettait, elles menaçaient dès qu'il forçait sur son souffle. Il regrettait le duel de la veille, dans cette chambre de l'hôtel Alvin.

Il prépara une bouillotte pour son ventre et se remit au lit, monta la clarinette pour travailler ses doigts, jouer un peu quand même. Ses bras contractés, ses omoplates verrouillées l'empêchaient de tenir les notes longues. Le repos s'imposait.

Le ventre au chaud, les mains dans la glace, il resta au lit sans déjeuner. Dinah était partie dès l'aube, elle étudiait à Columbia jusqu'au soir. Et lui comptait les heures inutiles. Le poêle s'était éteint. Même habillé sous la couverture, il gelait, alors mieux valait prendre l'air.

Les chantiers du Lower East Side grondaient à deux rues. La police avait fermé un périmètre autour d'une rangée de vieux foyers d'immigrants. Darry stationnait au milieu des badauds. Un bruit sourd, puis d'autres en rafales… Les maisons s'écroulèrent comme des châteaux de cartes. La poussière dissipée, il n'en restait plus rien. Des tours de pierre sombre s'élèveraient bientôt, identiques à celles du bout de la rue, les mêmes sur dix blocs jusqu'à l'East River. Les ouvriers travaillaient encore. Darry les observait aller et venir sur les poutres sans se soucier du vide. À chaque promenade, un nouvel immeuble avait poussé. Le cri des mouettes arrivait jusque-là, de nouveaux paquebots accostaient peut-être. Ce serait si simple de revenir. Sa mère lui enverrait un mandat postal. En deux semaines, il serait de retour. Cette idée lui redonnait un peu d'ardeur.

Il marchait au hasard et cherchait un café pour calmer sa faim. Les gens encombraient les trottoirs, il fallait attendre son tour pour traverser. Un gamin voulut lui refiler le journal, il insistait tant qu'il le chassa d'un coup sur l'épaule.

Il prolongea jusqu'à Little Italy, à deux pas de là, acheta un beignet et du café, et s'arrêta sur les marches d'une petite maison de briques. Devant lui, des enfants trafiquaient les bouches d'incendie pour les faire pleuvoir, s'entêtaient malgré le givre, et leurs rires coloraient un peu la grisaille. Un air d'opéra s'élevait quelque part dans des bruits de cuisine. En dépit du froid, les marchands ambulants attiraient la clientèle et négociaient en sicilien, comme on le faisait dans certaines rues de Tunis. Leurs réchauds crachaient de petites flammes, les gens s'y pressaient, on se battait pour deux cents, puis on se hâtait de rentrer chez soi.

Le soir, il ne jouerait peut-être pas. À qui manquerait-il ? Le monde n'attendait guère après son talent. Des musiciens comme lui, New York en regorgeait. Qui se souciait de ses accords ? Ceux qui, avant lui, avaient essayé pourrissaient dans une chambre d'hôtel et noyaient leur virtuosité dans l'alcool et la drogue. Cette ville étouffait les plus belles ardeurs, elle finirait par le broyer.

Puisque sa mère le dissuadait de rentrer, il ne lui demanderait rien. Il pourrait travailler parmi ces commerçants et se payer son billet lui-même, revenir par l'un de ces bateaux qui mouillaient au port. Là-bas au soleil, de l'autre côté de la mer, tout ce qu'il avait aimé subsistait.

Autour de lui, Darry cherchait un visage familier. Il ne vit que des gens affairés à survivre. Les réverbères s'allumèrent. Sa douleur au diaphragme s'estompait. Peut-être pourrait-il quand même tenter le Minton's en s'économisant la 52e Rue ? Une lumière blafarde léchait le mur des maisons. À leur porte, des étoiles, quelques guirlandes, annonçaient Noël. Le froid le chassa des marches et le ramena chez lui.

Devant sa porte, il trouva un colis et le posa sur la table. Sous les tampons de la poste américaine, il reconnut des timbres familiers. Quelqu'un avait griffonné par-dessus l'écriture de sa mère. Il déchira le papier et souleva le couvercle en bois. Une lettre s'y trouvait. Il huma le paquet de café, lut les étiquettes de chacune des conserves et entama le biscuit de la taille d'une brique. Une écorce de cire protégeait la paire de boutargues. Maintenue dans un carton rembourré de paille, la bouteille de sirop d'orgeat avait supporté le voyage. Sous les biscottes et la boîte de halva, il découvrit trois paquets de Gauloises.

Tunis, 2 décembre 1948

Mon chéri,

J'ai mis ce que j'ai pu. Le garçon des postes m'oblige à enlever des conserves pour me conformer au tarif. Je les remets quand il a le dos tourné. Je crois qu'il le sait, parce qu'il peine à clouer le couvercle. Ne t'étonne pas des paquets de cigarettes, Max te les envoie pour que tu les échanges contre de l'argent, des vêtements ou de la nourriture.

Ce Max, je n'arrive pas à le décourager. Il continue à me faire la cour. Combien de temps ça va durer ? Il me répond : Tu es encore trop belle pour moi. J'attendrai.

À la banque, on m'a confié la gestion de la ligne Marseille-Tunis pour le compte de la Compagnie générale transatlantique. Je vais souvent au port accueillir les bateaux. Sais-tu ce que je me dis chaque fois ? Un jour, tu descendras de l'un d'eux. Tu seras entouré de ton orchestre et je serai là, sur le ponton, à t'attendre, à me faire une place parmi les journalistes qui te voudront pour eux.

Au fait, Lou est partie hier pour les Indes par un bateau comme celui-là. Elle est venue me dire au revoir. André a trouvé un poste à Pondichéry. Je lui ai donné ton adresse, peut-être qu'elle t'a déjà écrit.

Ne te soucie pas de moi, je vais très bien. Je deviens une banquière redoutable. Ils sont de plus en plus nombreux à espérer ma retraite.

Voilà, mon fils. Tu as à faire, alors je te laisse.

Je t'embrasse, mon grand.

Ta maman

Il attrapa une feuille et un crayon, écrivit d'une traite :

Ma petite maman,

Qu'est-ce que je fais ici ? Dis-le-moi encore. Par moments je ne sais plus.

Le bonheur des notes et des accords, je le ressens.

Mon talent face aux musiciens, je le mesure.

L'instant d'après, ma confiance s'évanouit. Il suffit d'un jour comme aujourd'hui. Un jour sans musique.

Je sais que c'est ici que je dois être, et rien ne se passe.

Dans ma voix, rien ne prend vraiment forme.

Avant moi, combien de musiciens se croyaient du talent ?

Combien se sont trompés ?

Est-ce que je me trompe, maman ?

Dinah surgit dans la chambre, il avait encore sa lettre à la main. Elle se jeta à son cou.

— On va faire un bon repas, Darry ! Regarde ce que j'ai trouvé : du bœuf, des haricots et du lard, et même du chili ! J'ai choisi un vin de France.

Elle ajouta, le sourire éclatant :

— J'ai une merveilleuse nouvelle !

Sans prendre le temps d'enlever son manteau, elle s'assit sur le lit.

— Ce matin après le cours, mon professeur m'a invitée à déjeuner dans la salle à manger des enseignants. Moi, une Noire, au cœur de l'excellence intellectuelle blanche. Je suis entrée et les discussions se sont interrompues. Tous les regards se sont tournés vers moi. Il s'est levé pour m'accueillir. J'étais morte de honte.

Elle gardait son bonnet, son écharpe et ses gants. Ses yeux brillaient.

— Darry, je n'arrive pas à y croire… Il me demande : Voulez-vous être mon assistante ?

Elle le dévisageait, cherchait une réaction à la hauteur du miracle. Il lui ôta son manteau, son bonnet et ses gants, et la serra dans ses bras. Elle frétillait, son cœur battait à rompre, elle ajouta :

— L'université me versera dix dollars par heure de recherche, cinq par devoir corrigé. On ne manquera plus de rien, Darry.

Elle se recula pour lire ses gestes.

— Eh bien ? Qu'est-ce que tu en penses ?

Comme toi

C'est une merveilleuse nouvelle

— C'est tout ce que tu me dis ?

Je suis heureux pour toi

— Pour nous !

Il mit les couverts pendant qu'elle allumait le poêle. Elle chantonnait. Ils dînèrent vite, burent un peu. Dinah était intarissable.

— J'ai plein d'idées, tu sais. Le choix des auteurs, la chronologie des œuvres…

Il ne s'est pas trompé

Tu seras la meilleure des assistantes

— Et toi, le meilleur des musiciens.

Non

Je n'ai pas ton talent

Pas celui qu'il faut

Pour réussir ici

— On a le temps. Cet argent nous fera tenir jusqu'à ton succès. Aujourd'hui, je n'ai pensé qu'à cela.

Il lui embrassa la main. Pendant qu'elle desservait la table, il jeta au feu le mot qu'il venait d'écrire.

Dinah se retourna brusquement.

— Et si on allait annoncer la nouvelle à ma mère ?

Il est tard

— Elle habite à deux pas du Minton's.

D'accord

J'irai là-bas directement

Il nettoya son saxophone, graissa les clés, choisit son anche… La douleur au diaphragme demeurait supportable. Ils se rendirent à Harlem.

La mère de Dinah le glaçait. Jamais elle ne s'adressait à lui. Il n'y resterait qu'une minute.

Elle accueillit sa fille sur le pas de sa porte, lui n'existait pas. Sans attendre d'entrer, Dinah lui annonça la nouvelle :

— Ils m'ont nommée assistante en littérature comparée. Assistante, tu te rends compte, maman !

— Tu perds ton temps, crois-moi.

— Je serai choisie en priorité pour un poste de professeure.

— Une professeure noire ? À Columbia ?

— Peut-être dès l'année prochaine.

— Ouvre les yeux, Dinah.

— Ils m'ont nommée pour mes capacités, ils l'affirment.

— Ils te rejetteront pour ta couleur.

— Pourquoi tu ne m'encourages jamais ?

— Parce que tu oublies d'où tu viens.

— Les Blancs, je préfère leur faire la classe que le ménage.

— Pardon si je ne suis pas assez élégante pour toi.

— Ce n'est pas ce que je voulais dire, tu le sais.

— Tu peux t'en aller à présent.

Elle pointa Darry du menton.

— Retourne chez eux.

— J'étais venue t'annoncer une belle nouvelle, maman.

— C'est grâce à ces ménages que tu as pu étudier.

— Tu me l'as suffisamment répété.

— Est-ce que je lis des livres ? Non. J'ai assez à faire avec ce que me disent les Blancs pour m'occuper de ce qu'ils écrivent. Des livres, quand ? Le soir ? Je n'aurais même pas la force de les tenir entre mes mains.

— Nous voulions partager notre joie avec toi.

— À force de les croire, tu seras malheureuse.

Ils s'en allèrent sans avoir été invités à entrer.

Le Minton's se trouvait à quelques blocs. Ils entrèrent dans un restaurant désert et s'assirent au comptoir. On leur servit du café et une omelette. Dinah s'était calmée.

— Elle aurait dû se réjouir pour nous.

Du dos de sa fourchette, elle écrasait l'omelette sans la manger.

— Elle ne m'a jamais encouragée.

Darry avala son plat. Elle repoussa le sien.

— Un enfant porté par la confiance de ses parents, rien ne peut l'arrêter.

Un groupe de jeunes Noirs entra. Ils prirent place sur une des banquettes de plastique vert. Deux d'entre eux portaient un étui de guitare. Les autres étalèrent des livres sur la table. Ils interpellèrent la serveuse pour commander à boire.

Darry lui répondit :

Cette confiance

Un enfant ne doit pas en abuser

— Que veux-tu dire ?

Ma mère a beaucoup souffert à cause de moi

— Souffert ?

Je l'ai abandonnée

— Elle est si fière de toi ! C'est écrit dans chacune de ses lettres.

Elle s'est sacrifiée

— C'est son choix, Darry. Tu n'as pas à le porter. Parfois, pour exister, il faut accepter de faire souffrir ceux qu'on aime.

Pour quel résultat

Regarde où j'en suis

Dans leur dos, les étudiants s'échauffaient. Il se tourna vers eux et fit mine de les écouter. Ils parlaient fort, redéfinissaient le monde comme le faisaient les amis de Dinah, ceux qu'il trouvait sympathiques : l'art et le spirituel d'abord, l'amour surtout, l'argent nulle part et, chaque fois, elle les remettait à leur place.

L'un des jeunes s'était approché. Ivre, il tendait son verre à Dinah.

— Hé, miss Dorothy Dandridge... C'est inoffensif... Du rhum avec du cola.

Darry le regardait effleurer ses cheveux. Elle les coiffait comme Dorothy, l'idole noire d'Hollywood. Le type avait raison, elle avait sa sensualité, son air impertinent, sa silhouette. Il continuait :

— Allez, viens avec nous, miss Dorothy... On va voir la mer à Long Island.

Elle le chassa d'un revers de la main.

Darry se leva pour régler la note. Elle insista pour l'accompagner jusqu'au Minton's et il se laissa faire. Elle mit son bras sous le sien.

— Ce soir, tu seras parmi les premiers.

Il faisait nuit noire. Les rues se vidaient, quelques maisons restaient allumées. Par les grandes fenêtres des entresols, Darry apercevait des ombres, un mouvement. Dinah s'arrêta pour les observer.

— Un jour, peut-être, on sera chez nous, dans une de ces maisons. J'envie ces existences tranquilles. Elles ne me semblent promises qu'aux autres.

Elle le lâcha devant le Minton's, jamais il n'était arrivé si tôt.

Darry prit position parmi les gens qui attendaient. Il se tenait tout près de la porte, pouvait presque la toucher. La neige se mit à tomber. Transi, il patienta deux heures. Derrière lui, comme les autres jours, la foule des prétendants grossissait.

Teddy Hill sortit enfin. Il dévisagea ceux qui se trouvaient devant lui, en désigna quelques-uns. Darry ne sut pas vraiment s'il avait été choisi, mais il était si proche de la porte qu'il fut poussé à l'intérieur par les élus. Il se faufila dans le vestibule qui puait le tabac, la sueur et le graillon. Teddy les arrêta :

— Attendez là, on vient vous chercher.

Dans le brouhaha des conversations, l'orchestre improvisait sur *Salt peanuts*. Noirs et Blancs se bousculaient. Des jeunes filles souriantes prenaient les manteaux et vendaient des cigarettes. Un rouge vif de bordel tapissait les murs.

Darry frottait ses mains pour les réchauffer. *Salt peanuts*... Variation en *fa* sur *I got rhythm*. Cinquième diminuée, be-bop caractéristique... Quelques appliques diffusaient une lueur pâle. Le restaurant se devinait derrière un rideau de fumée. Darry apprêta son saxophone, Hill réapparut.

— À vous, les gars !

Il fallut jouer des coudes entre les spectateurs entassés à l'entrée. Darry pénétra dans la salle... Il y était... La pièce semblait minuscule. Elle pouvait accueillir deux rangées de petites tables qui filaient jusqu'à la scène, à côté des cuisines. Les gens dînaient et discutaient sans se soucier de la musique.

Au piano, le type qui portait un chapeau chinois, c'était Thelonious Monk. Darry reconnut aussi Clarke à la batterie et Pettiford à la basse, collé à deux autres musiciens, la trompette et le saxo ténor. À leurs pieds, trois marches, trois planches de bois que rêvaient de franchir les musiciens de jazz les plus talentueux d'Amérique. Hill les arrêta :

— Trouvez-vous une place contre le mur et gênez pas le commerce.

Les serveurs allaient et venaient devant la scène. Cigarette aux lèvres, Monk plaquait ses mains à plat sur le clavier, suait abondamment, murmurait par-dessus sa musique comme s'il commentait de nouveaux effets. Sa gauche sautait dans les graves en basse alternée, sa droite testait des dissonances, et à chaque fausse note qu'il tentait, qui faisait partie de sa démonstration, il retirait les doigts comme si le clavier le brûlait. Il tapait du pied, soulevait sa grande carcasse, son cul monumental, et retombait sur son banc. Il jurait, se permettait des silences en plein jeu, levait la tête, les yeux fermés, cherchait l'inspiration, analysait les sons qu'il venait d'émettre, reprenait au début, et les autres s'accrochaient comme ils pouvaient à ses caprices de virtuose.

À sa droite, Clarke avait disposé une cymbale dédiée au chabada, rythme ternaire que Darry adoptait très souvent, libérant l'espace devant sa main gauche pour multiplier les interventions. Son pied droit ne ponctuait plus les temps sur la grosse caisse et brouillait le tempo en lâchant des bombes intempestives. Pettiford en profitait pour lancer des motifs mélodiques. Darry n'avait jamais entendu une basse aussi imaginative, juste et souple. Ces gars sur scène se testaient, s'entraînaient plus qu'ils ne se produisaient.

Monk s'interrompit une nouvelle fois et marmonna en regardant la salle :

— J'espère que la musique vous dérange pas trop ? Qu'est-ce qu'il faut faire pour avoir un peu de silence dans ce trou à rats ?

Il posa un revolver sur le piano et provoqua l'hilarité du public.

Les musiciens poursuivaient, le brouhaha persistait. Hill s'approcha.

— Petit, c'est à toi. Je te présente comment ?

Darry le regarda comme s'il émergeait d'un rêve.

— Ton nom ? T'as perdu ta langue ?

Avec son doigt, il traça des lettres sur le mur : *ZAK*

Il n'eut pas le temps de finir.

— Zak ? OK, on y va !

Darry gravit les marches, se retrouva sur l'estrade, les notes de *Salt peanuts* au bord des lèvres. Monk revint alors sur *I got rhythm* et dévia sans prévenir sur *Anthropology*. Surpris, Darry manqua l'ouverture.

À l'unisson mais sans lui, les cuivres entamèrent le nouveau titre. Darry se préparait à enchaîner sur le premier solo, mais Monk se l'appropria, força sur sa vitesse et empila les tierces aux octaves supérieures, y altérant toutes ses notes. Il multipliait les dissonances et lançait aux autres des regards amusés. Quand Darry souffla enfin dans son saxophone, Clarke le bombarda de coups de tambour puis se tut, l'invitant à s'exprimer.

Darry décolla. Le chabada de Clarke lui fournissait un support élastique mais ferme. Le batteur saisit alors deux morceaux de bois qu'il frappa l'un contre l'autre, abandonnant le chabada pour la clave. Darry connaissait peu ce rythme des Caraïbes, beaucoup plus long, et fut déstabilisé. Il rebondissait sur ce clave comme sur un trampoline. Paniqué, il lâcha prise et Monk se mit à le siffler. Darry meubla son jeu par des lancées chromatiques, le temps de se reprendre. Clarke cria : Au suivant ! et lui lança ses bâtons au visage. Le trompettiste hurla à son tour :

— Lâche ce saxo, petit, tu lui fais mal !

Au milieu des rires, Hill sauta sur scène.

— Mesdames et messieurs… C'était Kid Zak !

Darry gardait le bec en bouche. Hill voulait lui confisquer l'instrument, le poussait hors de la scène, et Darry résistait, jouait encore, tentait une ultime reprise. Les clients applaudissaient ce qu'ils prenaient pour un interlude comique. Hill lui cria à l'oreille :

— Ce public, regarde-le bien, fiston, tu le reverras pas de sitôt.

Quelqu'un lui prit le bras et l'emmena par la cuisine jusqu'à la porte de service. Darry se retrouva dehors, dans une impasse, entre des poubelles. Il se laissa tomber à terre, le dos contre le mur, les pieds dans la neige. Des rafales de vent lui mordaient le visage. On lui lança l'étui de son instrument.

Éjecté. Deux minutes à peine.

Il démonta son saxophone et le rangea dans sa mallette.

Sur cette scène, il y était, pourtant… Ces gars-là lui avaient savonné la planche. Ils ne lui avaient laissé aucune chance. Des monstres.

Il grelottait, incapable de se relever. Où se trouvait-il ? Un coupe-gorge cerné de murs en brique. De l'autre côté du bloc lui parvenaient des éclats de voix.

Les apprentis artistes patientaient sous l'enseigne, des centaines attendaient leur tour…

Des cuisiniers sortirent. Entre leurs mains, deux coqs se débattaient, un ruban autour du cou, l'un bleu, l'autre rouge. À leurs pattes, quelque chose brillait. Des lames de rasoir. Ils rejoignirent un groupe au fond de l'impasse, lâchèrent les bêtes et firent cercle autour. Un type prenait les paris. Plumage hérissé, ailes battantes, les volatiles se jetaient l'un sur l'autre avec des cris stridents. Des traces de sang maculaient les duvets et la neige, les plumes volaient, les types doublaient leur mise en hurlant. Le bleu se tassa sur lui-même et le rouge, d'un coup de bec, lui creva l'œil, puis lui trancha une patte. Lames en avant, il s'acharna. Pendant la mise à mort, les paris cessèrent et les dollars changèrent de main. Le bleu ne bougea plus, on désarma le rouge pour le ramener en cuisine. L'autre fut jeté dans une poubelle et la petite foule se dispersa. Darry ne sentait plus ses membres. Il fixait les plumes et le sang.

Le vent tourbillonnait dans l'impasse. Avant de fermer la porte, un cuisinier l'interpella :

— Hé… Kid Zak ! Reste pas ici. Rentre chez toi ou tu vas mourir de froid. On en a trouvé un comme ça, le mois dernier, gelé. On a pas pu lui enlever sa trompette des mains.

Darry se leva. Il ramassa la mallette et se traîna vers le métro.

Descendu à East Broadway, Darry se dirigea vers l'angle de Hester et Orchard en tournant le dos à Pike Street. Collés les uns aux autres, les taudis du Lower

East Side dormaient encore. Il longea leurs façades étroites, noires, muselées par des escaliers de fonte.

Dans son dos, il devinait ses pylônes. Un monstre de fer dressé sur ses deux jambes s'élevait par-dessus les maisons et fuyait sur l'East River. La pénombre noyait son tablier, ses câbles, sa perspective. Darry détestait le pont de Manhattan, comme tout ce qui, dans cette ville, rendait sa vie minuscule, insignifiante. Pourtant, les enfants jouaient à son pied, les immigrants y admiraient la puissance de l'Amérique. Pour l'éviter, il faisait des détours, mais le pont surgissait toujours au bout des rues. Sa structure allait bientôt rugir sous des millions de roues, les buildings avaler des millions de gens, Manhattan bousculer les hésitants, éliminer les insuffisants, les malmener dans un bureau, sur un chantier ou dans un club de jazz, les soumettre à ses lois. Ce pont comme les tours foisonnantes semblaient s'être affranchis de leurs créateurs et retournés contre eux. Cette ville écrasait tout ce qui entravait son rythme.

Il s'engouffra dans Allen Street. Des employés municipaux déblayaient la neige devant l'entrée des magasins et l'entassaient sur les trottoirs. Les réverbères s'éteignaient les uns après les autres. Le Lower East Side se réveillait sous un ciel noir, un ciel d'hiver à effacer le jour. Il arriva devant son immeuble, toutes fenêtres éteintes, et se laissa tomber sur les marches couvertes de neige.

Au loin sur l'East River, des sirènes annonçaient le retour des chalutiers. Il crut un instant émerger d'un cauchemar. Les sifflets de la salle, ce n'était pas un rêve, il les entendait encore. Les cris des mouettes se mêlaient aux rires des musiciens. Le jour se levait, il ne serait jamais des leurs.

Là-haut, Dinah se réveillait sans doute, l'attendait peut-être. Il redoutait ses questions, son insistance. Elle allait descendre, il guettait son pas dans l'escalier.

Il ne supporterait plus ses mots de réconfort. Pourquoi le faire souffrir davantage ? Il fallait quitter ces marches, se cacher quelque part et la laisser rejoindre son université, ses livres et leurs élans romantiques dans lesquels elle puisait les justifications de ses combats. Monter ensuite, seul enfin, et dormir, dormir et ne plus penser à jouer. Cette vie-là venait de prendre fin. Il comprit qu'il n'en pouvait plus depuis longtemps.

Une lueur apparut au rez-de-chaussée. Le vieux Shapiro sortit de son magasin en robe de chambre, kippa sur la tête et bottes aux pieds. Comme chaque matin, il respira le jour et ses parfums d'hiver, et remercia le ciel de le lui permettre encore.

En frissonnant, il démonta les volets de bois. Sur les fenêtres s'étalaient des inscriptions hébraïques peintes en arc de cercle. Il revint avec une pelle et se mit à creuser dans la neige fraîche, une fois, deux fois, puis s'arrêta, à bout de forces.

— Les voyous, où ils sont encore…

Devant Darry, il sursauta.

— Ah, c'est toi ! J'avais dit à ces sales gosses de déblayer pour sept heures.

Darry lui prit la pelle des mains.

— Merci, tu es bien gentil mon garçon.

Shapiro sortit les étals de condiments et les bouteilles de liqueur. Darry vit les chambres s'allumer ici et là dans les étages, une pièce par famille à dix dollars la semaine, des Juifs surtout, quelques Italiens. Cartable sur le dos, des enfants dévalèrent les marches. Shapiro les attrapa.

— Et alors, qui a déblayé ce matin ?

— Ce matin, c'était pas possible, monsieur… On le fera demain, juré !

— Attention, les enfants, Dieu retient chacune de nos paroles.

L'un d'eux s'arrêta devant Darry et brandit une pièce de cinq cents.

— Prêt, Darry ? Allez, viens ! S'il te plaît…

Il secoua la tête, le gosse insista, et il le suivit de mauvaise grâce. Ils se postèrent tous deux en bordure du trottoir, là où la neige était déblayée. Chacun lança sa pièce vers l'immeuble. Celle du gosse tomba plus près du mur, il rafla la mise et disparut au coin de la rue. Il revint sur ses pas et tira la manche de Shapiro.

— Alors ce soir, pour la leçon, c'est toujours d'accord ?

— Toujours ! Huit heures, fiston. À la fermeture du magasin.

— Et vous aurez bien révisé tous les mots d'hier ?

— Ceux-là, ils étaient trop compliqués. Apprends-moi plutôt les mots qui servent à quelque chose.

— D'accord, alors, c'est dix cents le mot, avec l'orthographe et tout.

— Dix cents ?

— Vous verrez, monsieur Shapiro, bientôt vous parlerez comme un vrai Américain.

La mère Shapiro sortit à son tour et s'approcha de Darry.

— Tu vas attraper froid. Entre, j'ai fait le café.

Les Shapiro n'avaient pas d'enfants, ou plutôt ils en avaient des dizaines, à tous les étages de l'immeuble, et Darry était l'un d'eux. La vieille femme lui toucha le front.

— Tu as de la fièvre, mon garçon…

Il lui prit la main, la pressa contre sa joue et éclata en sanglots.

— Viens contre moi, mon enfant. Pleure, vas-y, pleure…

Il se blottit dans ses bras comme il le faisait autrefois dans ceux de sa mère. Darry ne se sentait ni musicien ni new-yorkais ni même le compagnon de Dinah, il n'était plus que le fils de Stella.

Un jour blafard s'était levé. Par la fenêtre du magasin, il vit Dinah sortir, scruter la rue à droite, à gauche, puis hâter le pas vers le métro. Il put enfin monter.

En fin d'après-midi, Dinah le trouva au lit.

— Darry ?

Elle dénoua son écharpe, posa ses affaires sans le quitter des yeux.

— Darry, qu'est-ce qui se passe ?

Il fuyait son regard. Elle s'assit près de lui.

— Dis-moi ce qui se passe…

Transi, Darry enfila son manteau par-dessus son costume de scène. Elle se pencha sur lui, une main dans ses cheveux, un baiser sur son front. Il détourna le visage.

— Tu as dormi comme ça ? Qui vois-tu dans tes rêves pour être aussi chic ?

Il sentit sur lui ses grands yeux noirs, son regard tendre. Des lèvres, elle effleura sa joue et murmura :

— Que s'est-il passé ?

…

— Qu'est-ce qu'ils t'ont fait ?

Il se redressa à peine.

Ils ne me laisseront jamais jouer

— Tu es bien plus doué qu'eux.

Les musiciens doués

Il y en a des milliers

Dinah se leva pour mettre du charbon dans le poêle.

— Tu as de la fièvre, il faut te reposer.

C'est fini Dinah

— Quand tu seras rétabli, je t'accompagnerai sur la 52e.

Je n'irai plus

Ni demain

Ni jamais

— On leur montrera qui tu es.

Tu ne comprends pas

C'est fini

— Mais enfin, qu'est-ce qui est fini ?

Le jazz

— Parlons-en demain, calmement.

N'insiste pas

Je t'en supplie

— Je n'irai pas en cours, on prendra notre temps.

Je m'en vais Dinah
Je rentre chez moi
— Chez toi ?
Je vais retrouver ma mère
Elle se redressa et le fixa.
— OK.
Mains sur le front, elle fit quelques pas et se laissa tomber sur une chaise.
— OK. OK…
Elle se tut un moment, puis se tourna vers lui.
— Tu es à bout. Donnons-nous quelques jours…
J'ai pris ma décision
— Ta décision ? Et nous ?
Elle s'agenouilla devant lui.
— Ta chance est ici, Darry. Tu dois la saisir.
Ma mère a trop souffert
À cause de moi
Quel gâchis
— Ta peine, on va la surmonter.
Je veux prendre soin d'elle
Elle me manque
— Ensemble, on est capables de tout.
Arrête
— Fais-nous confiance.
Ne te mets plus entre elle et moi
— Quoi ?
Dinah se recula. Elle le fixait, pétrifiée.
— C'est ce que tu ressens ?
Il détourna les yeux.
— Que suis-je pour toi ? Qui suis-je pour que tu me parles ainsi ?
Elle l'obligea à la regarder.

— Je compte si peu ?

Il ne répondit rien.

Elle attrapa son manteau.

— Retourne là-bas, et ta mère t'aura tout à fait perdu.

Elle claqua la porte et les cloisons tremblèrent.

Au réveil, il ne trouva qu'une lettre :

J'ai pris quelques affaires. Tu dormais les sourcils froncés, le poing fermé. Tu ne m'as pas entendue. Je suis restée longtemps à te regarder.

Cette nuit, j'ai sillonné West Village de café en café. Je m'installe chez Emmy quelques jours. Je crois qu'on a besoin d'un peu de repos, toi et moi.

Qu'est-ce que je dois faire, Darry ? Te suivre et perdre ma situation ici ? Te voir partir et perdre davantage ? Te convaincre de rester, t'accompagner… Tu ne me laisses aucune chance. Entre ta mère et toi, je ne suis pas de taille.

Je ne te laisserai pas partir. Je t'aime trop. Et je crois que tu m'aimes aussi. Tu vois, j'ose à peine l'écrire. Tu vas réagir. Ce matin, je sais que rien n'est perdu.

Et puis, j'ai une alliée de poids : Stella. Elle t'écrit si souvent, elle sait lire dans ton cœur. Je m'en remets à elle. Par amour, elle saura te guider où la vie te sourit. Elle aussi, il faut que tu l'entendes. Jamais je n'ai attendu ses lettres avec tant d'urgence.

Je te laisse souffler un peu. Repose-toi, réfléchis, ou plutôt ne pense à rien, que l'envie de jouer t'envahisse à nouveau.

Fais-nous confiance, je t'en supplie.
Ensemble, nous sommes capables de tout.
Dinah

Le soir, il retourna sur la 52e Rue. Il lui fallait jouer, n'importe où, n'importe quoi, gagner le prix de la traversée jusqu'au Havre, le train pour Marseille, le bateau pour Tunis.

Au Royal Roost, devant la porte qu'il avait tant rêvé de franchir, le portier lui dit :

— J'ai peut-être quelque chose pour toi… Un gars vient de me lâcher. La plonge, cinq dollars de l'heure.

Devant l'évier, Darry gagnait plus que sur scène. Il avait du travail pour la nuit entière. Pendant ses pauses, il prenait l'air à la porte de service. Depuis la salle, la musique venait jusqu'à lui. Pour tuer le temps entre deux plonges, il sortait sa clarinette. Dans son coin, pour personne, il accompagnait l'orchestre.

Au petit matin, les musiciens jouaient encore, pour leur plaisir. Aux premiers accords de *All of me*, Darry saisit son instrument. Ce morceau, Dinah l'adorait. Il le joua pour elle et lui promit de revenir. Portés par cet écho qui venait des cuisines, les musiciens en rajoutaient. Ils réagissaient à ses notes. À tour de rôle, ils passaient la tête pour l'apercevoir et il les ignorait. À la fin du morceau, il reprit son travail.

Pendant qu'il vidait l'évier, un Noir corpulent apparut dans l'encadrement de la porte, un verre dans une main, un saxo alto dans l'autre. Il l'observait. Darry ne fit pas plus attention à lui. Le tablier noué à la taille, la clarinette aux pieds, il arrivait au bout de sa pile d'assiettes. L'homme respirait fort et se taisait. Un cuisinier lui demanda : Je te fais ton omelette, Bird ? Darry sursauta. Sans répondre, Charlie Parker regagna la scène.

Il revint un peu plus tard en compagnie d'un autre musicien. Celui-là, derrière ses lunettes, avait un air d'étudiant. Sur la tête, un béret. L'œil malin… Dizzy. Darry le vit s'approcher, hilare.

— Un swing pareil, on aurait tort de s'en priver !

Darry lui sourit. Dizzy ne le reconnaissait pas. Et le mot qu'un soir, dans la file du Minton's, il lui avait remis ?

Gillespie le fixait.

— Eh bien, tu dis rien ?

Il le dévisagea.

— Toi ? C'est toi ?

Il le scruta de la tête aux pieds.

— Le muet !

Darry restait figé. Devant lui se tenaient deux monstres. À eux seuls, ils avaient écrit l'histoire du be-bop.

D'une voix rauque, Bird, le grand Charlie Bird Parker, lui demanda :

— On part en tournée demain. Nous allons jusqu'à Los Angeles. Tu fais quoi, petit, les trois prochains mois ?

Il suffisait d'attendre. Sur sa clarinette, enfin, un oiseau s'était posé.

TUNIS, MOBILE, NEW YORK
1950

1

Quelle vie ils mènent, ces musiciens ? Stella regarda sa montre : le matin ici, la nuit là-bas… À cette heure-ci, il doit tout juste se mettre au lit.

La bibliothèque venait d'ouvrir. Elle s'installa à une table près de la fenêtre.

Dehors, les marchands parlaient fort. Des femmes leur achetaient de la poudre d'ambre et de henné. Dans la salle de lecture, la lumière du jour pénétrait à peine. La bibliothèque était déserte. Trois étudiants entrèrent, ils devaient avoir l'âge de son fils. Elle déplia la lettre et chaussa ses lunettes. Il l'avait postée d'un endroit nommé Kansas City.

Max revint des rayons et lâcha devant elle un atlas épais comme un dictionnaire. Il l'ouvrit aux États-Unis. Elle s'y pencha et s'écria :

— Kansas City… C'est là !

— Après, il va où ?

Elle parcourut la lettre.

— Après, c'est… Saint Louis.

— Juste à côté, là… Ensuite ?

— Memphis.

— Ici.

— Et après Memphis, il se rendra à… Mobile.

— Mobile ? Je ne vois pas…

— Cherche dans la table des matières.

— Attends… Mobile… Alabama ! Il faut changer de carte… Voilà, c'est là.

— Après, ce sera Atlanta, et enfin Charlotte.

Stella refit du doigt le trajet de Darius.

— Combien de kilomètres ?

— Des milliers.

Elle revint aux premières pages, où s'étalait le monde entier.

— Ce trajet, c'est long comme dix fois la Tunisie.

Elle posa un doigt sur Kansas City, l'autre sur Tunis.

— Sa lettre aura mis dix jours pour traverser le monde.

Max rendit l'atlas. Il l'aida à se lever et lui tendit sa canne. Bras dessus, bras dessous, ils quittèrent l'Amérique et se frayèrent un chemin à travers le souk El-Attarine, puis sortirent de la médina. Au marché de la porte de France, Stella se reposa sur un banc pendant que Max achetait des fruits. Ils prirent ensuite par Jules-Ferry et l'avenue de Paris. Elle n'avait pas la force de pousser jusqu'au lac. Elle paierait cher ce trajet. La fatigue la clouerait sur son balcon pour le reste de la journée.

Elle maugréait :

— Tu marches avec une impotente.

— Tu es belle comme le premier jour où je t'ai aperçue.

— Tu t'en souviens ?

— Tu nettoyais des vitres sur le balcon. Chaque matin, devant l'entrée du restaurant, ton fils t'observait, et moi je suivais son regard.

— Il avait peur pour moi.
— À la seconde, je t'ai voulue.
— On peut dire que tu as été patient.

Ils arrivèrent devant le restaurant. Max ouvrit le rideau de fer et disposa les tables. Les premiers clients attendaient. Stella tenait à cette place sur le trottoir. Elle voulait embrasser l'avenue du regard. Un jour, un taxi s'arrêterait devant sa porte.

Le dernier couvert desservi, Max vint s'asseoir près d'elle.

— On nous voit toujours ensemble. Les gens n'arrêtent pas de parler… Le mieux, c'est qu'on se marie.

— Ne t'embarrasse pas de moi.

— Je veux qu'on arrête de murmurer dans ton dos. Une femme mariée, on la respecte davantage. Je pourrai m'occuper de toi sans porter atteinte à ta réputation.

— Depuis ma retraite, je ne suis que l'ombre de moi-même.

— Même ton ombre, je ne la mérite pas.

Elle savait que Max n'ouvrait son restaurant qu'au déjeuner pour s'occuper d'elle autant que possible. En fin d'après-midi, il lui montait leur dîner, ils s'asseyaient sur le balcon et regardaient le ciel s'embraser. Un jour, elle avait écrit à Darius : *On peut dire qu'il est fidèle en amour. Je l'apprécie beaucoup. Max s'installe dans ma vie sans faire de bruit, tu sais, comme l'eau au creux d'un rocher, et le temps lui donne raison.*

Elle embrassa la main de Max.

— Tu es ma bénédiction.

— Et toi, ma joie.

— Pardon si je ne t'aime pas comme tu le mérites.

— Ton seul amour sur cette terre…

— Oui. Il vit là-bas, en Amérique.

— La deuxième place me va très bien.

Stella quitta son balcon. Elle regagna sa chambre pour s'allonger un peu.

Les grésillements de la TSF lui parvenaient du salon. Comme chaque soir, Max prenait des nouvelles du monde.

Il poussa un cri et l'appela, puis il augmenta le son. Stella le rejoignit. Il réglait la station au plus juste.

— *Jazz aux Champs-Élysées !*

— Qu'est-ce que c'est ?

— L'émission musicale sur Paris-Inter.

— Et alors ?

— L'animateur… Il a cité les musiciens. Darry Zak, j'ai bien entendu.

— Darius ?

— L'émission est consacrée à la tournée d'un groupe. Charlie Parker… Dans ses lettres, c'est de lui qu'il parle, non ?

Ils écoutèrent plusieurs morceaux. Max demandait :

— Alors, c'est lui ?

— Laisse-moi entendre.

— Et là ?

— Comment veux-tu que j'écoute ?

À la fin de l'émission, le journaliste répéta le nom des musiciens, Darry Kid Zak au saxophone soprano. Max s'écria :

— C'est lui ! Maintenant, il joue du saxophone.

— Bien sûr que c'est lui.

Elle demanda à Max de l'installer dans le lit de Darius, puis il prit congé. Elle laissa la lampe allumée. Autour, elle n'avait touché à rien. Elle murmura : Je n'ai pas reconnu ton jeu, mais tu es bien vivant, ça, je l'ai entendu. Affichés au mur, les jazzmen lui souriaient.

2

— Belle… Mon cul !

Darry ouvrit les yeux. Billie Holiday venait de le frôler.

Sur la route, un panneau souhaitait la bienvenue aux visiteurs : *Alabama la Belle.* Billie s'approcha du chauffeur en s'agrippant aux sièges. Elle cria par-dessus le bruit du moteur :

— On doit s'arrêter, Tom, je tiens plus…

— Attends la prochaine station, Billie.

— On a roulé combien ce matin ?

— Quatre cents bornes environ…

— Et combien de stations t'as vues, mon pote ? Aucune.

— Mobile n'est qu'à une trentaine de kilomètres.

— Quatre cents bornes à se taper le cul dans cette carlingue.

— On va te trouver un endroit, je te dis.

— Regarde cette route, Tom…

— Eh bien ?

— Elle me fout le cafard.

— Elle est droite comme la justice.

— À se demander si quelqu'un en est déjà revenu.

Darry se retourna, les autres musiciens dormaient. Il aurait voulu s'assoupir, il n'y parvenait pas. L'humidité du Sud le rongeait jusqu'aux os. Il colla le front à la vitre. Les nuages étaient chargés de pluie. Dans le vent, les arbres pleuraient des feuilles rouges et jaunes. Leur agent les avait épuisés. Il acceptait toutes les tournées, même dans les trous perdus, pour trois fois rien. Les champs de coton s'étendaient à l'infini. Les fleurs de la fibre blanche tachetaient la plaine. Les récoltes tardaient et déjà s'annonçaient les premiers givres.

À l'arrivée, il écrirait à sa mère. Les bourgades, parfois, n'avaient qu'une rue, une petite boîte aux lettres, mais, par le miracle des postes, elle menait jusqu'à l'avenue de Paris et Tunis n'était jamais loin.

Billie se cramponnait au siège du conducteur.

— Trente bornes, tu dis ?

— Environ…

— Et après, c'est quoi ?

— Après Mobile ?

— Oui, c'est quoi déjà…

— Atlanta, puis Charlotte.

— Trois jours encore… Vivement New York… Le Sud, ça m'agresse.

Billie soupira. Elle chantonna *Long old road* en imitant Bessie Smith. Dans les soubresauts du véhicule, elle se dirigea vers Charlie Parker.

— Hé, Bird !

Affalé sur deux sièges, il somnolait.

— Charlie, qu'est-ce que t'ingurgites pour dormir autant ?

Elle n'insista pas et Darry l'accueillit à côté de lui comme souvent pendant les longs trajets.

— On fait quoi, Darry… Cinq cents bornes par jour ?

Il acquiesça. Elle posa la tête sur son épaule.

— À l'époque, tout était plus simple… Le monde avait la taille de mes pas. Je chantais là où je pouvais me rendre à pied. Aujourd'hui, je dois m'enfiler des routes qui font le tour de la Terre.

Le moteur toussait et dégageait une légère fumée blanche. Entre deux champs de coton filaient des pâturages sans bêtes, des plantations de pins qu'aucune âme ne semblait habiter. Billie ferma son manteau de fourrure blanche et mit son bras sous celui de Darry.

— La prochaine fois, j'exigerai un car Pullman. On m'y prendra plus. Ces routes à nous briser les os… Ça oui, tu peux bien me croire, Darry Kid, je l'exigerai.

Un voile de brume s'accrochait aux herbes. Le ciel s'assombrissait. Ils atteindraient Mobile pour le déjeuner. Billie fouilla dans son sac et déplia une feuille de journal.

— Regarde, Darry, regarde ce qu'ils m'ont fait.

La une du *Down Beat* l'avait photographiée entre deux flics.

— Ils me traquent. Ils entrent chez moi comme si ma vie leur appartenait. Ils cherchent la cocaïne sous mon oreiller, dans les tiroirs où je range mes culottes. Tu les verrais avec ce sale sourire aux lèvres…

Elle ouvrit un petit miroir et vérifia son maquillage. La drogue et l'alcool avaient flétri son visage.

Elle portait une robe de satin blanc, un gardénia dans les cheveux, même pour un trajet en car.

— Je vais m'en sortir, Darry Kid, pas vrai ? C'est ma faute si je suis née dans une maison à courants d'air ? Un jour, à New York, je te la montrerai. La vie, c'était dehors. On n'avait pas d'autre choix : petite frappe ou musicien. Est-ce qu'on peut s'en sortir, tu crois ? Je veux dire, quand on est mal né ?

Des corbeaux tournoyaient au-dessus des plus hautes branches. Des rivières sillonnaient la plaine. Ce n'était pas encore la ville, seulement des moulins, ici et là, et quelques fermes ceinturées de barrières. Certaines avaient un toit de chaume, la plupart un toit de tôle. Les terrasses semblaient à l'abandon. La pourriture rongeait les troncs d'arbres qui les soutenaient. Darry avait besoin de repos. À son retour, Dinah l'obligerait à dormir. Il se résoudrait à ne rien faire, le temps que l'envie de jouer, de composer, irrigue à nouveau ses veines.

Billie lui parlait et il ne l'écoutait pas vraiment. Ces longs trajets en pleine campagne le terrifiaient. Il s'y sentait parti pour toujours.

Quelques cheminées fumaient. Une vie se cachait derrière ces vieilles planches. Dans ces maisons écrasées de silence, il imaginait les gens s'affairer, ou peut-être restaient-ils près du feu à écouter les plaintes de l'automne, les murs en bois craquer, le vent siffler dans les volets. On se préparait à l'hiver.

— Cette salope !

Billie avait tiré une photo de son corsage.

— Tu la connais ? Tallulah Bankhead, une vedette à Hollywood. Elle couche avec Hoover, le patron du

FBI. C'est comme ça qu'elle m'a fait sortir de taule. Au moins, elle baise en pensant à moi. Je te l'ai déjà montrée ?

Sur la photo, l'étoile regardait en l'air, haussant ses fins sourcils tracés au pinceau, la peau très blanche, le regard fatal.

— C'est mon amoureuse. On se ressemble, elle et moi. Elle se méfie des hommes, jamais des femmes.

Elle posa ses lèvres sur celles de Tallulah.

— Les hommes, je sais les chanter. Je connais tout d'eux, la violence, l'égoïsme, la vanité. Ils me frappent, ils me volent... Est-ce qu'ils sont meilleurs amants ? Même pas. Ce que je sais dans mes chansons, pourquoi je l'oublie dès qu'il s'agit de vivre ?

Elle alluma une cigarette et aspira une longue bouffée.

— Cette tournée, quelle misère... Comment je fais avec cinquante dollars la semaine ? Il me reste quoi après l'hôtel, le coiffeur, le blanchisseur, les tenues de rechange, les repas ?

Elle lui demanda de lui caresser les cheveux. Dans ses bras, elle redevenait une petite fille. Les traits de son visage se détendirent.

— T'es un gentil gars, Darry Kid, jamais une humeur... De quel bois t'es fait, ça, je me pose la question.

Une station-service annonçait la ville de Mobile. Le car s'y arrêta et Billie se précipita sur le parking à la recherche de W-C. Darry la suivit en compagnie de Parker. Une pluie fine commençait à tomber. Les autres musiciens se dirigèrent vers le commerce voisin. Ils avaient enfilé des vestes militaires aux larges poches. Quand ils achetaient pour un dollar de nourriture, ils en volaient pour dix.

Le garagiste, un Blanc en salopette, sortit de sa boutique. Charlie Parker lui demanda :

— Le spectacle de jazz, ce soir, vous savez où c'est ?

— Ah, c'est vous… Ici, on parle que de ça.

— Il y a des affiches ?

— Je crois bien. On m'en a donné des tonnes… Prenez-les. Vous n'avez qu'à les coller vous-mêmes.

— La salle de spectacle, c'est loin d'ici ?

— La salle de spectacle ! C'est l'usine de papier à la sortie de la ville. Au bord de la rivière, près du bayou, une horreur, vous pouvez pas la manquer.

Billie Holiday s'approcha de lui.

— Où sont vos toilettes ?

Le garagiste fit mine de ne pas entendre.

— Les toilettes, je vous ai demandé…

Pour toute réponse, il projeta son mégot d'une pichenette sur le manteau de Billie. Elle ne quittait pas l'homme des yeux.

— Je trouverai bien toute seule.

— Ici, il y a pas de toilettes.

Parker voulut réagir, Billie lui prit le bras.

— Laisse, Charlie, on s'en fout… Je vais aller dans la nature. On se retrouve au restaurant. Darry chéri, tu m'accompagnes ? Tu feras le guet.

Ils contournèrent la station-service et traversèrent le champ vers une petite forêt. Le vent faisait danser les branches des peupliers. Ils s'enfoncèrent dans le bois et Billie soulagea sa vessie à l'abri des regards. La bruine cessait. Darry s'éloigna un peu.

Dans le bruissement des feuilles, il lui semblait entendre des voix. Des murmures… Des sanglots.

Il distingua des gens. Une petite foule, un peu plus loin, de l'autre côté du bois… Il s'approcha.

Il aperçut la plate-forme d'un camion près d'un arbre, des Noirs autour, et des femmes qui pleuraient.

Contre l'arbre, une échelle. Un homme juché dessus, qui tentait de dénouer de grosses cordes. À la plus forte branche, deux corps se balançaient. Des Noirs. Darry tomba à genoux. Il vit d'abord leurs dos nus et ensanglantés, leurs mains nouées, les haillons qui pendaient aux jambes. Les cadavres tournaient lentement sur eux-mêmes, la nuque brisée. Il vit leurs yeux révulsés, leur bouche déformée, les plaies au front.

Billie s'agenouilla à côté de lui.

— Oh, mon Dieu, mon Dieu, Darry…

Des hommes approchaient, de jeunes Noirs, Darry les vit serrer les poings. L'un d'eux s'adressa à Billie :

— Lui, qui c'est ?

Elle se redressa en agrippant son bras.

— Lui, c'est mon ami.

— Il a rien à faire ici.

Elle montra les pendus.

— Et eux ?

— Le premier a volé deux dollars à la famille blanche qui l'employait. Le second a osé le défendre.

— Qui a fait ça ?

— Qui ? La moitié de la ville, madame. La bonne moitié, la blanche. Ils sont venus ici comme au spectacle, en costume de gala, avec leurs femmes et leurs enfants. Allez… Faut pas rester là.

Darry se releva. Billy ne pouvait détacher son regard de la branche et de ses pendus. Devant eux, la foule priait.

Les murmures enflaient, peu à peu ils devenaient chant.

La pluie reprit. Les Noirs chantaient.

On finit par trancher les cordes et les deux corps tombèrent.

Ils rejoignirent Parker et la troupe dans un restaurant près de la station-service. On n'entendait qu'eux. Installé au bar, Darry les regardait s'esclaffer, affamés, impatients, c'était la meilleure formation be-bop du pays. Ils avaient l'âge des pendus et ils voulaient se noyer dans leurs rires. Max Roach tenait la batterie, Duke Jordan faisait sonner un piano comme personne, Tommy Potter grattait la basse, et Miles Davis les hypnotisait à la trompette. Ce type-là avait son âge. Il avait déjà tout vu, tout entendu, mais il était fauché comme les autres et léchait le menu.

— Ce poulet frit à trois dollars, j'en rêve depuis des jours. Il me fera le déjeuner et le dîner.

Les serveurs les ignoraient. Ils s'impatientaient. Au bout d'un moment, le propriétaire du restaurant vint leur dire :

— Si vous voulez manger, c'est dans la cuisine.

— Comment ?

— Vous avez très bien compris. On vous servira pas en salle. Ici, on casse les verres quand un nègre y a bu.

Miles sauta de son tabouret, Roach lui retint le bras.

— Puisqu'on te dit que c'est à la cuisine que ça se passe…

Ils passèrent de l'autre côté du bar pour remplir leurs assiettes. Darry les regardait faire, lui n'avait pas faim. Parker marmonna :

— C'est dégueulasse ici. Même une truie n'y ferait pas ses petits.

Il jeta la casserole par terre. Roach la ramassa, hésita un instant et la lança contre la vitre qui vola en éclats. Les clients poussèrent un cri. Darry jeta un œil vers le patron qui n'en revenait pas. Il le vit se précipiter sur son téléphone. Autour de lui, on se levait pour constater les dégâts.

Les musiciens se mirent à balancer par la fenêtre ce qui traînait sur les fourneaux, et la panique envahit le restaurant. Les clients déguerpirent dans des hurlements, abandonnant leurs plats encore fumants. Ses camarades attrapaient les bouteilles et les brisaient contre le miroir du comptoir. Darry se recroquevillait et protégeait son visage. Il ne restait plus un verre à casser, plus un seul verre interdit aux Noirs. Une assiette dans chaque main, ils détalèrent. Billie le tira par la manche, ils filèrent à leur tour et le véhicule démarra. Au loin, ils crurent entendre une sirène.

Au fond du car, les musiciens vidaient leurs poches et finissaient les plats. Les panneaux indiquaient dix kilomètres avant le centre-ville. Darry regardait la route, Billie contre son épaule. Elle murmura :

— Ce soir, c'est pour ces pendus que je chanterai.

Elle lui serrait le bras.

— On demandera le silence et tu m'accompagneras, Darry, toi seul. J'aurai besoin de toi.

Au loin, après les plantations, c'était la ville. À chaque arbre, Darry voyait des morts aux branches. Les maisons défilaient, elles se taisaient et consentaient au crime, comme celles du ghetto pendant qu'on incendiait la librairie. On tuait à Mobile comme à Tunis, comme à la guerre, et tous les morts lui revenaient, ces regards de mort, celui de son père, l'avait-il vu ou rêvé, celui de Cecil frappé par les balles, et celui-là enfin, ce regard éteint dans les yeux des pendus. Ses mains tremblaient, Billie les prit dans les siennes.

— Ça va aller, Darry chéri…

Derrière lui, les camarades riaient encore. Ils avaient sorti de petits sacs de poudre et tracé des lignes blanches avec une lame de rasoir. Un billet de un dollar roulé dans la narine, ils inhalaient à tour de rôle. Fatigué de leur drogue, Dizzy les avait lâchés depuis longtemps.

Billie lui fit doucement desserrer les poings. Elle déplia un petit mouchoir parfumé pour essuyer la sueur de son front, puis elle mit les bras autour de son cou, l'étreignit contre sa poitrine.

— Ton cœur est affolé, Darry… Tout va bien maintenant.

Charlie Parker attrapa son saxo et lança une ouverture. Miles Davis enchaîna, les instruments se réveillèrent. On arrêta le car. Parker, Miles et les autres descendirent dans les champs. La poudre les avait délivrés des lois de la pesanteur. Portée par une brise légère, leur musique s'engouffrait dans le véhicule. Darry aspira les notes et retrouva un peu de souffle. Peu à peu, ses tremblements s'estompaient. Le soir venu, lui aussi s'enivrerait de be-bop. Armstrong, Ellington, Basie, ses maîtres du swing ne jouaient pas assez fort, pas assez vite. La violence ne se tairait qu'en doubles croches.

En ville, ils prirent une chambre. Deux petits lits, une table, une chaise, aucun rideau. Elle ressemblait à toutes les autres chambres des autres villes. Sur un des lits, Billie se réserva une place, il en restait trois pour six garçons, pour chacun une demi-nuit de sommeil, une demi-nuit à traîner en ville.

Darry s'assit sur l'autre lit et commença une lettre à sa mère. Billie installait son petit fourneau pour le repas du soir. Nourrir la troupe lui redonnait un peu d'ardeur et elle se mit à fredonner. Parker avait demandé un appel longue distance pour joindre sa famille à New York et il descendit à la réception.

Les mots ne venaient pas, Darry abandonna sa lettre. Face à lui, Tommy Potter ouvrait la porte de la salle de bains. Il y traîna deux sacs de toile bourrés de maïs. Dans le premier, les grains n'avaient pas encore germé. Il remplit la baignoire et le plongea dans l'eau tiède. Les grains du second présentaient des pousses de plusieurs millimètres, il leur ôta les saletés et les racines, les écrasa au marteau dans le lavabo, et demanda à Max Roach de faire bouillir l'eau dans une casserole.

Darry s'allongea. Il restait quelques heures avant le concert. Mobile ressemblait aux autres villes. Sur la carte du chauffeur, la bourgade trempait dans le golfe du Mexique. Enfant, il rêvait de La Nouvelle-Orléans, à l'époque sa seule Amérique, et voilà qu'un plan l'indiquait quelque part, à deux pas de là.

Pour passer le temps, il égrena les noms des fantômes qui peuplaient la région, ces noms qui sonnaient comme des accords. Jelly Roll Morton se proclamait l'inventeur du jazz. Quand il jouait, Freddie Keppard cachait ses mains sous un mouchoir pour protéger ses secrets. On ne put même pas payer une fanfare pour l'enterrement de Buddy Bolden. King Oliver, Louis Armstrong, Kid Ory, Sidney Bechet… De cette misère, ceux-là avaient su extraire des éclats de joie, et leur musique s'était envolée à travers le monde.

Jordan plongea la pâte de maïs dans une casserole et remua avec une cuiller en bois : Ces deux sacs nous feront l'hiver… Il goûta le moût, remua encore et versa le tout dans une bonbonne de verre. Max l'observait.

— Continue avec ton whisky et tu sauras plus taper sur un clavier, même avec une brique.

Peu à peu, Darry oubliait Mobile et le désordre qui régnait dans la chambre. Les bruits lui semblaient de plus en plus lointains.

— Pas possible ! Celle-là a déjà fermenté ! C'est cette humidité…

La voix de Jordan déchira le sommeil qui venait.

Ils inspectaient le moût des autres bonbonnes, identiques à la première et remplies au fil des étapes. Dans la plus ancienne, des petites bulles apparaissaient en surface. Ils étalèrent sur le sol les pièces de l'alambic. Jordan et Tommy emboîtèrent les tuyaux de cuivre, firent quelques réglages et couvrirent les récipients. Avec précaution, Jordan versa le contenu de la bonbonne fermentée en le filtrant avec un linge. Tommy l'aidait à la soulever : Doucement mec, chauffe pas trop vite…

Une odeur d'éthanol envahit la pièce. Max ouvrit la fenêtre.

— Vous déconnez avec votre whisky, les gars. J'ai jamais entendu des ivrognes jouer juste.

— Mon drive est meilleur quand il est imbibé, je te jure, Max, le public apprécie.

— On s'en fout du public, Duke. C'est pour nous que tu joues. Une mauvaise note que tu m'envoies et c'est moi qui tape à côté… Ton employeur, c'est moi, n'oublie jamais ça, c'est Darry, Charlie, Billie, nous tous… Pas vrai, Darry ?

Darry ne réagit pas. Avec eux, le soir venu, il lui faudrait trouver la force de faire son numéro, souffler deux fois plus de notes que n'importe qui, porter le be-bop à ébullition. Cette odeur l'écœurait, tout en lui criait : Nous avons vu des pendus ! Morts pour deux dollars. Morts, vous entendez ?

Ces Noirs qui priaient au pied de l'arbre, il les entendait encore. À Dieu, ils demandaient : Laissez-nous vivre. Aux hommes : Laissez-nous être.

Le thermomètre de l'alambic indiquait 80 degrés, une liqueur épaisse coulait du robinet. Duke la recueillit dans des bocaux. Penché sur son épaule, Tommy lui attrapa le bras.

— Arrête-la, prends pas la queue, ça fout l'arôme en l'air.

Miles y ajouta des copeaux de chêne puis compta les récipients alignés au mur, fier de leur whisky. Le plus vieux était enfin couleur d'ambre. Il le goûta.

— Soixante pour cent d'alcool à tout casser, on peut y aller…

— Vas-y, envoie.

— Décolle-nous les quinquets.

— Ce soir, on met toute la vaisselle à table.

Les Noirs ne priaient pas, ils chantaient. Ce chant, Darry l'avait reconnu.

Il l'écoutait à Tunis, dans la synagogue de la Hara, lorsqu'il cherchait son père parmi les fidèles. Malgré l'hostilité des hommes et la colère de Dieu, ils chantaient, le cœur chargé d'espérance. Il l'entendait battre sous les châles de prière.

Dans l'immeuble du Lower East Side, des cris le réveillaient la nuit. Les rescapés des camps nazis replongeaient en enfer. Dans leur sommeil, ils y brûlaient encore. D'affreuses prières s'élevaient des chambres. Un chant, parfois, les apaisait.

Avant l'assaut, ses compagnons d'armes fermaient les yeux et murmuraient. Un prénom s'échappait de leurs lèvres. Chez d'autres, un air de musique. Un chant invitait malgré tout à sourire, et leur prière en était transformée.

La chambre flottait dans les vapeurs d'alcool et la fumée de cigarette. Toutes les prières se confondaient. De leur chant s'élevait une ardeur irréductible. Usé par les tournées, étourdi de be-bop, Darry se croyait devenu insensible à tout. Dans cette piaule miteuse, dans cette extrémité du monde, dans les plis de l'ennui, il sentit soudain la vie, toute la vie frémir, souffrante mais grosse d'une attente, d'un peu de joie possible, et cette promesse jadis, lorsqu'il saisissait sa clarinette, inondait son cœur d'enfant.

Au pied de l'arbre, les Noirs chantaient. Darry jouerait pour eux. Du jazz, il fallait tenir la promesse.

3

Charlie Parker regagna la chambre. Il fit un signe à Billie et ils s'installèrent dans la salle de bains, la porte ouverte devant Darry.

Billie vida un petit sachet d'héroïne brune dans une cuiller. Elle pressa un quart de citron dans un peu d'eau pour dissoudre la poudre. Bird releva sa manche.

— Lady Day, tu es mon infirmière.

— C'est mon dernier sucre… Demain, t'iras voir ailleurs.

— Vas-y, Billie, faut que je me sente chez moi.

— Tu vas voler, Charlie.

Avec son briquet, elle porta sa petite sauce à ébullition. Bird serra le garrot sur son bras.

— L'héroïne, Billie, c'est ce qui nous rend différents.

— Oui, Charlie.

Pour la première fois, Darry voyait Charlie Bird Parker en larmes. Billie sortit la seringue de son linge, la nettoya au robinet. Bird tint la cuiller pendant qu'elle aspirait le liquide.

— Doucement, Charlie, tu trembles.

— Ma petite… Ma petite Pree…
— Détends-toi.
— Elle m'attend là-bas, à New York…
— Calme-toi, je te dis.

Billie chercha une veine et passa sur son poignet un coton imbibé d'alcool. Il défit le garrot et elle piqua. Il aspira une bouffée d'air.

— Mon nom est Bird.
— Oui…
— Je suis mari et père.
— Je sais.
— Ma petite, elle est malade.
— Elle va guérir.
— Bird est vivant.
— Envole-toi, Charlie.
— Si j'étais libre, Billie, je pourrais devenir un grand musicien.

Billie, à son tour, serra le garrot à son bras. Elle s'injecta ce qui restait, pencha la tête en arrière et ferma les yeux.

Le car les déposa devant la fabrique de papier. Avant d'entrer, Billie prit Darry par le bras et chuchota :

— T'as pas oublié ? Quand je te dirai, vers la fin… C'est toi qui m'accompagneras.

Ils pénétrèrent dans l'usine et Darry fut saisi par l'odeur d'acide. Les plus petites machines avaient été déplacées pour placer des rangées de chaises devant une estrade. Un vieux piano droit les attendait. Les musiciens s'installèrent. Max déballa ses caisses, la grosse et les claires, ses fûts, les cymbales. Jordan l'aida à les disposer.

— Au début, mon instrument, c'était la batterie.
— Sans blague ?
— Authentique.
— Et le piano ?
— C'est venu après. Quand je me suis aperçu du problème.
— Quel problème ?
— La fin du concert. Le temps de remballer les caisses, t'es toujours le dernier à quitter la scène. Les filles, il y en a plus une de libre.

D'un sac en toile, Darry sortit le saxophone soprano couvert d'élastiques et de sparadraps qu'un jour, Charlie Parker lui avait offert. Jordan fit la moue en testant le piano, Tommy accorda sa basse et posa à ses pieds un flacon de whisky muni d'une longue paille en caoutchouc.

Le public prenait place entre des cylindres monumentaux portés par des pieds d'acier. Des fils électriques s'enchevêtraient entre les boîtiers de commande. Les machines étaient si hautes qu'on y accédait par des échelles. Au fond de l'usine, les stocks attendaient les camions du lendemain.

Les voisins arrivaient ensemble, des familles entières. Pas un Blanc ne s'y mêlait. Darry s'assit le premier, par terre, une jambe pliée, l'autre raide. À côté de lui, Bird s'affaissa sur une chaise, le regard vide. En partant, il lui avait confié une aiguille à tricoter : Ce soir sur scène, si je m'endors, Darry, tu me piques.

La salle fut bientôt comble. On éteignit quelques rampes d'éclairage qui pendaient du plafond. Billie se pencha vers Parker et lui releva doucement la tête.

— Charlie... Charlie, tu m'entends ? Ce soir, comptez pas sur moi.

Elle se tourna vers Darry.

— J'ai pas la force de sourire, Darry. J'en chanterai qu'une, la dernière, avec toi, pour tous ces gens qui sont venus.

Parker émergeait, elle lui dit :

— T'as bien entendu, Charlie... Je me réserve la dernière avec Darry. Pour le reste, faites le bruit que vous voulez.

Et devant son air hagard :

— C'est comme ça, mon pote... Fallait engager Sarah Vaughan. Votre be-bop la fait monter au ciel. Moi, je chante le blues.

Le brouhaha s'atténua jusqu'à s'éteindre tout à fait. Darry, d'un regard vers Parker, comprit qu'il fallait lancer le mouvement. Il fit un signe à Jordan qui égrena quelques notes au piano, *ré sol sol la ré sol*, Tommy les reprit à la basse, *Now's the time*.

Ils répétèrent le thème plusieurs fois, portés par le swing doux des cymbales de Max. Avec Miles, Darry le reprit à quatre temps sur douze mesures, tranquille.

À l'instant du premier solo, Parker se dressa et s'envola en *ré* majeur. Ses chorus résonnèrent dans l'usine. Un vieux Noir se leva devant les musiciens. Du pied, il attrapa le rythme, remua doucement les bras, se dandina. Un sourire éclairait son visage, comme si, d'un coup, un souvenir heureux lui revenait.

Deux rangs derrière, une jeune femme obèse se mit à danser, imitée par sa mère. Elles portaient des robes à fleurs et gardaient à l'épaule leur petit sac à main. Les gens se rapprochaient de l'estrade. Ils venaient écouter Charlie Bird Parker. Sur les ondes, ses disques l'avaient précédé. Personne ne jouait comme lui. Ses flèches jaillissaient du cornet et se brisaient en vol. L'une ouvrait un gouffre, la suivante le refermait. Darry tentait de l'imiter, enjambait les mesures comme Dizzy le lui avait appris, sans vibrato, sans ornement, seulement des nuées d'harmonies. Le rythme ternaire, l'héritage des pères fondateurs, il le brisait en si petits temps qu'il devenait torrent.

Reprenant le concert à son compte, Parker lança *Bloomdido* et affola la scène. Il enchaîna sur *Anthropology*. Le jeu impitoyable et l'œil impassible, il attrapait n'importe quelle gamme, plaçait le bon accord et improvisait. La mélodie se noyait dans des coulées de notes au son dur, s'emballait, méconnaissable, imprévisible, un fleuve sorti de son lit. Comme Bach, il enjambait les octaves et multipliait les variations. Bird jouait et on entrait dans un temps infini. De l'usine, il fit une cathédrale.

Darry pouvait égaler sa technique, il savait tenir le rythme, virtuose au saxo comme à la clarinette, mais, à cette vitesse, ses émotions s'évanouissaient avant d'éclore. Ses accords perdaient leur saveur. Son jeu étouffait sous des montagnes de notes. Sa musique lui parut vaine, il laissa Miles seul dans la roue du Maître.

Les spectateurs dansaient, de plus en plus nombreux. Les accords de Bird les électrisaient. Ses lancées fusaient comme des expériences hallucinogènes et ils en raffolaient. Que venaient-ils chercher ? Pas l'espérance, ils l'avaient épuisée. L'oubli. L'oubli, la turbulence. Ils s'enivraient de be-bop.

Billie Holiday se leva.

Elle se posta devant le micro. Les musiciens conclurent. Intrigué, le public se rassit.

Elle se taisait.

Darry attendait un signe d'elle. On la fixait, on retenait son souffle. Billie fermait les yeux et serrait les poings. Dans l'usine immense, le silence...

A cappella, la voix tremblante, elle détacha chacun de ses mots, les chantant à peine : *Les arbres du Sud portent un fruit étrange...*

Dans les vers suivants, des corps se balançaient aux branches des peupliers. Ils tachaient de sang leurs feuilles et leurs racines.

Elle fit une pause, hébétée, le visage crispé, on aurait pu entendre une épingle tomber.

Darry lui répondit avant le deuxième couplet, d'un blues lent aux allures de requiem, douloureux, oppressant. Dans le volume ouvert par ces premiers accords, il donna du temps à ses notes, laissa résonner leur étrangeté, s'installer l'intrigue, l'attente... Elles flottaient dans l'usine.

Billie reprit sa plainte, où l'odeur de chair brûlée se mêlait au parfum des magnolias.

Entre les couplets, Darry ne jouait que huit mesures à quatre temps devant des spectateurs stupéfaits. Qui était ce Blanc qui disait la douleur mieux qu'un Noir ? Il ne ressentait plus les tensions du be-bop. Sa fragilité résonnait sous les plafonds de l'usine. Du cornet coulait ce que dictait son cœur.

Des adolescents se levèrent. Ils ouvrirent les portes et les grandes fenêtres en fer, y approchèrent les enceintes. Ils orientèrent les haut-parleurs vers la rue et la petite place. Les notes de Darry s'échappèrent vers la ville. Tout le quartier entendait sa musique. Elle se posait sur les toits comme la douceur du soir.

Les musiciens étaient subjugués par ces deux voix, celle de Billie couleur cuivre, celle de Darry, humaine, à croire qu'il parlait de nouveau. Ils s'exprimaient sans colère.

Dans la dernière strophe, une pâle clarté baignait le doux printemps du Sud ; les corbeaux picoraient les morts que le vent asséchait.

Billie avait fini. Darry poursuivit par des sonorités douces et feutrées. D'instinct, il allongea ses phrases pour placer les silences et poser ses accords, les choisir comme on choisit ses mots. Dehors, de partout, on sortait de chez soi, on s'approchait des haut-parleurs, on se risquait dans l'usine. La peur qui s'était abattue sur la ville après le meurtre des jeunes Noirs, la révolte qui grondait, l'attente d'un jour clément, le réconfort après la peine, tout ce que les gens ressentaient sans savoir le dire, cette musique, d'une esquisse, l'exprimait. Elle cueillit les spectateurs et la foule, tout juste étourdis de be-bop. Elle nommait leur douleur. Elle avait le pouvoir, sinon de la soumettre, du moins de l'apaiser parce qu'elle révélait en même temps la beauté de l'instant et le refus d'y renoncer.

La foule grossissait, la place était comble, les enfants grimpaient sur les épaules de leurs pères. Darry chuchotait. À l'unisson, des centaines de Noirs reprirent le morceau. Dans les rues, aux fenêtres, ils chantaient, le rêve à portée de main, et, pour un moment, ils se crurent assez forts pour l'arracher à la mauvaise terre.

Darry jouait encore quand surgit une troupe à cheval. Par les fenêtres, il la vit fendre la foule et frapper au hasard. Les cris couvrirent sa musique, la panique envahit l'usine. Les gens se précipitaient vers les portes, les gosses tombaient et se faisaient piétiner. En un instant, il ne resta que des chaises renversées et des vêtements abandonnés.

Bâton à la main, des hommes casqués investirent les lieux, brisèrent les haut-parleurs, puis coururent vers l'estrade. Darry se laissa emmener avec Billie et Miles, les autres avaient filé.

Le fourgon roulait. La cabine était plongée dans le noir. Darry serrait son saxophone. Il avait des menottes aux poignets, les fesses sur une planche de bois. Des voix ordonnaient à Billie et à Miles de se taire. Le véhicule s'immobilisa, les portes s'ouvrirent sur un groupe de policiers, Darry fut poussé dehors. On lui prit son instrument et on retira ses menottes. À l'entrée de la prison, ils durent se déshabiller. On leur lança des blouses orange.

Un homme en civil s'adressa à Billie :

— L'un de ces deux types est-il ton mari ?

— Aucun.

Il désigna Darry.

— Tu as eu des relations sexuelles avec lui ?

— Non.

— Tu mens.

— Ce que vous pensez, c'est votre affaire.

— Tu te prostitues avec des Blancs ?

— J'en ai l'air ?

— Je répète ma question : as-tu eu une relation sexuelle avec…

— Nous sommes musiciens. De l'orchestre de Charlie Parker. C'est un crime ?

L'homme se tourna vers Darry.

— Toi aussi, t'es musicien ?

Darry acquiesça.

— Dans un orchestre noir ?

Oui encore.

— Ici, on fait pas des choses pareilles.

Il s'adressa à Miles Davis :

— Et toi ?

— Trompettiste.

— Mon cul.

— Rendez-moi mon instrument et je vous montre.

— T'as une sale tête de fauteur de troubles.

— Alors, appelez notre agent à New York.

— Ce costume, tu l'as payé comment ?

— C'est ma tenue de scène.

— Un nègre bien sapé, c'est un mac. Et elle, ta pute.

Miles fit un pas en avant. Deux policiers fondirent sur lui, le matraquèrent avec entrain et lui ouvrirent le crâne. Billie poussait des cris, Darry s'interposa et les coups cessèrent. Il releva Miles qui ne tenait plus debout, le visage en sang. Le directeur lut tout haut ce qu'il écrivait sur sa déposition : Atteinte à l'ordre public. Agression caractérisée devant témoins. Dépositions suivent. Blessures causées par légitime défense. Cartes de travail confisquées. Caution : mille dollars.

On les conduisit en cellule.

Billie se coucha sur un banc. Miles s'assit par terre, la tête dans ses mains, la blouse maculée de sang. Un médecin vint lui raser une partie du crâne et lui faire des points de suture. Darry tenait le briquet. Billie réclama des couvertures.

Tête pansée, Miles demanda :

— Billie, de quoi j'ai l'air ?

— Je me disais bien qu'il te manquait quelques cicatrices.

— Demain, je me ferai tirer le portrait avec le crâne défoncé. J'enverrai la photo aux journaux, ça fera le tour du pays.

— Tu étais trop beau pour eux. Tu avais les traits trop fins pour un nègre.

Ils se turent un moment, puis Billie ajouta :

— Oh, je t'ai pas dit, Darry chéri… Ce soir, t'es devenu quelqu'un.

Miles ajouta :

— Oui, ta musique, c'était cool.

Darry se leva et s'assit sur la planche. Billie se serra contre lui.

— T'as ouvert ton cœur, Darry, et on a tout reçu. Le seul avant toi qui m'a fait cet effet, c'est Lester Young.

Dans le bureau du fond, on écoutait la radio. Billie murmura : Je pensais pas revenir si vite au trou… Elle avait détaché le gardénia de ses cheveux et le triturait dans sa main.

Dos contre le mur, Darry ne dormait pas. Ses yeux s'étaient habitués à l'obscurité. Une lueur blafarde éclairait le couloir. Quelque chose venait de se produire. Il se dit simplement : J'ai ralenti mes notes. Il déplia ses jambes et posa la tête contre les briques : Il m'aura fallu des années. Un poids l'avait quitté : J'ai joué comme je le devais, enfin.

Dans la cellule, l'hiver entrait avec un peu d'avance. Darry grelottait. Cette tournée devait prendre fin. Il leur arrivait de garder le manteau sur scène, parfois les gants. Pendant les pauses, ils fumaient pour se réchauffer. L'hiver avait ce goût de tabac brun qui lui brûlait les lèvres. Pour subsister en Amérique, pour entrer dans les clubs et partir en tournée, il avait sacrifié sa sensibilité à la technique. Il ne le ferait plus.

Quelqu'un approcha. Ses clés tintaient à la ceinture. Darry espérait le retour du médecin avec les couvertures. Un gardien se posta derrière les barreaux et les observa. Le faisceau de sa lampe balayait l'intérieur de la cellule. Il s'attarda sur les trois visages, puis repartit. Darry ferma les yeux. Devant lui s'étiraient les routes d'Alabama. Des lignes droites, infinies, des jours entiers sans rencontrer personne, et puis, en plein désert, un public les attendait, et ils se demandaient : Combien seront-ils aujourd'hui ? Le lendemain, ce devait être Atlanta, ils n'y arriveraient pas. L'agent leur décompterait les frais d'annulation. Et les autres, dehors ? Parker devait sillonner la ville pour de la cocaïne.

Sa blouse dégageait une odeur de transpiration qui n'était pas la sienne. On ne la lavait pas entre deux détenus. Le tissu épais et rugueux le démangeait. S'il n'avait eu si froid, il se serait défait de cette peau d'étranger. On lui avait laissé ses chaussettes et ses chaussures sans lacets. Recroquevillé sur le sol, Miles somnolait. Ses pansements flottaient comme des taches blanches dans l'obscurité. De temps en temps, il tressaillait, changeait de position et replongeait dans sa torpeur. La respiration de Billie se faisait plus régulière. Le lendemain, se disait Darry, ils viendront nous chercher. L'agent, depuis New York, paierait la caution.

Quelque chose gratta la terre au coin de la cellule. Une petite forme noire s'approcha du coude de Miles. Darry frappa du pied et la tache détala. Il crut la voir grimper et disparaître entre les pierres. Billie se rendormit sans même avoir ouvert les yeux.

De peur de la réveiller, Darry n'osait se lever. La planche de bois grinçait, les briques lui enfonçaient le dos. Si sa mère le voyait… Il se trouvait en prison, il n'avait pas peur. Récupérer son instrument, rien d'autre ne comptait.

Le lendemain, il jouerait pour dire au monde : Voici ma voix. Elle serait désormais ce rythme lent et balancé de swing, cette mélodie pure, d'un lyrisme retenu et teinté de blues. Sur la pierre du couloir, il lui semblait que l'aube projetait ses premières lueurs. Il comptait les heures qui le séparaient de son jazz, comme autrefois, la clarinette sur les genoux, il guettait le jour à travers les persiennes de sa chambre.

4

Notre agent a payé la caution. Il a mis fin à la tournée. Les flics nous ont rendu nos instruments, on est rentrés à l'hôtel.

Billie s'accrochait à moi. Elle titubait comme une ivrogne. Miles a demandé : Qu'est-ce qu'on fait, Darry ? Avec ses pansements, je le trouvais plus beau encore. Il ressemblait à un Christ noir.

À l'hôtel, les musiciens dormaient. Devant, le car stationnait. On pouvait encore se payer le retour à New York. Charlie Parker manquait. Tant pis pour lui, disait Billie, on ne fait pas attendre une dame.

J'ai cherché Charlie partout dans les rues autour. Je suis même retourné à l'usine. Il s'était peut-être endormi derrière une machine.

Cette usine, le lendemain matin, n'était plus la même. Le travail avait repris. Au-dessus d'une porte, un panneau indiquait l'entrée pour les ouvriers de couleur. Ils avaient leur fontaine, leurs robinets, leurs chaises. À la place de l'estrade, un monstre de métal hurlait la gueule ouverte. Sa langue de papier s'enroulait en bobines.

J'y suis resté un moment. Dans le vacarme, j'ai fermé les yeux. Je voulais me rappeler notre public, ressentir sa joie, encore un peu, me réchauffer dans ses regards.

Avant le spectacle, les gens venaient nous saluer, ils nous appelaient madame, messieurs, on se sentait plus chic.

Un homme m'a abordé : Vous ne pouvez pas rester ici. Le seul Blanc parmi les ouvriers noirs. Il enfonçait ses yeux dans les miens, des yeux ronds comme des horloges, gris comme de l'acier. Je gênais la cadence. Alors, j'ai compris pourquoi les gens de cette usine suaient une semaine entière pour se payer un billet de concert. Oublier ce regard de contremaître.

À l'époque du grand jazz, celui de La Nouvelle-Orléans, les musiciens secondaient les arracheurs de dents. Ils jouaient plus fort que la douleur. Nous, dans cette usine, c'était pareil. On avait couvert le bruit des machines. Les gens nous écoutaient et se croyaient tirés d'affaire.

Un vieux Noir se courbait sur le tapis roulant. Il découpait des lamelles de papier. Son bleu de travail était trop grand pour lui, il l'avait retroussé aux poignets et aux chevilles.

Je me suis approché et je l'ai reconnu. Pendant le concert, il se levait et balançait les bras par-dessus la tête.

Il m'a jeté un regard craintif, celui qu'ont les vieillards parfois, gênés d'être encore là, déjà un peu partis. Puis il a essayé de sourire. Il n'avait plus de dents. La veille, il remuait les hanches comme une jeune fille.

J'ai retrouvé Charlie pas loin de l'usine. Il gisait dans son urine au fond d'un hangar. Il avait une manche relevée, la seringue à la main. Le gardien m'a raconté qu'il s'était endormi la cigarette au bec et qu'il avait mis le feu à son manteau.

Quand j'ai voulu le relever, Bird a murmuré : Le plus dur, Darry, c'est après la scène, il faut que la musique continue.

J'ai boutonné sa manche, rentré sa chemise dans son pantalon. Il puait. Je voulais le relever, il était trop lourd pour moi. Je ne voulais pas le voir mourir.

J'ai demandé un papier au gardien : *On rentre à New York. Les gars sont déjà dans le car.* Charlie a secoué la tête : Ne m'en veux pas, Darry.

Je me suis assis un moment près de lui. Il respirait fort et faisait le double de son âge. D'ailleurs, il avait quel âge ?

Je me suis penché sur son corps obèse. J'aurais voulu lui dire : Le public, je l'ai vu s'immobiliser et tendre l'oreille, suspendu à mes accords. Ma voix, tu entends, Charlie, je l'ai retrouvée.

Je l'ai laissé là, dans la pisse et le froid. Il fallait partir. Près de lui, j'aurais sombré. Je n'ai même pas eu de peine. En Amérique, on savait passer à autre chose.

Dans notre cellule, Miles, qu'est-ce qu'il avait dit sur ma musique ? Elle était cool... Le cool jazz. Pourquoi pas. Désormais, on me reconnaîtrait dès les premières notes. Ce qu'un autre pourrait jouer aussi bien que moi, je ne le jouerais plus.

Je suis rentré à l'hôtel. Le soleil se levait, un soleil d'hiver, une lumière blanche sur le bayou. Les gars m'attendaient dans le car. On a laissé Mobile. Cette ville avait avalé Charlie. Direction New York.

5

Le ciel était sans nuages. D'un bleu métallique que Darry ne connaissait qu'à New York. Il reconnut au loin le pas nonchalant de Miles Davis.

Ils s'étaient donné rendez-vous devant une blanchisserie chinoise de la 55e Rue, au pied d'une maison basse. Des fils électriques sortaient des fenêtres pour s'emmêler aux lignes à haute tension. La plupart des vitres étaient brisées. Sur l'escalier de secours gisaient des carcasses de chauffage, des glacières et de vieux meubles.

Miles ne semblait pas éprouvé par le voyage. Ils avaient fait d'une traite le trajet de Mobile à New York. Tombés en panne sur le pont George-Washington, ils étaient descendus sous les cris et les klaxons, leurs affaires dans les bras. Miles en avait si peu que le carton à chapeaux de sa mère avait suffi. Entrés dans Manhattan comme des vagabonds, l'Empire State Building dressé devant eux et New York à leurs pieds, ils avaient couru sous les insultes.

Le haut de son crâne était bandé, mais ses plaies suppuraient encore. Il désigna du menton l'immeuble qui semblait à l'abandon. Ils descendirent par la cour anglaise et traversèrent un couloir. Au fond, derrière une porte entrouverte, un saxophone baryton répondait à un piano. Le pianiste se leva pour les accueillir.

— Alors, voilà les phénomènes !

Ce Blanc était plus âgé qu'eux, pâle et maigre, le regard doux. Il portait une chemise à rayures élimée au col, un gilet par-dessus, et ses jambes nageaient dans un pantalon de toile grise, serré à la taille par de la ficelle.

— Je m'appelle Gil Evans et je joue du piano. Le baryton, c'est Gerry Mulligan. Voilà pour les Blancs. Tu connais Max Roach bien sûr, avec Miles, vous ne vous quittez plus. Il nous manque encore une contrebasse, un trombone, un cor et un tuba.

Darry tenait le saxophone soprano, Miles, la trompette. Evans se remit au piano. Il débuta *In a sentimental mood*, quelques notes douces, un riff lancinant. Darry entama le premier chorus, les autres écoutaient. Il les enveloppa d'un manteau de velours.

Mulligan au baryton, Miles à la trompette, Roach en cymbales légères reprirent le thème. Les arrangements d'Evans mariaient leurs instruments et accentuaient la torpeur dans laquelle le morceau baignait Darry hocha la tête et sourit à Miles. Leur cool jazz était né. Il exprimait tous les registres du timbre humain, privilégiant le médium grave à la brillance des aigus. Il rejetait l'expressionnisme frénétique du be-bop pour un phrasé sans heurt. Son écriture était si pure, si décontractée qu'elle n'avait plus besoin du vibrato pour sonder les âmes. Mêlant Blancs et Noirs, il redonnait au jazz sa fierté.

Leur premier disque naîtrait de cette vieille grille de Duke Ellington. Darry voulait en faire un hommage à sa mère, intitulé *Mots pour Stella*. Chacune des variations lui était adressée. Les accords lui venaient comme une confession longtemps retenue. Dans la nuit, Dinah avait composé des fragments de texte. Ta mère, lui avait-elle dit, a mis des roses sur ton chemin.

À l'enregistrement, Dinah poserait sa voix sur la sienne :

Je suis le même
Je suis un autre
Né loin d'ici une première fois
Parmi les roses
Parmi les ronces
Né loin de toi une seconde fois

Du passé gardons les roses
Grâce à toi
Malgré toi
Ton enfant peut vivre
Entends ma voix
Des ronces l'homme se délivre

En fin d'après-midi, ils commençaient à perdre la saveur des notes. Ils déposèrent les instruments et s'affalèrent sur le canapé.

Dinah vint les rejoindre après ses cours. D'un sac de papier kraft, elle sortit des sandwichs. Elle ouvrit la petite fenêtre sur cour, vida les cendriers, escalada le lit défait d'Evans pour atteindre le vasistas et aérer de tous côtés. Puis elle se posta devant eux.

— Je quitte le Royal Roost, ils vous prennent à l'essai demain soir.

— Demain soir ! On aura quoi ?… demanda Mulligan.

— L'arrangement sera au point sur la moitié des variations. On peut tenir une bonne heure, répondit Evans.

— C'est combien au Roost ?

— Quinze dollars pour chacun.

Miles Davis prit Darry par les épaules.

— Notre musique, Darry… Demain, on la fera connaître au monde entier. On ne parlera plus que du cool jazz.

— Si c'est concluant, ajouta Dinah, ils vous gardent tout le mois.

De sa sacoche d'enseignante, elle sortit de nouveaux couplets qu'elle posa sur le piano. Darry voulut s'y pencher, elle l'arrêta :

— Pas maintenant. Allons marcher un peu.

Ils plongèrent dans le tumulte de la 55e Rue. Les immeubles se vidaient. Tête baissée face au vent, la main sur le chapeau, les employés se laissaient aspirer vers les bouches de métro. Des foules s'agglutinaient devant les passages piétons pour laisser les voitures remonter vers Central Park. Dinah voulait découvrir la promenade que la municipalité venait d'ouvrir sur les hauteurs de Brooklyn.

Le métro les déposa de l'autre côté de l'East River. Le vent qui naissait de l'Atlantique balayait l'esplanade. Le regard de Darry se perdait depuis Long Island jusqu'au New Jersey lointain. Face à lui, les buildings de Manhattan se découpaient sur un ciel orangé. Leurs fenêtres se reflétaient d'une rive à l'autre, et la rivière ressemblait à une coulée d'or.

Dinah marchait à ses côtés.

— Tu ne boites presque plus, tu as remarqué ?

Ils s'assirent sur un banc au bord de l'eau.

— Réussir à Broadway, Darry, c'est s'y installer pendant des semaines… Il faudra revoir les conditions.

Sur la rive opposée, les tours s'illuminaient, une irruption colossale de lumières sur un doigt de terre. Les automobiles s'en échappaient par tous les ponts. Depuis des années, ils vivaient à l'intérieur de ces remparts de pierre. De ce côté-là du fleuve, la ville ressemblait à une souricière.

Le soir, peu à peu, dispersait les promeneurs. Devant eux se dressait la puissance de l'Amérique, ils s'apprêtaient à la soumettre à son talent.

— Il nous faudra graver les *Mots pour Stella*, les faire entendre d'une côte à l'autre de l'Amérique, afficher le cool jazz au fronton de ses plus grandes scènes.

Darry hocha la tête en souriant.

Je suis entre de bonnes mains

— Je te l'ai écrit un jour, tu t'en souviens ?

Ensemble

Nous sommes capables de tout

Devant le Royal Roost, ils découvrirent un panneau grand comme une Cadillac :

NAISSANCE DU COOL

Darry recula de quelques pas.

DARRY KID ZAK
MILES DAVIS
GIL EVANS ORCHESTRA

Un sous-titre précisait :

Le premier orchestre mixte de New York

Il reconnut Ralph Watkins, le patron du club, qui vint les accueillir.

— On peine à remplir… J'offre la première consommation, c'est par la gueule qu'on attire les clients.

Ils durent patienter. Puis, devant une salle à moitié vide, Miles s'approcha du micro : Mesdames, messieurs… *Mots pour Stella.* Variations sur *In a sentimental mood.*

Ils jouèrent du cool jazz dans l'indifférence générale. Darry planait au-dessus des lignes mélodiques d'Evans. Les mots pour Stella se répandaient comme des volutes de fumée. D'une variation à l'autre, leur conversation ressemblait à une série de toiles impressionnistes, recommencées sur le même sujet jusqu'à fixer l'émotion juste.

En fin de soirée, Billie Holiday fit son apparition au bras de Lester Young. Ils traversèrent la salle et leurs noms se propagèrent de table en table. Ils prirent place à côté de Dinah.

Lester posa son chapeau sur la table et allongea la jambe sur un tabouret. Il portait un complet bleu doublé de soie pourpre à l'intérieur de la veste. De temps en temps, il s'accrochait à un accord et hochait la tête. Darry, dès lors, ne joua que pour lui : Le cool jazz, Lester, c'est vous qui l'avez inventé. Enfant, je vous écoutais. Un mur de souffrance s'élevait autour de moi. À la fin du morceau, la lumière le traversait de toutes parts.

Young semblait ailleurs. Taché de graisse, son pantalon remontait au-dessus des mollets. Ses semelles de carton pendaient comme deux petites langues au bout des chaussures. Intrigué par sa présence, le public se mit à tendre l'oreille. Il attendait que *Lady Day* se lève pour chanter et que son *President* lui fasse la courte échelle. Affalé sur sa chaise, Young soupirait. Il regardait le sol, le visage bouffi, l'œil hagard. Les tables finirent par se vider et le cool se tut.

Le patron vint saluer Lester, qui lui demanda d'une voix rauque :

— Lady Ralph, s'il te plaît… Un petit verre… Rempli du sol au plafond, tu sais, porto et gin.

— Pas question.

— Alors du vin rouge. Pas cette pisse que tu sers aux clients. Du bon vin de France.

Il fit mine de prendre un verre, de humer le nectar, d'admirer sa robe.

— À l'époque, tu nous servais avant qu'on demande.

— À l'époque, tu pouvais encore souffler dans un cornet.

— Un petit verre de vie jolie…

— N'y pense pas.

— Pas une goutte ? La marée est basse…

— C’est ça, garde donc les pieds au sec.

Darry l’observait. Lester était là, devant lui, qui lui parlait :

— Dis-toi une chose, petit… Quoi que tu puisses faire sur ton instrument, tu joueras du Lester Young.

Il alluma une cigarette et s’adressa aux musiciens :

— Aujourd’hui, tous les gosses me singent, même ceux qui savent à peine souffler dans leur mouchoir.

Il agitait les doigts sur sa cigarette comme s’il tenait un saxophone.

— Moi, je n’ai jamais imité personne, à part Ravel et Debussy.

Il fut pris d’une toux grasse et desserra sa cravate. Billie se leva.

— Tu tiens pas debout. On ferait mieux d’aller dormir.

— Je préfère rester ici. Au moins, dans cette cage puante, on peut voler, voler… Le monde et le jour, je les laisse aux autres.

Une toux plus violente le terrassa. Il finit par articuler :

— Nous autres, on fait toujours plus que notre âge.

Darry l’aida à se lever et Young s’agrippa à lui.

— Tu ne joueras jamais comme Lester, petit… Moi, il y a toujours un Blanc pour me presser le cœur. C’est cette liqueur qui coule dans mes veines et sort de mon saxo.

Le lendemain, Billie débarqua au Royal Roost et obligea Darry à s’interrompre. On avait transporté Young à l’hôpital. Sa femme s’opposait à toute visite.

— Cette salope m'empêche d'aller le voir… Elle dit que j'ai une mauvaise influence sur lui. Emmène-moi, Darry…

Ils s'y rendirent ensemble. L'épouse de Lester faisait encore barrage. Ils attendirent sur le parking à côté des urgences. Vers minuit, ils la virent s'engouffrer dans un taxi. L'heure interdisait toute visite. Ils contournèrent le bâtiment. Au pied d'un mur de briques rouges, Billie indiqua la dernière fenêtre du quatrième étage.

— C'est là qu'ils l'ont mis. La fenêtre éteinte… Tu la vois ?

Ils s'assirent sur des caisses à l'abri du vent, au milieu des poubelles et d'une bonbonne d'oxygène. Surmonté de rouleaux de fil barbelé, un mur les séparait de la circulation de la Première Avenue. De temps en temps, une sirène de police déchirait le silence. Emmitouflée dans sa fourrure blanche, Billie voulut allumer une cigarette. Darry posa ses mains sur les siennes pour les empêcher de trembler.

— Je t'assure, Darry, s'il part, la prochaine, ce sera moi.

Darry leva la tête. Derrière ce rectangle noir du quatrième étage s'éteignait Lester Young. Dix ans plus tôt au pied d'un tourne-disque, il passait ses titres jusqu'à l'usure pour percer leurs mystères. La maison de Lou, c'était déjà l'Amérique.

Billie avait les yeux gonflés de chagrin.

— Comment c'était ce soir ?

Darry lui sourit et Billie acquiesça :

— Le cool jazz fait son chemin. Tu vas devenir un grand artiste, Darry chéri.

Après un silence, elle ajouta :

— Tu as la force qui nous manque, Darry. Notre musique, c'est toi qui vas la faire connaître au monde. Et alors, un jour peut-être, dans une ville quelque part, des enfants joueront dans une rue Charlie-Parker, sur une place Lester-Young, dans un square Billie-Holiday… D'où tu viens, Darry ? Tu me le diras un jour ?

Si elle avait su lire ses gestes, il lui aurait parlé d'un endroit perdu de l'autre côté de l'océan.

Il lui aurait décrit les lumières de la petite France qui s'étendait au-delà des remparts de la médina, et qu'il regardait après la prière, la main dans celle de son père.

Il lui aurait raconté comment, levée tôt le matin, recroquevillée dans un coin d'une chambre minable sous les toits, sa mère apprenait le langage des signes pour le sortir du silence.

Il lui aurait parlé de cette petite femme indomptable qui s'était opposée à son art, qui avait tellement réussi à le fortifier qu'il lui avait désobéi.

Bientôt, il rentrerait. Il fallait attendre un peu. Les *Mots pour Stella* devaient encore inonder l'Amérique. Alors, il reverrait sa mère pour célébrer leur succès, et ils s'étonneraient ensemble des caprices du destin, puisque à cause d'elle il avait failli ne pas être, et que sans elle jamais il n'aurait été.

Darry ouvrit la mallette et monta son soprano. Billie hocha la tête, les yeux noyés de larmes.

— Oui, on va lui dire qu'on est là !

Il entama *Embraceable you* et la voix fêlée de Billie s'éleva vers Lester. Son chant vibrait comme un cuivre. D'un tremblement de voix, elle touchait le fond d'un abîme, d'une intonation allumait une lueur et s'y accrochait éperdument. Elle redevint Lady Day. D'un regard, d'un geste de la main, d'un sourire, elle accueillait ses notes et les rendait plus justes. La fenêtre du quatrième étage s'était rallumée.

TUNIS

1954

— Veuillez attacher votre ceinture.

Darry collait son front au hublot. La Méditerranée étincelait sous le soleil de midi. Gammarth, La Marsa... Il mit un nom sur toutes les plages et chercha la pointe de Sidi-bou-Saïd. Au loin, plus petit que dans son souvenir, le mont Boukornine dominait le golfe. Derrière la bande de sable de La Goulette, le lac ressemblait à un cœur. La ligne du tramway séparait ses deux ventricules et s'enfonçait dans la ville. Il aperçut l'avenue Jules-Ferry fendue d'une allée de ficus et les clochers de Saint-Vincent-de-Paul. La médina se devinait sous un voile de brume. Le Constellation effectua un demi-tour en direction des pistes de l'aéroport de Tunis-Carthage.

On amena la passerelle et la porte s'ouvrit.

— Puis-je vous aider à descendre ?

Darry remercia l'hôtesse d'un sourire et sortit. La chaleur le saisit. L'aéroport ressemblait à un hangar, les avions, avec leurs hélices, à des jouets. Le ciel était bleu azur. Il reconnut les parfums où se mêlaient les odeurs de la mer et des pins. Il habitait New York depuis longtemps, n'entendait parler qu'anglais, et pourtant il était de retour chez lui.

Il descendit, sa mallette d'instruments à la main. Le voyage depuis Paris avait bien duré quatre heures et son genou le faisait souffrir. Un homme attendait au pied de la passerelle, il ôta son chapeau et se présenta en anglais :

— Monsieur Zak ? Je suis l'attaché culturel de la Résidence générale. C'est un honneur de vous accueillir ici.

L'homme devait avoir à peine trente ans. La sueur trempait sa chemise et attaquait la veste aux aisselles. L'hôtesse lui souffla :

— Il comprend le français.

— Je vois. Avez-vous fait bon voyage ?

Darry acquiesça, refusa de lui confier sa mallette et lui emboîta le pas.

— J'aurais dû faire venir une voiture jusqu'à l'avion. Il fait si chaud dans ce pays…

Ils traversèrent le tarmac avec les autres passagers. Des employés chargeaient les valises sur des chariots.

— Quand on n'est pas habitué à cette fournaise, ça peut surprendre. C'est la première fois que vous venez à Tunis ?

Darry posa un doigt sur sa bouche pour lui signifier qu'il ne parlait pas. L'autre s'excusa.

— En tout cas, bravo… Comprendre aussi bien le français, c'est si rare de la part d'un Américain.

Un attroupement s'était formé. De nombreux militaires s'activaient autour de civils en costume sombre et de journalistes. Interrogateur, Darry les désigna à son interlocuteur.

— Oh, vous ne savez pas ? Ça a surpris tout le monde ici. C'est le président du Conseil flanqué de sa délégation.

Darry l'entraîna vers la foule. Au centre, un petit homme s'exprimait, les cheveux noirs plaqués sur le crâne, le regard malicieux et le ton solennel : L'autonomie interne de l'État tunisien est reconnue et proclamée sans arrière-pensées par le gouvernement français.

À voix basse, l'attaché glissa :

— C'est Pierre Mendès France. Il arrive de Paris à l'instant. Il veut en finir avec la présence française en Tunisie.

À ses côtés, un vieux militaire acquiesçait, l'uniforme chargé de décorations, les manches constellées d'étoiles. Le fonctionnaire murmura :

— Le maréchal Juin est là pour faire passer la pilule.

Une Talbot Lago noire s'approcha, large et brillante comme un carrosse.

— On va les conduire au palais de Lamine Bey. C'est à lui que Mendès va transmettre le pouvoir.

À Paris, Darry avait entendu dire que les services secrets français négociaient en douce avec Bourguiba. Il avait lu que ses indépendantistes du Néo-Destour réclamaient une République tunisienne débarrassée des Français. Les journaux comparaient l'Afrique du Nord à un volcan et le peuple arabe grondait… Alors, sa mère accepterait peut-être de le suivre en Amérique.

Il retrouva ses bagages au milieu du hall. Une traction avant Citroën les attendait. Un chauffeur lui ouvrit la portière et il prit place à côté de l'attaché culturel.

Au loin s'élevaient les collines de L'Ariana. Ils entrèrent dans Tunis par le nord. Les habitations restaient basses jusqu'aux premiers immeubles des faubourgs. Des drapeaux rouges pendaient aux fenêtres, frappés du croissant et de l'étoile. Darry ouvrit sa vitre. Il se penchait pour retrouver le nom des avenues. La Citroën dépassa le tramway, frôlant les gens qui s'entassaient sur la plate-forme. En direction du marché, des charrettes de fruits tirées par des ânes se mêlaient aux voitures. La rue s'animait au fur et à mesure qu'ils approchaient du centre et, dans la foule de plus en plus dense, les costumes de ville se mélangeaient aux djellabas.

Ils longèrent les grilles du parc. Darry s'était retourné pour ne plus le quitter des yeux. L'attaché lui demanda :

— C'est le Belvédère, vous voulez y faire un tour ?

Ils s'engouffrèrent dans une allée bordée de pins et d'eucalyptus. D'un côté, on allait vers le zoo. De l'autre, après les buissons, vers un petit lac où les filles offraient leurs jambes au soleil. Les promeneurs flânaient. Autrefois, Darry les observait dépenser leur argent. Des barrières de fer forgé bordaient les chemins, on entendait le clapotis des cascades, les ânes avançaient en file indienne, un enfant sur le dos, rien n'avait changé. Le casino se dressait sur une colline. Darry aurait voulu monter jusqu'au pavillon de la Koubba et embrasser la Méditerranée. Il y reviendrait avec sa mère.

La Citroën retrouva l'avenue de Paris par la première porte du Belvédère. Darry laissait derrière lui la maison de Lou et ne tenait pas à la revoir. Lou partie, elle avait perdu son âme. Au fil du temps, leur correspondance s'était délitée. Il se souvenait à peine de sa dernière lettre. À l'époque, elle vivait encore à Pondichéry avec André et leur enfant. D'Inde aussi, la France s'en allait, et Lou s'était envolée.

La voiture fila vers le Passage. L'horloge des montres Enicar se dressait encore au milieu des réclames. Le restaurant de Max était fermé. Salah et ses étals d'épices avaient disparu, ainsi que l'Arménien qui vendait du yogourt. Au carrefour, un embouteillage s'était formé, comme toujours. Des lycéens se faufilaient entre les véhicules et rentraient chez eux pour déjeuner. Couffin à la main, des femmes attendaient à La Gourmandise que les pains sortent du four et Darry y chercha sa mère. Dans quel tourbillon avait-il été emporté, à vivre sans répit, sur les routes, en tournée, à jouer de jour comme de nuit, à ne plus savoir, le matin, où il se réveillait, alors qu'ici tout demeurait ? Il arrivait des capitales européennes, celles qu'il avait laissées en ruine pendant la guerre, retrouvées intactes, à croire que rien ne s'était jamais produit. Effacée la guerre, effacées la distance et les années, et sa mère allait réapparaître comme s'il venait de la quitter.

Au pied de leur immeuble, il demanda encore à s'arrêter. Personne ne se penchait à leur balcon. Il pénétra dans le hall et grimpa les étages. La cage d'escalier était toujours aussi lugubre. On avait remplacé les vitraux par du verre poli. Au cinquième, seul le paillasson avait changé. Il frappa… Pas un bruit. Il attendit un peu, frappa encore, puis regagna la voiture.

Avenue Jules-Ferry, ils s'arrêtèrent devant le Carlton. Les producteurs lui avaient réservé une suite à deux pas du théâtre municipal. L'attaché culturel se chargea des formalités, puis lui donna rendez-vous dans sa loge et prit congé.

Un groom ouvrit la chambre. Elle sentait le renfermé. Une corbeille de fruits l'attendait sur une petite table de bois, entre deux fauteuils de velours jaune. Un grand bureau sur caissons à tiroirs occupait la première pièce, un lit la seconde. C'était une suite pour diplomate, pour homme d'affaires, pas pour un musicien.

Darry ouvrit les volets et resta un moment en plein soleil. Sous les ficus, des manifestants se rassemblaient et criaient dans leur porte-voix. Ils avaient habillé la statue de Jules Ferry d'un drapeau tunisien. Du balcon, le regard filait jusqu'à la gare du Tunis-Goulette-Marsa. Derrière, Darry devinait le port, le lac, la mer. De l'autre côté, presque en face de l'hôtel, il reconnut le toit bombé du théâtre municipal. La rangée d'arbres menait jusqu'à la porte de France, au pied de la médina. Tunis n'était qu'une petite ville de province.

Il posa sur le bureau le télégramme de sa mère : *31 juillet. 16 heures. Chez Max.*

Protégé entre deux linges, le soixante-dix-huit tours avait bien supporté le voyage. *Mots pour Stella*, le premier exemplaire sorti d'usine. Il actionna le ventilateur et s'allongea. Après Londres et Paris, Genève et Rome, Vienne et Berlin, il se produirait deux soirs à Tunis, avant Alger, Oran et Casablanca. Puis il reviendrait auprès de sa mère pour une semaine de repos. Il avait refusé toute obligation qui pouvait le priver d'elle, sauf une rencontre avec des journalistes le soir même, et la visite d'une école de musique le lendemain.

Dehors, la foule de manifestants grossissait et Darry ne savait plus si elle criait d'allégresse ou de colère. Une heure encore avant de serrer sa mère contre lui. Savait-elle toujours le langage des signes ? Il s'assoupit. Dans son rêve, elle l'attendait chez Max et il ne la reconnaissait pas.

— Tu m'as laissée pour morte.

— La joie, maman, je l'ai trouvée là-bas.

— Cette joie, c'est à moi que tu l'as prise.

La voix de sa mère se mêlait aux cris de la foule et il se réveilla.

Il fit couler un bain et prépara des vêtements propres. Accepterait-elle de le suivre en Amérique ? Ils réapprendraient à vivre ensemble, loin de la violence et des révolutions.

Il descendit avant l'heure, son disque sous le bras, et se fraya un chemin dans le hall de l'hôtel. Les gens se bousculaient pour lire les nouvelles affichées aux murs.

— Alors, ça y est, la France nous abandonne !

— Jamais, tu entends, jamais elle nous ferait une chose pareille !

— Et moi, je vous dis qu'ils s'en vont.

— Ils laisseraient tout ce qu'ils ont construit ici ?

Des passants effrayés se réfugiaient dans l'hôtel.

— Vous entendez ? À mort les Français et les Juifs...

— Les pogroms, vous vous rappelez ? Ils vont recommencer.

— Jamais. Depuis des siècles, on vit ensemble, bien avant les Français.

— Et en Libye ? Et en Égypte ? Après le départ des Anglais, les Juifs ont fui pour ne pas être massacrés.

— C'est à cause de ce qui arrive en Israël, ça n'a rien à voir avec nous.

— Pour eux, un Juif reste un Juif. Ils nous chasseront aussi.

Darry dut attendre un moment que la foule se disperse. Il traversa l'avenue Jules-Ferry et s'arrêta devant le théâtre municipal.

DARRY KID ZAK

Une esquisse le représentait penché sur son saxophone, assis par terre, une jambe croisée et l'autre droite. Le programme annonçait :

Mots pour Stella
Cool jazz

Un chauffeur viendrait prendre sa mère chez Max à vingt heures.

Il remonta l'avenue de Paris en direction du Passage. Les automobiles klaxonnaient, jeunes gens perchés aux portières, drapeaux tunisiens au vent. Le rideau de Max était toujours baissé. En face, au cinquième étage, les vitres étaient closes, le balcon désert. Deux petites chaises encadraient une table pliante, à côté de palmiers nains.

Il entra dans l'immeuble à nouveau. Tout paraissait plus sale qu'autrefois. Il actionna la minuterie et remonta les étages. Les ampoules avaient perdu leur abat-jour. Il s'arrêta au cinquième et frappa quelques coups… Toujours personne. Il gravit un étage de plus. Les chambres de service étaient fermées. Il s'assit sur le plancher, sous la petite lucarne. À l'époque, sa clarinette avait le pouvoir d'ouvrir ces portes. Aux premières notes, les filles apparaissaient et se déhanchaient. Après le lycée, il s'asseyait là pour jouer. Quand il entendait les talons de sa mère claquer dans l'escalier, il rangeait son instrument et reprenait ses cahiers.

Il était encore cet enfant, le regard tendu vers elle, la gorge pleine de notes. Il brûlait de lui offrir ses *Mots pour Stella*, les mots de son succès, de son amour, de son retour, ces mots qu'il savait enfin dire.

Après le départ des Français, elle ne pourrait plus demeurer à Tunis. Il lui ouvrirait son monde, laissant là celui qui finissait. Il avait fallu revenir dans cette ville mal quittée pour en partir vraiment, déposer toute douleur pour ne conserver que la douceur du souvenir. Ils s'en iraient le cœur tranquille, en paix avec le passé, et ce voyage se terminerait comme un deuil qui s'achève.

Dehors, l'horloge sonna seize heures. Dans l'escalier, ses jambes le portaient à peine. Sa mère l'attendait chez Max. Darry traversa la rue, le rideau du restaurant était levé.

Il entra.

Assis au fond, à la dernière table, Max se leva d'un bond.

— Darius ?

Dans le contre-jour, Max ne le distinguait pas et haussa la voix :

— Qui c'est ?

Darry s'approcha.

— Mon Dieu, Darius… C'est bien toi.

Darry le serra dans ses bras. Max sentait toujours la grillade, ses boucles avaient blanchi, il était devenu obèse.

— Attends, laisse-moi te regarder, mon fils… Tu es un homme à présent… Darius… Oh, Darius…

Les tabourets étaient renversés sur les tables. Il en attrapa deux et l'invita à s'asseoir.

— Tu as déjeuné ? Je te fais un steak ? Ou des merguez ? Au fenouil, comme tu les aimes.

À part lui, rien n'avait changé, ni le papier des nappes ni le carrelage qui collait aux semelles. Darry se dirigea vers la cuisine, puis la réserve, grimpa l'escalier qui menait au petit appartement, en redescendit… Du regard, il interrogea Max qui murmura :

— Alors, tu ne parles toujours pas…

Darry attrapa un crayon à côté de la caisse et écrivit sur la nappe :

Maman

— Attends, d'abord je te fais à manger.

Darry l'obligea à se rasseoir. Max soupira :

— Elle… n'est pas là.

Où

Max fuyait son regard.

— Elle n'a pas pu venir… Elle… Elle… Mon Dieu…

Le cœur de Darry s'emballa. Max secouait la tête, ses larmes montaient.

— Ta maman est… très fatiguée. Elle est dans une maison… pour que des gens, des infirmières, puissent s'occuper d'elle.

Darry le saisit par le tablier.

— Les médecins… Ils parlent de… des choses qui mangent le cerveau.

Elle va guérir

Max éclata en sanglots.

— Cette saloperie, quand elle attaque la tête… Ils disent qu'il n'y a aucune chance.

Max pleurait comme un enfant.

Je veux la voir

— Non, mon garçon, non…

Emmène-moi

— Elle n'aurait pas voulu. Je t'assure… Dans ton souvenir, elle doit rester comme elle était…

Je vais la soigner

— Ça ne sert à rien. Elle ne reconnaît plus personne.

Ce n'est pas vrai

Elle m'écrit

— Elle ne vit plus dans le même monde que nous. Pour elle, je suis un étranger. Qu'est-ce qu'il faut que je te dise ? Elle ne sait plus qui tu es.

Darry brandit le télégramme.

— C'est moi, Darius ! Ce télégramme, c'est moi qui te l'ai envoyé ! Tu ne comprends pas ?

Darry se laissa tomber sur le tabouret.

— Mange quelque chose.

Il fixait Max.

— Quoi, mon fils ?

Il se frappa la poitrine.

— Bien sûr que je souhaitais te prévenir. Elle m'a fait jurer de ne rien te dire. Elle ne voulait pas être un poids pour toi.

Où elle est

— Dans une maison, à L'Ariana.

Depuis quand

— Deux mois. Jusque-là, elle avait encore un peu sa tête. On habitait dans l'appartement. Elle ne marchait presque plus, mais elle pouvait lire, se nourrir, et même t'écrire. Et puis d'un coup…

Allons-y

Le tram s'arrêtait sans cesse. Drapeaux déployés, des étudiants tunisiens bloquaient les voies. Aux cris du conducteur, ils répondaient en frappant joyeusement sur le wagon et brandissaient des portraits de Bourguiba. Darry se blottit dans un coin.

Le trajet passait par la grande synagogue et le square qui menait autrefois à la maison de Lou. Il regardait les villas défiler. Max se tenait près de lui.

— Elle est toujours très belle… Mon Dieu, comme elle est belle… Qu'est-ce qui nous arrive…

Les rues étaient plus calmes après la seconde porte du Belvédère. Plusieurs arrêts encore et Max se leva.

— Cesse de pleurer, mon fils, je ne veux pas qu'elle nous voie tristes.

Ils traversèrent un parc jusqu'à une grande bâtisse blanche. Sous les marronniers, quelques vieillards somnolaient. Des éclats de voix s'élevaient ici et là. Ils gagnèrent la terrasse. Les infirmières entraient et sortaient par de grandes portes-fenêtres. Elles sermonnaient les malades qui s'exposaient au soleil.

À l'accueil, Max glissa quelques mots à la secrétaire. Elle leur demanda de patienter dans la salle de séjour. Ils prirent place parmi de très vieilles dames.

L'une d'elles, presque chauve, se leva et s'approcha à petits pas en criant :

— Pas ici, pas ici, c'est la place du Bey !

Elle cherchait à les frapper du bout de sa canne. Une infirmière la ramena à sa chaise et les pria de s'installer au fond de la pièce. Ils attendirent longtemps. Max indiqua le couloir qui menait à la chambre de Stella. Darry ne le quittait plus des yeux.

Elle apparut.

Il se précipita vers elle. L'infirmier immobilisa le fauteuil roulant. Darry la prit dans ses bras, l'étreignit avec tant de force qu'elle eut un petit cri.

Elle n'avait que la peau sur les os. Il la dévisageait, lui caressait la joue, la couvrait de baisers. Ses cheveux blancs tombaient aux épaules. Son visage s'était creusé, ridé, asséché, sa pâleur rehaussait l'éclat de ses yeux, plus grands, plus clairs encore. Elle les leva vers Max qui s'avançait, puis les tourna vers lui. Ce regard… Sa chair avait fondu, mais ce regard, c'était celui de sa mère.

Darry ne voulait pas la lâcher. Max désigna un coin du séjour.

— Allons l'asseoir là-bas, nous serons plus tranquilles. Stella, tu as vu qui est là ?

Darry se releva. Stella semblait l'avoir oublié.

Il installa sa mère dans un fauteuil au fond de la salle, près du tourne-disque. Son corps sentait la fleur d'oranger. Max s'adressait à elle en parlant fort, en détachant ses mots :

— Il t'apporte un disque, c'est pour toi. Lui, c'est le musicien. C'est lui qui joue dans le disque. Il s'appelle Darius… Darius… Ton fils.

Elle hocha la tête et répondit d'une voix à peine audible :

— J'aime la musique.

Max défit l'emballage et lui montra la pochette.

— Qu'est-ce que tu lis ici ? *Mots pour Stella !* C'est toi, Stella !

Il mit le soixante-dix-huit tours sur l'appareil.

La voix de Dinah s'éleva. Quelques pensionnaires approchaient, intriguées. Darry s'agenouilla devant sa mère et lui prit les mains. Portés par son saxophone, ses mots pour Stella envahissaient la pièce.

Elle haussa les sourcils et murmura :

— Dans ma maison… on jouait de la musique.

Elle ferma les paupières. Sa main frêle accompagnait le tempo. Un léger sourire éclairait son visage. Darry posa la tête sur ses genoux et ils restèrent ainsi jusqu'au dernier morceau.

Une auxiliaire de soins vint la chercher. Darry la raccompagna dans sa chambre. Les sanitaires se trouvaient dans le couloir, à côté des salles d'eau. Il entendait des infirmières élever la voix sur des malades pendant qu'elles leur faisaient la toilette. Elles s'adressaient à eux comme à des enfants.

Il poussa la porte. Un lit en fer occupait tout l'espace. Les draps traînaient par terre, découvrant un matelas couvert de saletés, à peine plus épais qu'un tapis. Un peu de clarté entrait par une fenêtre qui donnait sur une cour, sur d'autres chambres.

Dans le coin, une armoire contenait deux robes, une paire de chaussures et une petite valise. Sur la table de nuit, un cahier. Ses lettres entre chaque page. Il l'ouvrit. Des articles de journaux étaient soigneusement collés, le lieu et la date de ses concerts indiqués dans la marge. Il les montra à sa mère. Son regard s'accrocha au vol d'un oiseau qui quittait la fenêtre.

Le médecin entra. Max fit les présentations. Darry l'emmena dans le couloir et saisit le stylo qui dépassait de sa blouse. Il nota sur sa main :

Guérir

— Votre mère souffre de dégénérescence du système nerveux. C'est un processus irréversible. Il s'est déclaré sans doute il y a plusieurs années.

Consciente

— Je crains que non. Elle n'a plus sa raison ni sa mémoire.

Deux mois

— Elle évolue par paliers. Il y a deux mois, ses forces l'ont lâchée d'un coup. Avoir tenu autant, c'est un miracle.

La fin

— C'est une question de mois, de semaines peut-être. Je suis désolé.

Darry régla tous les frais. Il réserva pour sa mère la plus grande chambre sur jardin, et pour lui la chambre voisine. Max avait dû se tuer à la tâche pour financer les soins. Avant de partir, Darry lui dit merci avec les lèvres.

Max l'étreignit de toutes ses forces.

— Est-ce qu'au moins je lui ai dit combien je l'aimais ? Est-ce qu'elle le savait avant de perdre la tête ?

Le directeur de l'établissement autorisait la sortie de sa mère le temps du concert. Max voulait rester près d'elle pour l'apprêter. Une voiture de la Résidence générale viendrait les chercher.

Darry monta dans le tram. Le wagon était désert. Il enverrait un télégramme à Dinah pour annuler ses engagements et lui demanderait de le rejoindre. Le soir tombait sur les hauteurs de L'Ariana. Au loin s'allumaient les premiers immeubles des faubourgs.

Darry ne s'attarda pas à l'hôtel. En tenue de gala, il passa au théâtre y déposer ses instruments et annuler les entretiens avec les journalistes.

Derrière la porte de France, il pénétra dans l'ancien ghetto par la rue de la Kasbah, sans se souvenir d'où partait la rue de la Verrerie. Il se perdit dans l'enchevêtrement des passages et tomba par hasard sur le souk El-Grana qui le conduisit rue Mardoum, puis chez eux, rue des Perles. Le portail à l'entrée avait disparu. La cour était déserte, minuscule, les lumières éteintes. Une dalle de ciment recouvrait le sol. De la petite fenêtre du premier, il entendait son père chanter en rentrant du travail, sa mère rire parmi les voisins, et il s'endormait dans les éclats de voix des repas sans fin.

Il prolongea jusqu'à la rue Achour et s'arrêta devant la synagogue de la Hafsia. Sur le terrain vague d'à côté, des enfants jouaient au ballon comme autrefois. Il poussa la porte, rien n'avait changé. Il fallait descendre une vingtaine de marches pour accéder à la grande salle de prière. Son père lui racontait que les architectes avaient dû creuser le sol pour créer du volume, puisqu'un temple juif ne pouvait s'élever plus haut qu'une mosquée. Sur les murs, les panneaux de céramique avaient disparu. Des fidèles s'étaient rassemblés autour du pupitre. Darry se posta dans un coin où s'entassaient de vieux livres et du mobilier endommagé. Au-dessus de lui, le grand lustre répandait une lumière pâle. Les grillages de bois occultaient l'étage des femmes. Il traversa la salle et s'assit à l'extrémité du banc de la troisième rangée où son père se tenait pendant les offices. Les noms sur les dossiers avaient été effacés et les casiers ne contenaient aucun livre. Un rabbin lisait dans les rouleaux de la Loi. Autour de lui, des hommes priaient.

Son smoking attirait les regards. Un fidèle l'invita à s'approcher. Il lui tendit un texte et une kippa et, de son châle, lui couvrit les épaules. Darry se laissait faire. Peu à peu, les airs lui revenaient. Il chanta avec eux. Il suivait leurs mouvements et inclinait le buste comme son père autrefois.

Le groupe se resserra autour de lui. On fit passer la coupe de main en main pour offrir à cet homme habillé en seigneur la première gorgée de vin. Quelqu'un lui demanda : Qui es-tu, étranger ? Darry répondit en lui-même : Je suis le fils de Sauveur et Stella, et il se rappela chaque mot de la prière des morts.

Un jour, le rabbin avait honoré son père en le désignant Fiancé de la Loi. Il lui revenait de lire le premier passage de la Genèse. À la sortie de l'office, Darius s'était étonné :

— Dieu, pourquoi Il a dit ça ?

— Quoi donc, Darius ?

— À Adam… Il a demandé : Où te caches-tu ?

— Après son péché, Adam avait peur de Sa colère. Alors, il s'est caché dans le jardin d'Éden.

— Mais Dieu, Il voit tout, Il savait bien où Adam était.

— Bien sûr, Il le savait. Adam se cachait à lui-même. Dieu lui demandait de reconnaître son péché, d'accepter sa responsabilité, ses qualités et ses défauts, ses envies et ses fautes… D'être enfin un homme. « Où te caches-tu » signifie : Assume enfin qui tu es.

— Et Adam, il a compris ?

— Un jour, il est sorti de sa cachette et a dit : Me voici.

— Dieu lui a pardonné ?

— Il l'a exilé sur la Terre et Adam a dû quitter le Paradis.

— Alors, il a été puni ?

— Alors, sa vie d'homme a commencé.

Darry attendait sa mère dans le hall du théâtre. Un soir, il l'avait accompagnée pour tenir le vestiaire. Ce soir-là, parce qu'il s'était oublié auprès de Lou, elle avait perdu son emploi et la vie lui avait paru sans issue.

Elle arriva. Max poussait son fauteuil. Elle portait une robe noire à manches longues fermée jusqu'au cou. Il avait pris soin de sa coiffure et sa peau semblait moins blanche.

Darry la conduisit au pied de la scène. Il s'agenouilla et lui embrassa la main. Puis, pour ne pas pleurer devant elle, il se dirigea vers sa loge et l'entendit murmurer :

— Ce monsieur… est bien habillé.

Max, du fauteuil voisin, répondit :

— Stella, Darry est son nom de music-hall. Il se nomme Darius. Darius Zaken, tu entends ? Ton fils ! C'est devenu un grand artiste !

Darry se tenait derrière le rideau. Huit musiciens l'accompagnaient. Le poisson d'argent pendait à sa poitrine. Il glissa un œil dans la salle. De l'orchestre au paradis, il ne restait plus une place. Le regard de sa mère se perdait dans le vide. Max lui tenait la main.

Darry leva la tête vers le dernier balcon. Il se revit penché à la balustrade, enfant de douze ans, clandestin émerveillé à son premier concert, pendant que sa mère s'affairait au vestiaire. De la plus haute loge, il avait entendu la puissance d'un orchestre traversée par la voix d'une clarinette.

Ce soir-là, affolée, sa mère l'avait cherché partout : Où étais-tu caché ? Pendant des années, il avait joué en douce pendant qu'elle demandait : Où te caches-tu ? Un jour, parti au petit matin, préférant le jazz aux études, la guerre aux diplômes, son rêve au sien, il avait arrêté de se cacher. Alors, sa vie d'homme avait commencé.

Les lumières s'éteignirent. Le rideau encore baissé, la salle applaudit à tout rompre. Les yeux fermés, Darry entrait dans sa musique.

Extraits de chansons cités dans le roman

« Oh, Lady, be good ! »
Compositeur : George Gershwin. Auteur : Ira Gershwin. 1924. Traduction de l'auteur.

« It don't mean a thing »
Compositeur : Duke Ellington. Auteur : Irving Mills. 1931.

« When you're smiling »
Auteurs-compositeurs : Mark Fisher, Joe Goodwin, Larry Shark. 1928.

« Strange fruit »
Auteur-compositeur : Abel Meeropol. 1937. Premier enregistrement par Billie Holiday en 1939 pour le label Commodore. Traduction de l'auteur.

Du même auteur :

Momo des Halles, Allary Éditions, 2014

PAPIER À BASE DE
FIBRES CERTIFIÉES

Le Livre de Poche s'engage pour l'environnement en réduisant l'empreinte carbone de ses livres. Celle de cet exemplaire est de :
650 g éq. CO_2
Rendez-vous sur
www.livredepoche-durable.fr

Composition réalisée par PCA

Achevé d'imprimer en septembre 2020, en France par
Laballery à Clamecy (Nièvre)
Dépôt légal 1re publication : septembre 2020
Édition 02 – septembre 2020 - Impression : 008363
LIBRAIRIE GÉNÉRALE FRANÇAISE
21, rue du Montparnasse– 75298 Paris Cedex 06

13/3551/3